REINHARD PELTE

Inselkoller

ZURÜCK IM SPIEL Kriminalrat Tomas Jung ist auf dem Karriereabstellgleis gelandet, ins Abseits gelobt als Leiter und einziger Mitarbeiter der regionalen Abteilung für unaufgeklärte Kapitalverbrechen in Flensburg. In fünf Jahren hat er es gerade mal auf sechs bearbeitete Fälle gebracht – keinen davon konnte er lösen. Kein Wunder, dass niemand mehr an ihn glaubt. Doch dies soll sich als voreilig erweisen.

Sein neuer Fall: der Gifttod einer einflussreichen Sylter Immobilienmaklerin. Beging die einsame, kranke Frau Selbstmord? Langsam und zögerlich beginnt Jung mit den Ermittlungen. Als er im Garten der Toten einen grausigen Fund macht, scheint die Klärung des Falls nah …

Reinhard Pelte wurde 1943 geboren. Der Diplommeteorologe fuhr lange Zeit zur See, u. a. auf dem Segelschulschiff Gorch Fock, und lernte auf diese Weise die Welt kennen: Afrika, Amerika, Arabien, das Mittelmeer, die Karibik. Heute lebt der Weinliebhaber bei Flensburg, schreibt Kriminalromane und raucht gelegentlich eine gute Zigarre. Der Kriminalroman »Inselkoller« ist sein literarisches Debüt.

INHALTSVERZEICHNIS

PROLOG

Frage: Sie haben einen Roman geschrieben, der unter den Sylt-Fans für Ärger gesorgt hat. Haben Sie dafür eine Erklärung?

Antwort: Abgesehen von den äußeren Gegebenheiten ist nichts in diesem Buch wahr. Es gibt keine vergiftete Immobilienmaklerin auf Sylt, keinen Kriminalrat Jung aus Flensburg, keinen Asylanten Jussuf Barre aus Somalia usw. Alle Personen, Handlungen und Charaktere sind Fiktion, von mir erfunden und zusammengesetzt. Ebenso gilt: Nichts in diesem Buch ist unwahr. Alles hätte so sein können. Die Reaktion der von Ihnen so bezeichneten Sylt-Fans bestätigt das.

Frage: Apropos Charaktere: Wie würden Sie den Protagonisten, Tomas Jung, beschreiben?

Antwort: Er ist, was man heutzutage einen Loser nennt. Er ist langweilig, ohne Humor und Witz. Man kann bei ihm einen gewissen Sinn für Ironie ausmachen. Er ist ein guter Beobachter. Auf der Klaviatur des Menschelns ist er ein Dilettant, ein Soziallegastheniker. Er versucht, diesen Mangel durch Hinwendung zu gutem Essen und Trinken und zu klassischer Musik wettzumachen. Er ist ein Intellektueller, der glaubt, ein Freund der Menschen zu sein. Er ist deswegen gleichermaßen tragisch wie grotesk. Er hat weitreichende Erkenntnisse, auch über sich selbst, ist aber zu bequem, man könnte auch sagen zu ängstlich, um sie in Bewusstsein und Selbstbewusstsein umzusetzen. Wenn er nicht auf einem Beamtenstuhl säße, sondern sich in der freien Wildbahn behaupten müsste, wäre er rettungslos verloren. Überraschend ist: Er hat von allen Figuren das größte Glück, und er entwickelt sich weiter. Das ist in seinem fortgeschrittenen Alter bemerkenswert.

Frage: Können Sie uns sein Glück näher erläutern?

Antwort: Er klärt drei Fälle zugleich auf. Das ist Glück hoch drei. Er ist, abgesehen von einer heftigen Sommergrippe, gesund: ein Glück, das er mit wenigen teilt. Er glaubt, ohne es sicher zu wissen, an Gott. Ein geradezu unermessliches Glück. Und er hat eine kluge Frau, die ihn liebt und deren Liebe er sich nicht bewusst ist. Nochmals Glück.

Frage: Und wohin entwickelt er sich?

Antwort: Ich wäre schlecht beraten, Ihnen diese Frage zu beantworten. Sie sollen ja meine Bücher lesen. Ich habe übrigens vier Romane mit Kriminalrat Jung geplant. Der zweite und dritte sind schon fertig und der vierte angefangen. Sie hängen nicht nur chronologisch zusammen. Am Schluss des letzten Buchs ist Jung ein anderer geworden. Obwohl ich glaube, dass der Kern seines Wesens nicht bewegt worden ist.

Frage: Waren Sie jemals in Afrika und Arabien?

Antwort: Ja.

Frage: Haben Sie Ihr Wissen über diese Länder ausschließlich daher?

Antwort: Nein. Sie können aber fast alles nachlesen, was Sie wissen wollen, zum Beispiel bei wikipedia.org im Internet. Aus dieser Quelle habe ich unter anderem mein Wissen über Strychnin, Fettleibigkeit und vieles andere mehr.

Frage: Ihr Roman reicht von geheimnisvollen Scheichs auf Sansibar bis zu einem Gartenschuppen in Kampen/Sylt. Glauben Sie nicht, dass das etwas weit hergeholt ist?

Antwort: Nein. Ihnen ist vielleicht die Chaostheorie bekannt. Danach ist nicht auszuschließen, das Wüten eines Hurrikans in der Karibik auf eine winzige Störung des hydrostatischen Gleichgewichtes über Indonesien zurückzuführen, zum Beispiel durch den Flügelschlag eines Schmetterlings. Wenn solche fantastisch anmutenden Abhängigkeiten existieren, warum nicht auch andere?

Frage: Was gab den Anstoß zu Ihrem Buch?

Antwort: Der Wunsch, einen längeren Text zu Papier und zu Ende zu bringen, ein Besuch auf Sylt und der Hinweis, dass eine begnadete Geschäftsfrau ein lukratives Geschäft zugunsten ihrer Freundin sausen lässt.

Frage: Würden Sie sich als Schriftsteller bezeichnen?

Antwort: Ich habe einen Kriminalroman geschrieben. Wenn das ausreicht, ein Schriftsteller zu sein, dann bin ich es. Ich vermute aber hinter Ihrer Frage, ob ich meine, ein herausragender oder zumindest guter Schriftsteller zu sein. Ich weiß das nicht. Aber ich zitiere in meinem Roman einen genialen Schriftsteller. Sie können danach auf Entdeckungsreise gehen. Er ist übrigens Amerikaner. Ich möchte jetzt schließen. Guten Tag.

DER ERMITTLER

Die hochsommerliche Witterung hatte nun schon – für Norddeutschland gänzlich untypisch – über viele Tage angehalten. Jung trank seinen Tee auf der Terrasse seines Hauses, das im Süden Flensburgs lag. Die flachen Frühnebelfelder auf der angrenzenden Koppel waren von den wärmenden Strahlen der aufgehenden Sonne schon nahezu aufgezehrt.

Wenig später, die Familie schlief noch dem neuen Tag entgegen, verließ er das Haus, stieg in sein Auto und machte sich auf den Weg zur Polizei-Inspektion Nord auf Norderhofenden. Jung mochte sein Auto, ein Kompromiss zwischen seinem Willen zu sparen und dem Wunsch seiner Frau Svenja nach Ästhetik, Image und – wie sie sich auszudrücken pflegte – einem gewissen Basiskomfort, wie ergonomischen Sitzen mit Heizung, Klimaanlage, CD-Radio und anständigen Reifen auf coolen Felgen. Er genoss die kurze Fahrt. Die magere Wirtschaft der Region mit einer der höchsten Arbeitslosenquoten des Landes hatte zumindest den Vorteil eines entspannten Berufsverkehrs.

Er erfreute sich am Anblick der neu gestalteten Hafenspitze gegenüber dem Polizeigebäude. Ihm gefielen die breiten, langen Promenaden, die glatten, schweren Teakholzbänke unter einfachen, schnörkellosen Laternen, das weitläufige Bohlwerk mit der Museumswerft, an deren Bootsstegen restaurierte Oldtimer aus der Zeit der kommerziellen Segelschifffahrt lagen. Gegenüber, am Ostufer, sah man den ochsenblutroten Holzbau des Restaurants Bellevue mit der über dem Wasser schwebenden, überdachten Holzterrasse, und gleich links davon liefen die Stege der neuen Marina in die Förde, an denen Sportboote vertäut lagen. Auch einige Luxusjachten konnte er ausmachen. Die gesamte Innenstadtsanierung war mit viel Geld in den vergangenen Jahren vollendet worden und – seiner Meinung nach – gut gelungen.

Er stellte sein Auto auf dem Parkstreifen im Innenhof der Polizei-Inspektion ab und grüßte den wachhabenden Polizeibeamten am Aufgang zum Treppenhaus.

»Morgen, Petersen.«

»Moin, Herr Kriminalrat. Nach langer Zeit mal wieder Arbeit auf dem Schreibtisch?«

Jung quittierte den alten Beamtenscherz mit gequältem Grinsen, machte aber gute Miene zum öden Spiel und grinste zurück.

»Ja, Petersen, selten, aber heftig.«

»Darüber können Sie sich ja nicht beklagen, immer interessant und immer vergeblich, oder nicht?«

»Nee, Petersen, aber interessant, das stimmt schon.«

Er betrat das Treppenhaus. Petersen hatte im Grunde recht: Seine Arbeitsbeanspruchung und sein Arbeitserfolg hielten sich in Grenzen.

Vor fünf Jahren war er zum Leiter des neu eingerichteten Sonderdezernats für unaufgeklärte Kapitalverbrechen ernannt worden, und in der Zeit danach hatte er gerade mal ein gutes halbes Dutzend Fälle zu bearbeiten gehabt. Die letzten vier Fälle handelten von spurlos verschwundenen Personen (zwei Männern, zwei Frauen, alle aus sozial schwachen Verhältnissen), von denen die ermittelnden Beamten vermuteten, dass sie Opfer von Kapitalverbrechen geworden seien. Im Laufe der Ermittlungen ließen sich aber dafür keine Beweise finden. Die vermeintlichen Opfer waren einfach weg: Keine Leichen, keine Spuren, nicht mal die Hinterbliebenen, soweit es sie überhaupt gab, vermissten sie.

Bei der langwierigen Aufarbeitung der Akten hatte Jung herausgefunden, dass die männlichen Opfer (beide arbeitslos) sich mit großer Wahrscheinlichkeit ins Ausland abgesetzt hatten.

In unseren technisierten, sogenannten zivilisierten Gesellschaften der Ersten Welt war die Änderung einer Identität für Normalsterbliche, also Menschen ohne Einfluss, Macht und Geld, nur möglich, indem sie sich den chaotischsten Flecken der Dritten Welt anvertrauten und sich stark genug fühlten, dort zu überleben. Dafür schien in erster Linie Afrika geeignet zu sein. Seine zeitraubenden Bemühungen, Spuren zu finden, waren an den Kriegswirren, an der Indolenz und am Desinteresse der infrage kommenden Ansprechpartner gescheitert. Und einer persönlichen Recherche vor Ort wollten seine Vorgesetzten nicht zustimmen; vordergründig aus Sorge um seine Sicherheit, in Wahrheit aber aus Kostengründen. Er war aber völlig einverstanden mit der Entscheidung gewesen, denn die Vorstellung, in Afrika einen weißen Mann suchen zu müssen, der sich nicht finden lassen wollte, löste in ihm Horrorgefühle aus.

Die zwei verschwundenen Frauen waren zusammen in den Jahren nach der Wende aus den neuen in die alten Bundesländer gewechselt. Wie ihre Nachbarn später aussagten, waren sie in bester Laune und mit Neugier auf die Freiheiten des Westens angekommen und wollten das Leben, jung wie sie waren und befreit vom Mief des realen Sozialismus, genießen. Sie hatten sofort ziemlich gut bezahlte Arbeit als Reinigungskräfte bei der Verwaltung der Bundeswehr gefunden, die zu dieser Zeit ihre Liegenschaften noch in eigener Regie pflegte und instand hielt. Sie waren ledig, hatten keine Kinder zu versorgen, und die Verwandtschaft war im Osten geblieben. Bald hatten die Frauen eine geeignete und preiswerte Wohnung gefunden. Jetzt fing das richtige Leben an. Sie erwarben kein Auto, keine Luxusküche, keine Ledermöbel und keinen elektronischen Schnickschnack. Stattdessen feierten sie ihr neues Leben. Die Nachbarn berichteten von Festen mit lauter Musik und viel Lachen, von Urlaubsreisen in so exotische Länder wie Portugal oder Spanien. Für die Frauen schien sich ihr Leben famos zu entwickeln.

Mit der Reform von Grund auf, mit der der Verteidigungsminister nicht nur der veränderten politischen Lage in Europa und der Welt Rechnung tragen, sondern vor allem die Kosten dämpfen wollte, wurden die von der Bundeswehr benötigten Dienstleistungen, wie die Pflege des Fuhrparks, der Objektschutz, die Handwerksbetriebe und auch die Reinigung der Betriebsräume, an private Unternehmen ausgelagert. Die Frauen wurden im Zuge einer sozialverträglichen Abwicklung von einem großen Reinigungskonzern übernommen. Hier leisteten sie die gleiche Arbeit unter ungleich schwereren Bedingungen. Kontingentierungen, Zeitverschreibungen und Nachtarbeit lösten Eigenverantwortung, Kaffeepausen und Gespräche mit Kollegen und Menschen ab, denen sie die Arbeitsumgebung verschönern und sauber zu halten halfen. Ihre Feiern wurden leiser, und schließlich feierten sie gar nicht mehr. Die Nachbarn sahen sie nur noch selten. Die Gespräche brachen ab. Sie arbeiteten, wenn andere schliefen, und umgekehrt.

Einige Zeit später wurden sie im Rahmen einer marktbedingten Restrukturierungsmaßnahme des Unternehmens für den ersten Arbeitsmarkt freigestellt: Das heißt, man entließ sie und übergab sie in die fürsorglichen Arme der Arbeitslosenverwaltung. Ihre Lebensgeister waren zu dieser Zeit wohl noch so vital, dass sie das, was sie aus freien Stücken in der versunkenen DDR-Welt zurückgelassen hatten, nicht wiederhaben wollten. Und so meldeten sie sich erst gar nicht beim Arbeitsamt.

Nach Ausbleiben der Mietüberweisung schickte die Hausverwaltung einen Vertreter, um die Rückstände in bar einzutreiben. Er stand vor verschlossener Tür. Auf seine Frage nach den Mieterinnen meinten die Nachbarn, die Frauen wären auf Reisen.

Schließlich wurde die Wohnung unter polizeilicher Kontrolle geöffnet. Sie wirkte, als hätten die Bewohnerinnen sie gerade für einen Kinobesuch verlassen.

Die anschließenden Ermittlungen zum Verbleib der beiden Frauen blieben so ergebnislos, als hätte es sie nie gegeben. Anfragen bei Bahn, Busunternehmen, Fluggesellschaften, Reisebüros, Volkshochschulen und so weiter und so fort gingen alle ins Leere. Fahndungsaufrufe in den Medien blieben ohne greifbares Ergebnis. Ein Auto oder Kreditkarten, über deren Gebrauch Spuren hätten aufgenommen werden können, besaßen sie nicht.

Schließlich landeten die Akten auf Jungs Schreibtisch. Er überprüfte jedes Detail, durchforstete akribisch die Nachbarschaft und die Verwandtschaft im Osten, bemühte sich, Augenzeugen aus den letzten Tagen vor ihrem Verschwinden zu ermitteln: alles vergeblich. Es schien ihm, als besuchten die Frauen eine Filmvorführung, deren Abspann auf sich warten ließ. Sie saßen im Dunkeln, ohne sich zu rühren, und keiner sah sie.

Jungs Arbeit hatte den Ermittlungsergebnissen seiner Kollegen nichts Wesentliches hinzufügen können; hier und da eine Präzision oder ein unbedeutendes Detail, das eine oder andere Mosaiksteinchen. Aber er hatte den Vorteil, nicht unter Zeitdruck zu stehen, nicht den bohrenden Fragen seiner Vorgesetzten nach Fortschritten ausgesetzt zu sein. So konnte er die Fakten und Eindrücke, solange er wollte, in seinem Kopf bewegen und seinen Gefühlen und Intuitionen nachgehen.

Dabei entwickelte sich in ihm langsam die Vorstellung, dass er nach Menschen suchte, die ihr Leben nicht mehr gemocht hatten. Sie hatten es einfach verlassen, nicht, um in den Tod zu gehen, sondern in der Hoffnung, irgendwo ein neues zu finden. Sie hatten schon bei ihrem Neuanfang im Westen bewiesen, dass ihnen hierfür Mut, Kreativität und Einfallsreichtum zur Verfügung standen.

Je stärker sich bei Jung diese Vorstellung verdichtete, desto schwächer wurde sein Ehrgeiz, die Fälle lösen zu wollen. Das fiel ihm umso leichter, weil es keiner, weder sein Chef noch seine Kollegen, von ihm erwartete. Das öffentliche Interesse an den Fällen war nie da gewesen oder schon lange erloschen. Warum sollte er Menschen nachstellen, die in Ruhe gelassen werden wollten?

Jung behielt seine Gedanken jedoch für sich. Den hin und wieder auftretenden Fragen seines Chefs begegnete er mit dem richtigen Hinweis, dass er der Aufklärungsarbeit der Kollegen nichts wirklich Neues hatte hinzufügen können. Das freute alle, weil er damit bescheinigte, dass gute Arbeit geleistet worden war. Aber darüber hinaus erfreute Jungs Kollegen sein mangelnder Erfolg besonders deswegen, weil er ihnen als arroganter Besserwisser bekannt war.

Jungs Ernennung zum Dezernatsleiter mochte nach außen wie eine Auszeichnung erscheinen. In Wahrheit war es eine Strafversetzung, eine sowohl weise als auch elegante Entscheidung seines Chefs, die in wunderbarem Einklang mit den Gepflogenheiten des Berufsbeamtentums stand.

Bevor Jung nach seinem Studium in den Polizeidienst eingetreten war, hatte er sich seinen Schritt gründlich überlegt. Er war davon überzeugt, dass Polizeiarbeit, und hier in erster Linie die Verbrechensbekämpfung, die wesentlichste Voraussetzung sei, dass Bürger den demokratisch verfassten Staat als ihren Staat annehmen, sich für ihn einsetzen und Pflichten übernehmen. Ihre körperliche und materielle Unversehrtheit, ihre Rechte, ihre Sicherheit müssten ernst genommen werden. Die Anstrengungen, den Schutz dieser Werte sicherzustellen, müssten als höchster Ausdruck staatlich legitimierter Gewalt wahrnehmbar sein. Eine gute Polizeiarbeit hätte sich – so war er überzeugt – an dieser Leitlinie auszurichten. Qualität und Effektivität sollten die Kriterien sein, um die herum die Arbeit zu organisieren sei. Das hätte mit einer guten Ausbildung anzufangen. Die besonderen Fähigkeiten der Beamten sollten erkannt, gefördert und eingesetzt werden. Langjährige Erfahrung sei ein hoch einzuschätzendes Gut und sollte neben einem nüchternen Blick auf die Wirklichkeit zur Besetzung von Leitungsfunktionen qualifizieren. Jung hätte über dieses Thema aus dem Stand lange, überzeugende Vorträge halten können.

Nun lernte er seinen ersten Kriminaldirektor kennen. Der inhalierte von 50 filterlosen Zigaretten pro Tag jeweils nur drei Züge pro Zigarette, um seine Gesundheit zu schonen. Er fiel dadurch auf, dass er den Schreibdienst in den Wahnsinn trieb, weil er für einen halbseitigen Brief Tage brauchte, an denen er immer wieder Korrekturen anzubringen hatte. Schließlich war die Liste der Mitadressaten länger als der ganze Brief. Dieser Direktor erwarb sich den Ruf eines eifrigen Arbeiters, weil er regelmäßig über die Dienstzeit hinaus in seinem Büro anzutreffen war; doch in Wahrheit nicht etwa, weil er zu viel zu tun gehabt hätte, sondern weil er mit dem bisschen Schreiben nicht zum Ende kam und nicht zu früh bei seiner Frau zu Hause sein wollte. Jung brauchte nicht viel Fantasie, sich vorzustellen, wie lange dieser Direktor mit der Abfassung der regelmäßig anfallenden Beurteilungen seiner Beamten (an die 50) beschäftigt sein musste und für was ihm nun – außer Zigaretten zu rauchen – noch an Zeit für andere Arbeiten übrig blieb.

Wie sich später herausstellte, waren das u. a. Gründe für dessen Beförderung gewesen: Für die Ermittlungsarbeit war er einfach unbrauchbar. Hier waren tägliche Berichte zu verfassen, die er in angemessener Zeit nicht fertigbrachte. Er musste Qualitäten haben, die Jung verborgen blieben.

Die Arbeit in seiner Abteilung drehte sich – so schien es Jung – in erster Linie um Dienst- und Urlaubspläne, um die Einhaltung der Arbeitszeitverordnung und der Dienstzeit, um die Anzugsordnung, die Frauenquote, um Mobbing und Alkohol am Arbeitsplatz, um Beförderungsaussichten, die nächste Gehaltserhöhung, um Krankheiten, um Stress mit Vorgesetzten und Untergebenen, um die Kaffeekasse, den verdreckten Kühlschrank und so weiter und so fort. Dass die Abteilung dennoch Arbeitsergebnisse vorweisen konnte, nötigte ihm nur ein Kopfschütteln ab. Er stellte sich vor, was geleistet werden könnte, wenn die Gewichtung besser verteilt wäre, wie viel erfolgreicher sie sein könnten und so beschäftigt, dass sie keine Zeit dafür aufbringen konnten, die Einhaltung der Dienstzeiten zu überwachen (ein beliebter Zeitvertreib bei Chefs und Mitarbeitern).

Die Wahrnehmung seiner Arbeitsumgebung brachte Jung mehr und mehr in Wut. Er ereiferte sich und erging sich in langen Tiraden über die Sinnlosigkeit der angetroffenen Praxis. Je absurder er seine Arbeitswelt wahrnahm, umso wütender verteidigte er seine Vorstellungen von richtiger Arbeit. Etwas anderes wäre ihm wie Verrat an seiner Sache vorgekommen.

Jungs Überzeugungsarbeit blieb erfolg- und folgenlos. Schließlich fühlte er sich wie in Watte gepackt. Seinen Kollegen und seinem Chef ging er auf die Nerven, aber nichts passierte. Das machte ihn noch wütender. Er sann auf Abhilfe. Das Letzte, was ihm einfiel, war, nicht mitzumachen, zu verweigern, der Dienst nach Vorschrift, was im Grunde auf versteckte Sabotage hinauslief.

So verbrachte er seine Jahre. Sein Gehalt ging jeden Monat pünktlich auf seinem Konto ein. Er baute ein Haus, seine Kinder wurden größer, seine Frau machte sich selbstständig. Er empfand seine Arbeitswelt und seine Kollegen als unzumutbar, und umgekehrt galt wohl das Gleiche, wie er nur vermuten konnte, denn keiner sagte ihm ins Gesicht, was er von ihm hielt. Seine Wut wuchs, und er begann, sich selbst und seine Umgebung zu verachten.

So war die Situation, als sein Chef auf die Idee kam, ihn zum Leiter eines neu zu schaffenden Sonderdezernats für unaufgeklärte Kapitalverbrechen zu machen. Hier leitete er sich selbst. Außer ihm gehörte dem Dezernat kein weiterer Beamter an. Brauchte er Unterstützung, so stand ihm frei, bei anderen Abteilungen darum zu bitten.

Jung zog nun in ein eigenes Büro um und hatte Zeit nachzudenken. Ihm wurde langsam und nur widerwillig klar, dass er gescheitert war; dass er keinen Weg gefunden hatte, auch nur den kleinsten Schritt in Richtung seiner Ziele zu tun. Ihm wurde unter entsetzlichen seelischen Schmerzen bewusst, dass seine Art, sich zu bewegen, sich zu äußern, mit seinen Kollegen, Chefs und Mitarbeitern umzugehen, dazu angetan war, seine eigenen Ziele zu sabotieren. Er selbst war das erste Problem und dann die anderen, die Umstände, die Bürokratie, und wer weiß noch was. Diese Erkenntnis zerschmetterte sein Selbstbewusstsein gänzlich. Er begriff, dass das Ausmaß seiner Wut seinen Verstand verzehrt hatte, wie ein Waldbrand Bäume verzehrt, und er begann, seine Wut zu fürchten.

Mit den Jahren aber begriff Jung seine neue Stellung als Wendepunkt, und er dankte seinem Chef insgeheim jeden Tag aufs Neue für die Versetzung auf seinen jetzigen Posten: Er verschaffte ihm Erholung und gab ihm Gelegenheit, sich zu sammeln. Die billige, schäbige Zweckmöblierung seiner Amtsstube (und aller anderen auch), gegen die er früher grob polemisiert hatte (Luxusasyl für bezahlte Gehirnamputierte), regte ihn nicht mehr auf. Er konnte sich allmählich besser auf seine Arbeit konzentrieren. Jung bemerkte, dass sein Widerwille gegen die alltäglichen Polizeiarbeiten schwand, die er in der Vergangenheit verabscheut hatte. Je besser es ihm gelang, seine Wut zu spüren und unter Kontrolle zu halten, desto mehr wuchs der Spaß an der Arbeit.

Er nahm nun auch an Kollegen Fähigkeiten wahr, die

ihm vorher verborgen geblieben waren. So hatte er den Bürovorsteher des Leitenden Kriminaldirektors in die Schublade des intriganten, servilen Liebedieners und Karrieristen gesteckt. Jetzt fand er heraus, dass ihn Verschwiegenheit, Loyalität und ein sicheres Gespür dafür, was die Beamten angeht und was nicht, auszeichneten. Jung hätte ein Dutzend ähnlicher Beispiele aufzählen können.

In den letzten Jahren hatte sich nichts verändert. Jung freute sich darüber, und gleichzeitig schmerzte es ihn. Er war auch nicht verärgert, als sein Chef ihn an einem freien Wochenende anrief und ihn auf die Übernahme eines neuen Falles vorbereitete: Am Telefon wolle er aber auf Einzelheiten nicht weiter eingehen. Schon der Zeitpunkt des Anrufes war ungewöhnlich. Und der ausdrückliche Hinweis des Leitenden auf Arbeitsbeginn am Montag – wann denn sonst? – weckte Jungs Interesse und ließ ihn auf eine besondere Arbeit hoffen.

Jung betrat sein Büro im ersten Stock. Die fünf dicken Aktenordner auf seinem Schreibtisch waren nicht zu übersehen. Er öffnete das Fenster zu der in der Morgensonne glitzernden Förde, um den Wochenendmief hinauszulassen. Er machte es sich auf seinem Bürostuhl so gut es ging bequem. Noch bevor er den ersten Satz des zusammenfassenden Berichtes gelesen hatte, hörte er den unverkennbaren Stakkatoschritt seines Chefs im Gang vor seinem Büro. Es hätte zu

Holtgreve gepasst, wenn er seine Schuhe mit Eisen an Spitze und Ferse hätte beschlagen lassen, wie es in den 50er-Jahren bei Halbstarken mal in Mode gewesen war. Um diese Tageszeit war er gewöhnlich auf dem Weg zur Teeküche am Ende des Ganges. Jung erschrak daher, als seine Tür ohne vorheriges Anklopfen aufgestoßen wurde und Holtgreve ungefragt und ohne langes Zögern auf dem Besucherstuhl vor seinem Schreibtisch Platz nahm.

Holtgreve war klein, nicht dick, aber kompakt und drahtig. Sein Schädel war bis auf einen silbrigen Haarkranz spiegelblank. Er bildete sich etwas darauf ein, nie krank zu sein (in Wirklichkeit war er sehr selten krank, aber dann ernstlich). Sein Auftreten und seine Garderobe suggerierten seiner Umgebung, dass er in der allernächsten Sekunde bereit war, vor den Polizeipräsidenten, den Innenminister oder den Papst zu treten, um Orden, höhere Ämter oder letzte Weihen zu empfangen.

»Morgen, Jung«, begrüßte ihn Holtgreve freundlich. »Ich hab Sie schon sehnlichst erwartet. Das soll keine Kritik sein. Sie wissen ja, ich bin immer etwas früher hier. Mein Morgentee in der geliebten Bürotasse und die Zigarette ohne die nervenden Nichtraucher sind mir heilig. Genug davon, Sie sind ja da.« Er strich sich mehrmals über den kahlen Schädel und steckte die rechte Hand in die Jackentasche, als wolle er dort etwas finden, was er den ganzen Morgen schon vergeblich gesucht hatte.

Jung stutzte: Reden von dieser Länge und den jovialen Ton entre nous war er vom Leitenden nicht gewohnt. Der begrüßte seine Leute morgens eher mal mit der freundlichen Bemerkung, sie sähen aus wie aus dem Gepäcknetz gefallen. Im Übrigen waren Anweisungen im Telegrammstil und Befehlston seine große Stärke. Deswegen erwiderte Jung vorsichtig, aber interessiert: »Wenn Sie nicht zu mir gekommen wären, hätte ich mich bei Ihnen gemeldet. Den vorliegenden Fall haben Sie mir ja schon telefonisch ans Herz gelegt, und ich hätte natürlich mit Ihnen Rücksprache gehalten, bevor ich irgendetwas unternommen hätte.«

»Gut. Richtig. Gefällt mir. Ich sehe, wir sind da konform.«

Das war wieder original Holtgreve-Sprache, wenngleich ihm sonst nicht so viel Lob über die Lippen kam. Es signalisierte, dass der Leitende unter Druck stand und sich entspannte, nachdem sich Jung wider Erwarten fügsam zeigte.

»Leise und diskret arbeiten. Keine Kritik, bitte. Das ist Fakt. Kommt von ganz oben«, fuhr er eindringlich fort.

»Ich glaube, ich lese erst einmal den zusammenfassenden Bericht und mach mir ein grobes Bild von …, ja wovon denn? Noch weiß ich von gar nichts. Bevor ich in die Einzelheiten einsteige und konkrete Schritte vorbereite, werde ich mich mit Ihnen absprechen«, beschwichtigte Jung seinen Chef noch einmal.

»Gut. Sehr gut. Bin immer für Sie da. Schön, dass Sie es sind. Sie machen das. Das ist keine Kritik an den anderen, Sie wissen schon.«

Holtgreve nahm endlich die Hand aus der Jackentasche, legte beide Hände auf die Oberschenkel und stemmte sich aus seinem Stuhl.

»Ich geh schon, bleiben Sie sitzen. Ich höre von Ihnen, diskret und schnell. Und benutzen Sie das Ding zwischen Ihren Ohren, dafür werden Sie bezahlt.«

Bevor er noch seinen Lieblingsspruch zu Ende gebracht hatte, war er schon durch die Tür und schloss sie hinter sich.

Das kann ja interessant werden, dachte Jung. Er setzte sich auf seinem Stuhl zurecht, legte seine Unterarme auf die Schreibtischplatte und starrte versonnen auf den Aktenberg. Ganz oben konnte nur Holtgreves direkter Vorgesetzter, der Polizeipräsident in Kiel, sein. Holtgreve pflegte sonst keine Kontakte zu einflussreichen Persönlichkeiten auf Ministerialebene, aus Politik oder Wirtschaft. Dafür war er nicht gebaut, nicht glatt und geschmeidig genug, eher hölzern, unbeholfen und langweilig. Mit ihm konnte man keine Intrige durchziehen, keine Seilschaften bilden. Nur der Präsident selbst pflegte – schon wegen seiner Dienststellung – weitreichende Kontakte zu Politik und Wirtschaft. Das gehörte zu seinem Job wie das Salz in die Suppe. Jung spürte seine erwachende Neugier und wachsende Unruhe. Er witterte abstoßende Schweinereien auf gesellschaftlicher Ebene, die permanent unter der voyeuristischen Kontrolle der Öffentlichkeit lagen und das bevorzugte Ziel jener Medien waren, die mit dem Blick durch Schlüssellöcher Schlagzeilen und Geld machten. Jung erinnerte sich dunkel an einen spektakulären Todesfall auf Sylt, zu dessen Bearbeitung Holtgreve eine Sonderkommission zusammengestellt hatte. Er war vor rund einem Jahr Gesprächsthema unter den ermittelnden Kollegen gewesen, und Jung hatte beiläufig das eine oder andere aufgeschnappt. Später flatterten die Ermittlungsakten über die zwei verschwundenen Frauen auf seinen Schreibtisch. In der Folgezeit konzentrierte er sich auf seine Arbeit und verlor den Kontakt zu dem anderen Fall. Er hatte auch nichts mehr von der Sache gehört.

Seine Unruhe wuchs. Er fragte sich besorgt, was da wohl auf ihn zukomme. Ein Blick auf seine Armbanduhr belehrte ihn, jetzt endlich mit dem Studium der Akten anzufangen, bevor seine Fantasie mit ihm durchzugehen drohte. Mit einem leichten Seufzer blickte er durch das geöffnete Fenster auf das glitzernde Fördewasser, schlug die zuoberst liegende Akte auf und begann mit der Lektüre des zusammenfassenden Berichtes:

Am 16. August 2003, gegen 21 Uhr, entdeckte Frau Helga Bongard, geb. 18. Oktober 1948 in Essen, wohnhaft Op de Hörn 6, Holtbüll/Nordfriesland, die Leiche ihrer Freundin Frau Anna Mendel, geb. 05. Mai 1945 in Berlin, im Haus Norderende 5, Kampen/Sylt. Sie hatten sich an diesem Tag im Haus der Verstorbenen verabredet. Frau Bongard hatte in den 90er-Jahren für Frau Mendel gearbeitet, die eine Maklerfirma und eine Vermietungsagentur für Ferienwohnungen auf Sylt betrieb. Sie waren freundschaftlich verbunden geblieben, nachdem Frau Bongard den Betrieb verlassen hatte, um sich auf dem Festland selbstständig zu machen.

Auf ihr wiederholtes Klingeln hatte ihre Freundin nicht reagiert. Sie öffnete die unverschlossene Haustür und fand sie tot im Sessel ihres Wohnzimmers. Sie vermutete sofort, dass es sich nicht um ein natürliches Ableben handeln konnte, und verständigte die Polizeiwache in Westerland. Um 21.37 Uhr trafen Polizeiwachtmeisterin Karin Johannsen und Polizeiobermeister Jens Jürgensen vor Ort ein und veranlassten nach Feststellung des Todes der Frau sofort die Aktivierung der Spurensicherung (inklusive Rechtsmediziner) und der Abteilung für Gewaltverbrechen bei der Polizei-Inspektion Nord in Flensburg. Während die angeforderten Beamten mit dem Hubschrauber eingeflogen wurden, sperrten die beiden das Grundstück ab und nahmen die Personalien der Freundin des Opfers auf. Die erste flüchtige Überprüfung der Wohnung ergab keine Hinweise, die auf Gewaltanwendung oder Gewaltabwehr hätten schließen lassen können.

Nach Ankunft der Spezialisten aus Flensburg wurde eine eingehende Untersuchung der Leiche und des Tatorts vorgenommen. Der erste Eindruck der Beamten vor Ort wurde bestätigt. Der Rechtsmediziner schätzte den Todeszeitpunkt auf den frühen Morgen zwischen 8 und 11 Uhr des gleichen Tages. Vorbehaltlich einer noch durchzuführenden Obduktion stellte er Tod durch ein krampfauslösendes Gift fest (die spätere Obduktion bestätigte als Todesursache Vergiftung durch Strychnin).

Die inzwischen unterrichteten nächsten Angehörigen (Sohn Jürgen Mendel und dessen Ehefrau Karin, wohnhaft Steinmannstr. 12, Westerland/Sylt) betraten das Haus der Toten um 23.45 Uhr und identifizierten die Verstorbene als ihre Mutter bzw. Schwiegermutter, Anna Mendel. Weitere Angehörige konnten zu diesem Zeitpunkt nicht befragt werden (Sohn Holger Mendel lebt in New York/USA, die Tote ist seit 1990 geschieden [der geschiedene Mann Victor Mendel ist wohnhaft in Berlin-Steglitz, Forststr. 64 und lebt allein], alle noch verbleibenden möglichen Angehörigen wie Vater, Mutter, Geschwister, Tanten etc. gibt es nicht bzw. sind bereits verstorben). Die Tote war selbstständige Immobilienmaklerin und Inhaberin einer Agentur für die Vermietung von Ferienwohnungen in Westerland/Sylt. Sie hinterlässt ein geschätztes Immobilienvermögen von ca. 80 Millionen Euro und ein Barvermögen von 16 Millionen Euro. Gemäß Testament geht das Erbe zu gleichen Teilen an die Söhne Jürgen und Holger, beide Diplomkaufleute. Als Nachfolgerin in der Führung ihrer Firmen bestimmte die Verstorbene die Schwiegertochter Karin Mendel geb. Samuelson, ebenfalls Diplomkauffrau.

Jung entnahm den Akten, dass die intensiv geführten Ermittlungen der eigens eingesetzten Sonderkommission sich im Wesentlichen auf die Aufdeckung der Herkunft des Giftes und die Durchleuchtung des sozialen Umfeldes der Toten konzentrierten. Die Herkunft des Toxins konnte nicht ermittelt werden. Den mit der Toten in enger und auch weiterer Beziehung stehenden Personen konnte ein Zusammenhang mit der Tat nicht nachgewiesen werden. Auch vage Anhaltspunkte konnten nicht gefunden werden, selbst unter dem Generalverdacht, der bei der Höhe der Erbschaft und der mächtigen Position der Toten auf dem Immobilen- und Ferienhaussektor der Insel zwangsläufig auf das gesamte Umfeld fallen musste.

Die Sonderkommission beendete ihre Arbeit nach gut neun Monate dauernden Ermittlungen mit der Vermutung auf Selbstmord. Gegen diese These sprach allerdings, dass Frau Mendel keinen Abschiedsbrief hinterlassen und auch ihrer Umgebung, soweit sie überhaupt in Kontakt mit ihr stand, nie ein solches Vorhaben signalisiert hatte. Dafür sprach, dass die Tote, wie die von der Staatsanwaltschaft angeordnete Obduktion ergab, unter einer Stoffwechselkrankheit und infolge davon unter Fettleibigkeit, schweren Kreislaufproblemen und Herzrhythmusstörungen litt, die ihre Lebensqualität stark herabsetzten. Selbst die Aufrechterhaltung einer eingeschränkten Bewegungsfreiheit war nur unter Einsatz hoher Dosen verschiedenster Medikamente gewährleistet (von Vitaminen und Mineralien bis hin zu Appetitzüglern und Herzstärkungsmitteln). Der Bericht schloss mit der Feststellung, dass die Todesursache durch eigene oder fremde Hand nicht zweifelsfrei zu ermitteln war und dass man den Fall zur weiteren Bearbeitung an das Sonderdezernat übergeben habe.

DER SOMALI

»Jussuf Barre«, schallte es über den Werkhof hinüber zu den Wohncontainern, vor denen Jussi im Gespräch mit seinen Landsleuten stand. Der Beamte winkte ihm mit erhobener Hand zu. Er schwenkte ein weißes Papier. Jussi wusste, was er von ihm wollte, und freute sich.

Er war vor rund einem Jahr als Asylbewerber aus Somalia in der Bundesrepublik anerkannt worden. Anschließend war er, wie etliche seiner Landsleute auch, einer deutschen Gemeinde zugeteilt worden. Er und einige andere wurden nach Niebüll/Nordfriesland geschickt. Aus Mangel an geeigneten Sozialwohnungen brachte man sie in dem etwas abgelegenen und eingezäunten Werkhof der Gemeinde in Wohncontainern unter. Er teilte sich mit fünf seiner Landsleute einen davon. Sanitäre Anlagen fanden sie im Bürogebäude des Werkhofs. Bargeld stand ihnen bis 40 Euro im Monat zu. Ihren Lebensunterhalt bestritten sie mit Lebensmittelgutscheinen und der Gewährung von Sachleistungen. Im Prinzip war ihnen bezahlte Arbeit verboten. Aber unter der Hand wurden sie von den Beamten als Hilfsarbeiter gegen geringes Entgelt an Dienstleister vermittelt. Die schätzten sie als billige Handlanger für die Arbeiten auf den vor der Küste liegenden Ferieninseln. Das nützte sowohl der heimischen Wirtschaft als auch dem Lagerfrieden unter den Asylanten.

Jussi hatte Glück gehabt. Er übernahm Aufgaben für einen Gebäudeservice, der u. a. auf Sylt im Auftrag einer Ferienhausvermittlung alle Arbeiten rund um die zugehörigen Wohnungen zu erledigen hatte. Sie arbeiteten im Garten, halfen beim Putzen und Reinigen, reparierten Dächer und Elektroanlagen. Jussi wurden auch Kurierdienste übertragen. Er besaß einen gültigen Führerschein und sprach Deutsch. Ihm machte die Arbeit beim Gebäudeservice Spaß. Sie brachte ihm Geld und war eine willkommene Abwechslung. Außerdem war das Ende absehbar. Seine Tage in Deutschland waren gezählt. In zehn Tagen reiste er zurück, nicht nach Somalia, aber nach Dschibuti.

Sein Onkel Siad Barre hatte ihn seinerzeit zum Studium des Marxismus-Leninismus in die ehemalige DDR geschickt. Aus diesem Studium hatte er neben der deutschen Sprache und einem gültigen Führerschein nur die bleibende Erkenntnis mitgenommen, dass die Befriedigung der menschlichen Bedürfnisse das Öl in der Lampe der Geschichte sei. Alles andere war ihm langweilig und seinem Wesen fremd geblieben. Er hatte es bald vergessen.

Er studierte noch in der ehemaligen DDR, als das Ende der Regierung seines Onkels Siad Barre in Somalia eingeläutet wurde. Den Scheichs der arabischen Sultanate und Emirate war sein Onkel ein Dorn im Auge. Anfangs hatten sie trickreich, leise und diskret, wie es ihre Art ist, daran gearbeitet, ihn in ihr Machtkartell um das Arabische Meer einzubinden. Aber sein Onkel wollte sich ihrem Machtanspruch nicht fügen. Er hielt an seiner Idee von einem eigenständigen, sozialistisch ausgerichteten somalischen Einheitsstaat fest. Darauf beschlossen die Scheichs seine persönliche und politische Liquidierung.

Sie begannen, ihre Macht und ihren weltweiten Einfluss zu nutzen, um ihn zuerst einmal in wirtschaftliche Schwierigkeiten zu bringen. Das zwang ihn dazu, selbst wirtschaftliche Macht anzuhäufen, was ihn in Widerspruch zu seiner Staatsidee brachte. Er versuchte, die mächtigen Vereinigten Staaten für seine Sache zu gewinnen. Deren Hilfe blieb aber halbherzig und machte ihn in den Augen seiner Landsleute und der übrigen Welt noch unglaubwürdiger. Schließlich entstand der Eindruck einer marxistisch inspirierten, diktatorischen Kleptokratie*, vor allem auch deswegen, weil er seinen Landsleuten keine spürbare Verbesserung ihrer erbärmlichen Lebensumstände bieten konnte. Damit war sein Ende absehbar.

Die von den Scheichs ins Leben gerufene und ausgerüstete Sezessionsbewegung in Nordsomalia (SNM**) zwang ihn schließlich zur Flucht, auf der er später

* Herrschaft der Plünderer, Diebesherrschaft.
** Somalia National Movement.

in Lagos an einem Herzinfarkt starb. Sein Clan und seine Getreuen wurden in den ausbrechenden blutigen Unruhen restlos liquidiert. Der Niedergang seines Onkels und der der DDR verliefen synchron. Jussuf war klug genug zu wissen, dass seine Tage in Deutschland gezählt waren. Bis jetzt hatte er hier als Bannerträger des Sozialismus in Ostafrika ein vergleichsweise privilegiertes Dasein geführt. Nach dem Zusammenbruch des DDR-Regimes und dem absehbaren Ende der Herrschaft seines Onkels wurde er aber lästig.

Er wartete ab und verfolgte mit großer Wachsamkeit die Entwicklung in seinem Heimatland, soweit ihm das überhaupt möglich war. Dann erreichte ihn ein Schreiben der Intergovernmental Authority on Development (IGAD) aus Dschibuti. Darin wurde er gebeten, sich und seine in Deutschland erworbenen Kenntnisse, in erster Linie seine Sprachkenntnisse, der IGAD zur Verfügung zu stellen. Für einen entsprechenden Lebensunterhalt werde gesorgt werden, ein Flugticket sei bei der Air France hinterlegt.

Jussi überlegte lange, was er von diesem Schreiben halten sollte. Der Mangel an Alternativen und die durchaus realistische Chance, für mächtige Autoritäten von Nutzen sein zu können, ließen ihn den Flug nach Dschibuti antreten.

Beim Anflug auf Dschibuti kamen ihm erste Zweifel, ob er sich richtig entschieden hatte. Neben der Rollbahn machte er ein ausgedehntes Zeltlager aus, das von Erdwällen, hohen Zäunen und Türmen aus bewacht wurde. Es sah nach einem Internierungslager aus. Als die Maschine auf der Runway ausrollte, entdeckte er aber Transporthubschrauber mit amerikanischen Hoheitsabzeichen, die auf einem abgesteckten Platz vor dem Lager abgestellt waren. Auf dem Taxiway rollte eine Herkules der US Air Force in ihre Startposition, und überall liefen amerikanische Soldaten herum. Er beruhigte sich bei dem Gedanken, dass er ein amerikanisches Militärcamp vor sich hatte und kein Lager für unerwünschte Immigranten.

Jussi hatte sich nicht verrechnet, wenn auch die IGAD sich rasch als vorgetäuschte Adresse herausstellte. Sie war gewählt worden, um sein Vertrauen zu gewinnen und ihn zu beruhigen. Der regierende Clan um den amtierenden Außenminister Dschibutis, Mahamoud Youssouf, steckte hinter seiner Anwerbung. Dessen Absichten aber waren in dem Schreiben korrekt wiedergegeben worden.

Beamte des Außenministers empfingen ihn am Flughafen zuvorkommend und mit Respekt. Man entschuldigte sich nebenbei, aber ohne ersichtliche Skrupel für den kleinen Trick, seinem Entschluss nachgeholfen zu haben. Ihm wurde höflich bedeutet, dass seine Fähigkeiten im Dienste der arabischen Sache gebraucht würden. Er könne auch ablehnen und nach Europa zurückkehren. Vorher sei es empfehlenswert, sich anzuhören, was von ihm erwartet werde. Dazu war ein Treffen in Sansibar City mit Scheich Hamid vorbereitet, Bruder des regierenden Sultans von Oman, Qabus ibn Said, und – nach westlichem Sprachgebrauch – Stabschef der islamischen Sultanate und Emirate. Der private Learjet* des Scheichs stehe übermorgen – genug Zeit für ihn, sich auszuruhen – auf dem Airport Dschibuti bereit, ihn nach Daressalam zu fliegen. Von da ginge es per Tragflügelboot direkt nach Sansibar City.

Jussi war klar, dass ihm die Machtverhältnisse keine Wahl ließen. Die Erwähnung des Scheichs erfüllte ihn mit Ehrfurcht und gleichzeitig mit Angst. Aber sie gab ihm auch Hoffnung, dass sein Leben noch nicht verwirkt war. Der Scheich hätte nie zugelassen, dass sein Name im Zusammenhang mit der Liquidierung unerwünschter Personen hätte genannt werden können.

Er war Gast des Außenministers und verbrachte zwei Nächte im Gästehaus des Präsidentenpalastes. Arabische Kleidung und Geld wurden ihm gestellt. Dschibuti war angefüllt mit Flüchtlingen und Opfern der Bürgerkriege in den Nachbarländern. Er sah und vor allem roch er das Elend auf den Straßen: Kloake und verbrennender Müll. Überall wurde Khat** verkauft und in dicken Backen gekaut. Die Droge hielt den Deckel auf dieser brodelnden, vor der Explosion stehenden,

* Handelsmarke eines zweistrahligen Geschäftsreiseflugzeuges.

** Zweigspitzen und junge Blätter des Kathstrauchs, die als leichtes Rauschmittel konsumiert werden.

giftigen Suppe. Der wöchentlich einfliegende Khatbomber aus Äthiopien, eine uralte, propellergetriebene Superconstellation, war der Fixpunkt des Lebens auf der Straße und gab ihm einen brüchigen Halt. Es ging das Gerücht, dass die Präsidentengattin den Khathandel kontrolliere und diese Quelle nie versiegenden Geldes geschickt nutzte, die Macht ihres Clans auszuweiten und zu festigen.

Jussi war von dem, was er sah und roch, wenig berührt. Er war aus Somalia längst daran gewöhnt. Welche Rolle spielte schon ein Leben unter diesen Umständen? Keine. Wichtig war, nicht unter denen zu sein, die es verloren.

Er traf in Sansibar City ein und wurde am Hafen von einem Assistenten des Scheichs empfangen. Der führte ihn in die arabisch geprägte Altstadt zu einem verschachtelten, vielräumigen und von Gängen, Durchlässen und Innenhöfen durchzogenen Gebäudekomplex, dessen Fassade sich zur Straße hin schroff und kärglich, ja armselig gab, dessen Innenleben aber von zurückhaltendem Geschmack, Ruhe und Komfort zeugte.

Außer einigen wenigen männlichen Bediensteten bekam er keine weiteren Menschen zu Gesicht. Ihm wurde ein Zimmer zugewiesen und arabisches Essen gereicht mit der Bitte, sich zu gedulden, bis seine Hoheit ihn rufen lasse.

Der Sekretär des Scheichs holte ihn schließlich zur Audienz ab. Sie durchschritten schattige Treppenhäuser und lichte Höfe, bis sie einen in braunbeige gehaltenen Raum betraten, dessen Einrichtung aus einem bodendeckenden Teppich und drei Sitzkissen bestand, die aus Afghanistan kamen. Die einzigartige Qualität und das unverwechselbare Design fielen Jussi sofort ins Auge. Der Scheich saß auf dem Kissen an der Schmalseite, kerzengerade, die Beine unter eine weiße Dschalabija* geschlagen, und lud sie mit einer beiläufigen Gebärde ein, auf den gegenüberliegenden Sitzkissen zu seiner rechten und linken Seite Platz zu nehmen. Er begrüßte Jussi freundlich und mit leiser Stimme. Er überließ es seinem Sekretär zu erklären, worum es ging:

Sein Stab brauche einen loyalen Assistenten, der sich in Europa, speziell in Deutschland, auskenne und vor allem Deutsch sprechen, lesen und schreiben könne. Er habe die politische Entwicklung anhand deutscher überregionaler Zeitungen und Magazine zu verfolgen. Er solle Informationen sammeln, zusammenstellen und ins Arabische übersetzen. Zu seinen Aufgaben gehörte ebenfalls, Schreiben in Deutsch aufzusetzen und deutsche Schreiben ins Arabische zu übertragen. Es sei auch nicht auszuschließen, dass er auf Reisen nach Europa gehen müsse. Zurzeit sei jedoch dafür keine Notwendigkeit zu erkennen. Er könne in Sansi-

* (Djalaba) eine Art Übermantel.

bar City, hier in seinem Stabsquartier, arbeiten, aber auch ein Büro bei der IGAD in Dschibuti stehe ihm zur Verfügung. Empfehlenswert sei sein Verbleib hier, in der Nähe seiner Hoheit. Eine Bezahlung wurde nicht weiter erwähnt.

Während der Assistent vortrug, hatte der Scheich sich nicht gerührt. Seine Augen musterten Jussi eingehend und wandten sich schließlich einem der zwei schmalen Lichtschächte zu, durch die gedämpftes Licht aus einem Innenhof in das Zimmer fiel. Nachdem der Assistent geendet hatte, schwiegen sie, als gäbe es auf dieser Welt nichts mehr zu sagen. Die Ruhe war vollkommen. Nur ein helles Vogelzwitschern drang in den Raum. Jussi wagte nicht zu reden. Schließlich glaubte er, den Scheich nicht länger warten lassen zu dürfen. Er hätte sich nicht getraut, etwas anderes zu tun, als den Wünschen seiner Hoheit zu folgen. Er nickte mit dem Kopf, und Scheich Hamid quittierte sein Einverständnis mit einer zustimmenden Gebärde. Der Assistent erhob sich und geleitete Jussi zurück in sein Zimmer.

Fortan arbeitete er für die Scheichs und lernte ihre Geschäfte kennen. Sie verwalteten ihre immensen Vermögen aus dem Ölgeschäft in gemeinsamem Interesse. Zu Absprachen trafen sie sich regelmäßig und unauffällig auf Sansibar. Ihre Geschäftsphilosophie war einfach: Der Mensch lebt nicht vom Brot allein, aber ohne

Brot lebt er gar nicht. Sie handelten mit Menschen (Politikern, Söldnern, Arbeitern, Frauen und Kindern), Rohstoffen, Waffen, Geld, Transportmitteln, Medizin und Touristik – genau in dieser Reihenfolge – und investierten auch in sie.

Er war in die Korrespondenz mit Ärzten in der Schweiz und Deutschland eingebunden, die Scheich Hamid konsultiert und deren Händen er sich bei mehreren schweren Operationen anvertraut hatte. Seine Dankbarkeit für die gefundene Hilfe zeigte er in großzügigen Gesten, unter anderem auch in in deutscher Sprache abgefassten Dankschreiben. Der Scheich war schwer krank. Umso mehr bewunderte Jussi die Haltung und die Disziplin, mit der er seiner Arbeit nachging.

Er lernte, die subtile Machtentfaltung und kluge Einflussnahme der Scheichs zu bewundern. Gleichzeitig erfasste ihn ein Grauen vor der Unerbittlichkeit in der Durchsetzung einmal gefällter Entscheidungen. Für die Kindereien der Demokratien Europas hatten die Scheichs nur verächtliches Schweigen übrig. Der wirtschaftlichen und medizinischen Entwicklung brachten sie aber großes Interesse entgegen. Einige Aufmerksamkeit erregte ein ehemaliger Führer Deutschlands namens Hitler, einmal wegen seiner Machtentfaltung, zum andern aber wegen der konsequenten Endlösung eines Problems, dessen auch sie sich gerne entledigt hätten. Sie ließen sich dokumentarische Filmaufnahmen vorführen. Was sie zu sehen bekamen, war ihnen suspekt. Warum musste er vor den Massen so kreischen? Warum hatte er nicht viele Söhne? Warum gab er sich mit Hunden ab, anstatt edle Pferde zu züchten? Und warum duldete er in seiner Umgebung diese schlecht gekleideten, dümmlich und eitel dreinblickenden Männer mit abstehenden Ohren? Schnell legten sie ihn ab zu denen, über die sie keinen weiteren Gedanken verschwendeten.

Jussi war geschickt und fleißig. Er erwarb sich ihr Vertrauen, soweit das überhaupt möglich war. Und er lernte viel, mehr als jemals zuvor in seinem Leben. Die stetige Lektüre deutscher Wochenzeitungen und Nachrichtenmagazine erweiterte seinen Horizont und seine Sprachkenntnisse. Anfangs verstand er des Öfteren nicht, von was in den Artikeln die Rede war. Es dauerte lange, bis er die Gedanken eines gewissen Joffe in der Wochenzeitung Die Zeit nachvollziehen konnte. Und es faszinierte ihn, dass man offensichtlich in Deutschland von diesen genüsslich ausgesponnenen Plattheiten leben konnte.

Schließlich schickten sie Jussi zurück nach Deutschland. Sein Auftrag war, unter den Asylanten aus Ostafrika ehemalige Führungskader der in die Kämpfe um die Vorherrschaft am Horn von Afrika verwickelten Clans auszuhorchen und deren Absichten zu erkunden.

Seine Hoheit verabschiedete ihn in dem gleichen

Raum, in dem sie ihn begrüßt hatte. Sein Sekretär schwor ihn auf die Wichtigkeit seiner Aufgabe ein. Seine Biografie machte Jussi unverdächtig. Jede Auffälligkeit, in welche Richtung auch immer (zum Beispiel unerklärliche Geldmittel), hatte er zu vermeiden. Das Andernfalls musste nicht erwähnt werden. Jussi wusste auch so, was ihn erwartete. Im besten Fall würden sie ihn nie gekannt haben, wahrscheinlicher war seine Auslöschung. Und wieder bewunderte er ihre Umsicht und die Möglichkeiten subtiler Einflussnahme bei seiner Einschleusung in das Asylaufnahmeverfahren in Deutschland. Wie hatten sie es nur fertiggebracht, ihn mit denen zusammenzubringen, die sie ihm als Zielpersonen genannt hatten? Jussi machte seine Sache gut.

Er überquerte den Werkhof im Laufschritt. Das mochten die Beamten. Es signalisierte seine Bereitschaft, die Wohltaten der Kommune dankbar entgegenzunehmen und die aufopfernde Arbeit der Beamten zu würdigen. Wenn sie den wahren Grund seines Asylaufenthaltes und dessen Zustandekommen gekannt hätten, wäre es sicherlich mit ihrer Hilfsbereitschaft schnell vorbei gewesen.

»Hallo, Jussi, mein Deutsch sprechender Lieblingsasylant. Ich hab was für dich«, begrüßte ihn der Beamte.

»Hallo, Herr Hauptsekretär.«

»Regierungsobersekretär, bitte. Was nicht ist, wird bald werden, wenn ihr weiter so brav seid. Heute hab ich wieder einen Job auf der Insel für dich. Du weißt schon wo. Ich hab gehört, du bist bei der reichen Alten gut angekommen.«

»Ja, sie mag mich. Ich bin gerne bei ihr.«

»Sie will dich in ihrem Garten haben, hoffentlich nicht auch woanders. Aber bei ihrer Figur besteht da ja wohl keine Gefahr, oder?«

»In meinem Land gibt es auch dicke Frauen, wenn auch weniger als hier. Sie sind angesehen und beliebt und nicht abstoßend.«

»So, so, na ja, andere Länder haben andere Sitten.«

Der Tonfall verriet Jussi, dass der persönliche Teil des Gespräches damit beendet war. Der Beamte erklärte in kurzen Worten das Was, Wann und Wie des Jobs, überreichte ihm ein Bahnticket für die Fahrt auf die Insel und entließ ihn mit einem freundlichen Lächeln.

»Herzlichen Dank, Herr Obersekretär. Ich werde mein Bestes tun und Sie nicht enttäuschen«, verabschiedete sich Jussi, machte kehrt und gesellte sich zu seinen Landsleuten.

Er würde sich morgen früh auf den Weg nach Sylt machen, den Wagen in der Strandallee abholen und raus auf das Grundstück der Mendel fahren, um dort nähere Anweisungen von ihr zu erhalten. Er hatte vorher schon bei ihr gearbeitet. Die Tage waren ihm in guter Erinnerung geblieben, und jetzt freute er sich auf eine Wiederholung. Das Wetter spielte auch mit, denn die Sonne schien schon seit einigen Tagen von einem wolkenlosen Himmel. Die Temperaturen waren für ihn äußerst komfortabel. Morgen würde er sich in den Zug setzen und ein paar schönen Tagen entgegenfahren, den letzten vor seiner Ausreise.

BAIBA

Sie griff zum Telefon auf der Rokokokonsole in der Diele und wählte die Nummer des Hausmeisters. Er hatte in der Vermietungszentrale in Westerland sein Büro. Zu dieser Uhrzeit, am frühen Morgen, müsste sie ihn dort erreichen können. Später war er unterwegs, um in ihrem Imperium nach dem Rechten zu sehen. Er meldete sich sofort.

»Clausen.«

»Hallo, Clausen, hier Mendel.«

»Guten Morgen, Chefin, was kann ich für Sie tun?«

»Clausen, ich brauche Unterstützung im Garten. Die Hecke muss beschnitten werden, der Rasen gemäht, die Büsche und Bäume gekappt, na, Sie wissen schon, was so anfällt. Haben wir nicht den Gebäudeservice auf der Insel?«

»Ja, sie sind seit heute für uns da und im Einsatz um die Blocks an der Uferpromenade. Ich kann da bestimmt was arrangieren.«

»Ich brauche einen fleißigen Mann mit Auto. Der Gartenabfall soll auch abgefahren werden. Die Deponie quillt über. Wir haben doch den Fiat Doblò und genügend blaue Säcke, nicht wahr?«

»Ja, blaue Säcke haben wir genug, nur der Kasten ist eigentlich schon verplant. Ich werde das trotzdem für

Sie hinkriegen. In einer halben bis Dreiviertelstunde haben Sie eine Hilfe bei sich zu Hause.«

»Ich zähle auf Sie. Und schicken Sie mir keinen Trottel, ich bitte Sie.«

»Geht klar, Chefin. Sie können sich auf mich verlassen, bestimmt. Wenn's Probleme gibt, rufen Sie mich an. Ich lass mir was einfallen. Aber das wird nicht passieren, glauben Sie mir.«

»Ihr Wort in Gottes Ohr, Clausen. Bis dann.«

»Bis bald, Chefin. Schönen Tag noch.«

Sie legte das Telefon an seinen Platz und bewegte sich mühsam und unter Seufzen zurück ins Wohnzimmer. Ihre Fußgelenke waren angeschwollen und machten ihr zu schaffen. Sie ließ sich in dem breiten Ohrensessel vor dem großen Fenster nieder und schaute in den Garten und auf das jenseits des angrenzenden Fahrweges liegende Watt. Der Himmel war wolkenverhangen, und ihr fröstelte. Niemand außer ihrem Arzt wollte ihr glauben, dass ihr oft fröstelte. Ihr Körperumfang suggerierte allen anderen, sie wäre in eine undurchdringliche, isolierende Schutzschicht gehüllt.

Wie lange war sie schon nicht mehr im Watt spazieren gegangen? Früher liebte sie es, barfuß durch den schmatzenden Schlamm zu stapfen. Sie fühlte sich so mit der Erde verbunden, sicher und zu Hause. Wenn der schwarze Schlick zwischen ihren Zehen hervorquoll, roch es berauschend nach Meer und Modder. Jetzt schaffte sie es kaum, ihr Grundstück zu verlassen.

Die Anstrengung war ihr einfach zu groß. Die Luft ging ihr schnell aus, und sie hasste es, von Passanten gemustert zu werden.

Sie griff sich ein Mon Chéri vom Beistelltisch, entfernte die pinkfarbene Verpackung und schob sich die Praline in den Mund. Ihr neuer Arzt hatte das erlaubt. Er stand auf dem Standpunkt, dass sie sich nicht alles verbieten solle, wonach ihr gerade war. Ein rigoroses Verbot aller Süßigkeiten führe nur zum Gegenteil dessen, was es beabsichtige. Sie war zu dick, das wusste sie. Den Ausdruck fett vermied sie. Er klang gemein und ekelhaft. Sie aber war krank, was konnte sie dafür? Musste sie sich neben den schmerzenden Unannehmlichkeiten auch noch selbst beschimpfen und schuldig fühlen?

Sie hatte einen Ernährungsplan mit ihrem neuen Arzt ausgearbeitet. Ein wichtiger Teil des Planes, neben anderen Maßnahmen, war die ausgewogene, hochkonzentrierte Gabe von Vitaminen, Mineralstoffen, Spurenelementen und Lutein. Sie sollten ihre Selbstheilungskräfte stärken. Dann, so hoffte sie – und ihr Arzt natürlich auch –, würde ihr Stoffwechsel sich langsam und stetig normalisieren und sich ihr Gewicht wieder verringern. Ihr Herz, ihr Kreislauf und natürlich ihre Gelenke würden dann ebenfalls entlastet werden.

Sie hatte sich an diesen Plan gehalten, ohne dass bisher sichtbare Erfolge zu verzeichnen gewesen wären. Damit war so schnell auch nicht zu rechnen, darauf hatte sie ihr Arzt ausdrücklich hingewiesen. Sie nahm die Tageszeitungen zur Hand und las zuerst die Todesanzeigen in der Sylter Rundschau und in der ›Welt‹, bevor sie eingehend die Immobilienseiten studierte. Eine ihr gut bekannte Witwe war gestorben. Hatte sie überhaupt Erben? Vor einigen Jahren hatte sie ihr eine ihrer freien Wohnungen an der Uferpromenade verkauft. Jetzt würde die aller Wahrscheinlichkeit nach wieder zum Verkauf stehen. Sie musste ihre Schwiegertochter anweisen, sich darum zu kümmern. Seitdem sie selbst sich weitgehend von diesen Aktivitäten zurückgezogen hatte, machte Karin das mit einigem Geschick. Sie selbst gab ihr weiterhin Tipps und Hinweise. Sie hatte den Riecher dafür, wo Geschäfte zu machen waren. Und sie hatte die Kenntnisse und Kontakte aus langen, erfolgreichen Jahren.

Die Hausklingel läutete.

»Kommen Sie herein. Die Tür ist offen. Ich bin im Wohnzimmer, gleich geradeaus.«

Sie vernahm leise Schritte, und schon stand ein schmächtiger, nicht sehr großer Farbiger im Türrahmen. Er war nicht verlegen, mehr unschlüssig, was er tun sollte.

»Guten Tag. Sie sind sicherlich der Mann vom Gebäudeservice«, begrüßte sie den Mann, der einen blauen Overall und Basketballschuhe trug. Mein Gott, Clausen, wen hast du mir denn da geschickt, schoss es ihr durch den Kopf. Sie wollte sich ihr Erschrecken nicht anmerken lassen und fuhr gleich fort, ihm in einfachen Sätzen Anweisungen zu erteilen.

»Haben Sie alles verstanden?«, fragte sie abschließend.

»Aber sicher doch. Ich habe damit keine Probleme«, erwiderte er. Es waren die ersten Worte aus seinem Mund, und sie erschrak nochmals, ihn in nahezu akzentfreiem Hochdeutsch antworten zu hören.

»Sie sprechen gut Deutsch, das ist ja schön.«

»Ich spreche auch Arabisch und Somali.«

»Das spreche ich nur im Traum. Deswegen bleiben wir lieber bei Deutsch«, witzelte sie linkisch.

»Gerne. Aber ich soll ja nicht reden, sondern arbeiten.«

Ihr gefiel seine freimütige und offene Art. Außerdem glotzte er sie aus seinen braunen Augen nicht an wie ein monströses Ungeheuer.

»Fahren Sie den Kasten doch gleich hinter das Haus. Rechts aus der Auffahrt, gleich wieder rechts in den Fahrweg und am Ende, an der Schranke, nochmals rechts rein. Dann sind Sie an der Grundstücksgrenze zum Watt. Da gibt es eine Pforte, die zum Schuppen führt. Die Abfälle sollen auch abgefahren werden. Die Deponie ist fast voll.«

»Alles klar. Ich mach mich auf den Weg.«

»Nehmen Sie die Schlüssel mit. Sie hängen am Schlüsselbrett im Flur. Der Schlüssel mit dem blauen Schild, ›Garten‹ steht drauf.«

Er machte sich auf den Weg, und sie wandte sich wieder ihrer Zeitungslektüre zu. Clausen hatte sie richtig verstanden. Der Farbige war ein helles Köpfchen. Etwas stabiler hätte er sein können. Aber in Äußerlichkeiten konnte man sich täuschen, wenn es darum ging, die Effizienz eines Arbeiters einzuschätzen.

Ab und zu beobachtete sie ihn aus ihrem Sessel am Fenster, wie er die Wildrosenhecke auf dem Friesenwall kappte und die wilden Triebe aus den Weißdornbüschen schnitt. Er arbeitete geschickt und flink. Auch hatte er im Schuppen schnell gefunden, was er für seine Arbeit brauchte. Sie musste Clausen loben und nahm sich vor, das bei passender Gelegenheit zu tun.

Nachmittags kam Wind auf, der Regenböen brachte, die Seevögel in grauweißen Explosionen vom Watt aufscheuchte und sie nach den stillen Salzwiesen drüben an der Küste suchen ließ, die als gezackte Linie am Horizont lag und zeitweise hinter den breiten Fallstreifen der tiefgrauen Schauerwolken verschwand. Anna Mendel öffnete das Fenster und winkte dem Mann zu.

»Sie werden ja ganz nass. Kommen Sie herein, wir trinken einen Tee zusammen, bis der Regen nachlässt.«

»Gerne.« Er lief um das Haus zur Eingangstür, streifte sich die Schuhe ab und stieg aus dem nassen Overall.

»Trinken Sie überhaupt Tee?«

»Aber ja doch. In Arabien trinken wir viel und gerne Tee, nur etwas stärker und süßer als hier. Wenn Sie sitzen bleiben wollen, setze ich für uns den Tee auf. Sie müssen mir nur sagen, wo ich die Zutaten und das Geschirr finde.«

»Das ist nett von Ihnen«, erwiderte sie dankbar und erklärte ihm, wo er das Verlangte finden konnte.

Sie hörte ihn in der Küche leise hantieren, und nach geraumer Zeit kam er herein, ein Tablett mit Teekanne, Tassen, Zucker und Sahne in den Händen haltend. Er stellte es auf das Tischchen vor dem Fenster und sah sich suchend um.

»Nehmen Sie sich einen Sessel und setzen Sie sich zu mir«, half sie ihm und schenkte den Tee ein.

»Zucker und Sahne?«

»Sahne und viel Zucker, bitte.«

»Wie darf ich Sie nennen? Ich kann Sie nicht mehr siezen, wenn Sie in meiner Küche Tee gekocht haben.« Sie nahm den ersten Schluck und nickte anerkennend.

»Nennen Sie mich Jussi. So nennen mich alle meine Freunde. Der Tee schmeckt gut, auch wenn es kein Lipton ist, meine Hausmarke.« Er lächelte ihr verschmitzt zu.

»Das beruhigt mich ja«, ging sie auf seine Bemerkung ein. »Ich gehöre nicht zu Ihren Freunden, was machen wir nun?«

»Das stimmt, aber Sie könnten es sein. Sie haben Ähnlichkeit mit der Mutter meines Clans. Nicht die Hautfarbe natürlich, aber sonst.«

»Was bedeutet Clanmutter, erklären Sie mir das?«

»Die somalische Clanmutter ist die Mutter aller Mütter im Clan. Sie ist ruhig, weise und kann, was andere Mütter nicht können. Alle Kinder werden in ihrer Gegenwart ruhig und brav. Sie weiß, wann es regnen wird, und verzieht sich in ihre Hütte. Und sie ist dick. Das ist bei der Ernährung in meinem Land ein Zeichen dafür, dass sie aus wenig viel machen kann; eine seltene und hoch angesehene Gabe.«

»Ist sie auch diejenige, die eure Frauen beschneidet?«

Er schwieg und verfluchte seine Landsmännin Ayaan Hirsi Ali, die durch die Welt reiste und herumposaunte, was außer dem Clan niemanden etwas anging. Er wollte darauf nicht eingehen und wich aus.

»Darüber kann ich nichts sagen. Es spielte bei uns keine Rolle.«

»Das wäre auch nicht sehr schmeichelhaft. Die anderen Qualitäten gefallen mir sehr gut. Schön, dass Sie mir die zutrauen. Ich sag von jetzt ab Jussi zu dir, wenn du gestattest.«

»Wenn wir schon beim Rufnamen sind, darf ich Sie Baiba nennen? Das war der Name meiner Clanmutter.«

»Wir müssen das besiegeln. Bei uns heißt das, wir stoßen mit einem Schlückchen Alkohol an. Trinkst du Alkohol?«

»Selten. Ich bin Moslem, aber schon westlich verdorben«, lächelte er ihr zu und zeigte seine makellos weißen Zähne.

»Sei doch so nett und hol uns aus dem Kühlschrank eine Flasche. Nimm bitte die mit dem orangefarbenen Etikett, ›Veuve Clicquot Ponsardin‹ steht drauf. Gläser findest du im Hängeschrank rechts daneben.«

Sie sah in ihren Garten hinaus und freute sich, dass die Schauerböen nicht nachgelassen hatten. Er kam mit der Flasche und den Gläsern zurück. Anschließend wickelte er das goldfarbene Stanniol von der Flasche und drehte den Korken geschickt mit einem satten Plopp aus dem Flaschenhals. Wo hat er das wohl gelernt?, fragte sie sich. Nach dem zweiten Glas hatte er ihre ungeteilte Aufmerksamkeit erobert und erzählte ihr die Geschichte seiner Flucht vor Hunger und Verfolgung in Somalia und über das Asylantendasein in Deutschland.

»Ihr ernährt euch schlecht. Ihr seid schlecht untergebracht. Wenn du heute Abend zurück bist, kannst du nicht einmal duschen. Deine Arbeit bei mir ist von Rechts wegen illegal und dazu auch noch ausbeuterisch«, resümierte sie schließlich. Er zuckte mit den Schultern, und sie schwiegen beide.

»Komm, Jussi, schenk uns noch ein Glas von diesem köstlichen Zeug ein. Ich überlege, was sich da machen lässt. Heute wirst du mit der Arbeit im Garten nicht mehr fertig werden, selbst wenn es aufhört zu regnen, wonach es nicht aussieht. Also wirst du noch ein, zwei Tage auf der Insel bleiben müssen, nicht wahr?«

»Ich hätte nichts dagegen. Ich muss aber zurück nach Niebüll und mich melden. Wenn ich mich nicht an die Regeln halte, droht mir die Ausweisung«, wandte er ein.

»Jussi, hol mir bitte das Telefon. Es liegt in der Diele auf der Konsole.«

Nachdem er ihr das Telefon gereicht hatte, wählte sie Clausens Nummer und hatte ihn auch sogleich in der Leitung.

»Hallo, Clausen, Mendel hier.«

»Hallo Chefin, gibt's Probleme mit dem Nigger?«, fragte er ängstlich besorgt.

»Clausen, keine rassistischen Ausfälle, bitte. Es gibt keine Probleme. Ich wollte Ihnen für Ihre Wahl eher danken.«

»Ich habe es Ihnen versprochen, stimmt's? Es freut mich, dass Sie mich deswegen extra anrufen«, erwiderte er sichtlich erleichtert und zunehmend selbstgefällig.

»Clausen, ich brauche Ihre Hilfe noch einmal. Der Garten ist heute nicht fertig geworden, kein Wunder bei dem Wetter. Ich brauche den jungen Mann also noch ein, zwei Tage länger hier. Er ist aber Asylant und muss sich heute Abend in Niebüll zurückmelden. Was kann man da tun? Haben Sie eine Idee?«

»Er kann ja heute Abend zurück aufs Festland und morgen wieder hierher auf die Insel.«

»Das ist doch viel zu umständlich und zeitraubend. Außerdem fallen Fahrtkosten an.«

»Ja, warten Sie mal. Ich kenne den Leiter des Sozialamtes in Niebüll gut. Wir haben im letzten Winter gegeneinander gebosselt, im Sönke-Nissen-Koog übrigens. Hinterher gab's ordentlich auf den Knorpel, Sie wissen ja, wie das bei uns geht. Ich duze mich seither mit ihm. Wenn ich ihm sage, der Asylant bleibt hier auf der Insel, sozusagen unter unseren Fittichen, so geht das wohl in Ordnung. Sie, Frau Mendel, sind ja allseits bekannt. Aber wo soll er hier schlafen? Der hat doch kein Geld fürs Hotel.«

»Clausen, das Apartment für meine persönlichen Gäste an der Uferpromenade steht leer. Da kann er schlafen. Den Fiat behält er für die Hin- und Rückfahrt. Den Schlüssel zur Wohnung hab ich hier. Sie brauchen also nicht auf ihn zu warten. Liegt frisches Bettzeug parat?«

»Alles bereit, Chefin. Ich werde mit meinem Bosselkameraden reden. Das geht schon klar. Und bei Ihnen ist alles in Ordnung?« Er war ganz in seinem Element und fühlte sich stark.

»Danke, Clausen, machen Sie sich um mich keine Sorgen. Aber machen Sie, wenn Sie mit Ihrem Bosselfreund reden, kein großes Ding aus der Sache. Wickeln Sie das ab wie ein Profi. Sie wissen, wie das geht?«

»Aber klar doch … Bei Bedenken oder Einwänden lass ich diskret durchblicken, mit wem er es zu tun hat und was für ihn von Vorteil sein könnte. Richtig?«

»Clausen, Sie sind mein bester Mann. Ich verlass mich auf Sie. Hoffentlich noch recht lange.«

»An mir soll's nicht liegen, Chefin. Melden Sie sich, wenn Sie Ihren Helfer entlassen haben?«

»Mach ich, Clausen. Schönen Feierabend. Tschüss.«

»Danke, gleichfalls. Bis zum nächsten Mal. Tschüss.«

Clausen war der geborene Herbergsvater. Neben seinen praktischen, handwerklichen Fähigkeiten hatte er diese besondere, bezwingende Art, Menschen von jung bis alt spüren zu lassen, wo der Hammer hängt. Zurzeit hing der da, wo das Geld saß, also bei ihr. Das konnte sich jederzeit ändern, sowohl personell als auch substanziell. Darüber machte sie sich keine Illusionen. Im nahen Kontakt zur Welt der Immobilien- und Vermietungsgeschäfte hatte er viel gelernt. Er war schlau. Und es war angeraten, schlauer zu sein als er, wenn man mit ihm gedeihlich auskommen wollte.

Jussis Alter war schwer einzuschätzen. Es interessierte sie auch nicht sonderlich. Er erinnerte sie an ihre beiden Söhne und an das gute Gefühl, das sie gehabt hatte, als sie noch für ihre Jungs hatte da sein können. Sie war dankbar dafür gewesen, dass ihre wirtschaftliche und gesellschaftliche Situation es ihr gestattet hatte, ihre Söhne zu fördern und ihnen zu ermöglichen, was nur wenigen vergönnt war. Leider dankten es ihr die Söhne nicht. Ihr Verhältnis kühlte sich während ihrer Studienjahre rasch ab. Von ihrem Ältesten, der jetzt in New York lebte, hatte sie schon seit dem letzten Weihnachten nichts mehr gehört. Ihr Jüngster verbrachte seine Zeit hauptsächlich beim Polo – das entnahm sie der Inselzeitung – und überließ seiner Frau das Vermietungsgeschäft, für das er eigentlich verantwortlich zeichnete und womit er sein Geld verdiente. Zu ihrer Schwiegertochter hatte sie ein klares Verhältnis. Es beschränkte sich weitgehend auf das Geschäftliche. Auf menschlicher Ebene hatten sie sich wenig zu sagen. Sie besuchten sich bisweilen.

»Jussi, hast du alles mitbekommen?«

»Ja, Baiba, ich kann auf der Insel bleiben und darf in deiner Wohnung in der Stadt übernachten. Danke. Ich werde es genießen zu duschen und in einem richtigen Bett zu schlafen. Danke nochmals.«

»Morgen bist du wieder hier. Bis dahin isst du was Ordentliches, damit du meinen Garten auf Vordermann bringen kannst, ohne dass ich befürchten muss, du fällst mir um. Geh zu Gosch und lass dir eine Portion Meeresfrüchte mit gebratenen Nudeln servieren, hörst du? Sag, du kämst von mir. Dann schmeißen sie dir die Hummer hinterher, und du musst nichts bezahlen.«

»Ich höre, Baiba, und tue, was du sagst«, antwortete er mit freundlicher Ironie in der Stimme. »Lieber möchte ich jedoch eins von den Mon Chéris. Ich mag Süßigkeiten.«

»Warum hast du das nicht gleich gesagt? Nimm dir die Schachtel aus der Küche. Du kannst sie behalten. Und steck auch gleich Vitamintabletten ein. Die hast du nötiger als ich.«

»Ich höre und gehorche, Baiba. Ich gehe jetzt, sonst komme ich nicht rechtzeitig ins Bett.«

»Schon gut, ich habe verstanden. Der Schlüssel hängt am Schlüsselbrett, du weißt schon, wo. Die Adresse steht drauf. Schönen Abend und bis morgen.«

»Bis morgen. Danke.«

Er verließ ihr Haus, wie er gekommen war: ruhig, unauffällig, geschmeidig. Man hätte auch elegant dazu sagen können. Sie beschloss, frühzeitig zu Bett zu gehen. Fernsehen ödete sie an, wenn sie sich gestattete, ehrlich zu sein. Heute war ein schöner Tag gewesen, der Schampus hatte geschmeckt wie lange nicht mehr. Morgen würde wieder ein schöner Tag werden. Und als sie zu ihrem Schlafzimmer hinaufstieg, bemerkte sie, dass das Treppensteigen sie weniger anstrengte als jemals zuvor. Ihr neuer Arzt hatte sie also doch gut beraten.

DIE ZWEI FRAUEN

Gestern war ihr letzter Arbeitstag in der Firma gewesen. Ihre Gefühlslage war unklar und machte sie nervös. In der letzten Zeit hatten sie mehrmals in der Woche das Servicecenter des Flensburger Tageblatt in der Holmpassage aufgesucht, um die Jobangebote zu studieren. Für sie war nichts dabei gewesen. Ihre Vorstellungen fanden sich nirgendwo wieder. Sie wollten an ihrem zukünftigen Arbeitsplatz in jedem Fall zusammenbleiben.

An diesem Morgen saßen sie sich beim Frühstück gegenüber und sahen sich unschlüssig an. Plötzlich prustete Maxi unvermittelt ihr halb zerkautes Ei auf den Teller und lachte lauthals los.

»Maxi, ekelhaft, was hast du?«

Maxi beruhigte sich langsam.

»Evachen, ick hab 'ne Idee. Wir beede sind reef for de Insel. Und det machen wa jetzt einfach, klar?«

»Welche Insel, Maxi? Denk an unsere Finanzen.«

»Du imma mit dene Finanzen. Ick weeß schon, wat uns jut tut, glob ma. Ick denk da an Sylt, da warn wa noch nie und da könn wa per Anhalta bis fast hinne, und den Rest nehm wa de Bahn, die kost och fast nix, capito? Wir bleeben da 'nen Tach, und wenn's uns jefällt, bleeben wa och zweie. Wir ham ja Zeit. De

Stütze könn wa och späta beantrajen. Det loft nich wech, klaro?«

»Wenn du's sagst. Aber ich weiß nicht so recht. Haben wir überhaupt noch Geld?«

»Ham wa noch mehr als jenuch, Evachen. Lass Maxi ma machen. Det Wetta is fantastisch, kiek ma us'n Fensta. Da brochn wa nur det kleene Besteck. Komm, pack de Badehose een, et jeht los.«

Von ihrer Wohnung hatten sie es zu Fuß nicht weit zum City-Park Flensburg, wo Maxi die beste Mitfahrgelegenheit witterte. Der City-Park ist für viele Reisende aus Skandinavien in Richtung Süden und umgekehrt ein beliebtes Einkaufszentrum nahe der dänischen Grenze, aber auch Syltreisende machen hier gerne einen letzten Stopp, bevor sie auf die Insel übersetzen und ins Reich der Champagnerpreise eintauchen.

Maxi entdeckte einen großen Volvo Kombi mit der schwarzen, am Heck aufgebrachten Silhouette von Sylt. Sie stellten sich dazu und warteten auf die Besitzer. Die entpuppten sich als Schweden in den Dreißigern auf dem Weg ins Spielkasino von Westerland. Maxi quatschte die beiden ungeniert an. Obwohl sich die Verständigung mehr als schwierig gestaltete, erkannten die Schweden sofort, was die beiden wollten. Sie überließen ihnen ohne zu zögern die hinteren Sitze und kümmerten sich nicht weiter um sie.

Maxi reagierte darauf verschnupft. Sie hatten sich hübsch gemacht. In ihrer sommerlich leichten Bekleidung (flache Riemensandalen, dreiviertellange helle Hosen und ärmellose Blusen, an denen die oberen drei Knöpfe offen blieben) glaubten sie sich attraktiv und sexy. Maxi malte sich schon einen schönen Tag an der Seite zweier gut betuchter Schweden aus. Aber sie musste schließlich einsehen, dass ihr Outfit die Verständigungsschwierigkeiten nicht ausräumen konnte.

In Niebüll verabschiedeten sie sich und zogen ihre Tickets für die Überfahrt aus dem Bahnsteigautomaten. Das Wetter hielt, was es am Morgen und auch in den vergangenen Tagen versprochen hatte. Die Sonne strahlte von einem stahlblauen Himmel.

Der Zug auf die Insel war voll. Ganz vorne im Waggon waren vis-à-vis einem Farbigen zwei Sitze leer geblieben. Sie setzten sich aber lieber auf die Notsitze gegenüber der Toilette, stellten ihre Taschen unter die Sitzklappen und sahen sich um.

»Is et nich schön, Evachen. De grüne Wiese mit de villen Viecher, so weit dat Oje reicht, und dahinta blinkat schon dat Meer. Nu guck doch ma, wo biste denn mit dene Ojen?«

»Siehst du den Mann da vorne, ist der nicht süß?«

»Wat denn, wat denn, Evachen, du willst dir doch wo nich vagucken, wa? Der sieht ma ja jemeinjefährlich aus.«

»Ach was. Hat er nicht liebe Augen? Ganz sanft sieht er aus. Erinnerst du dich noch an die hübschen Afrikaner in unserer alten DDR? So schaut er aus. Aber heute muss er nicht so frieren wie damals. Sie haben mir so leidgetan, wenn sie in der Kälte bibberten.«

»Evachen, Evachen, von wejen sanfte. Siehste nich de Nabn uff seene Bäckchen? Det is een janz Schlimma.«

»Quatsch, Maxi, das sind Schmucknarben. Das hab ich mal irgendwo gelesen.«

»Also det wern wa jlech ham. Ick jeh hin und frach ihn.«

»Maxi, du bist unmöglich. Der spricht doch gar nicht Deutsch. Mir ist das peinlich.«

»Mir is nüscht peenlich. Ick jeh und frach.«

Sie ging den Gang hinunter und setzte sich dem Farbigen gegenüber auf den freien Sitz.

»Guten Morgen, werter Herr. Darf ich Se mal was fragen?«

Maxi bemühte sich um eine korrekte hochdeutsche Aussprache.

»Guten Morgen. Fragen Sie. Wenn ich kann, antworte ich.«

»Mensch, Se sprechen ja bessa Deutsch wie icke, da fällt ma ja en Steen von Herzen. Wo ham Se denn dat jelernt?«

»In Berlin. Sie erinnern mich an meine Studentenzeit in der DDR. Die Menschen redeten da so wie Sie.«

»Wat denn, wat denn, Se ham be unsa eens studiert? Det is jan Ding. Evachen, komm ma her. Det is eener von uns.« Sie winkte aufgeregt in Evas Richtung.

»Det dahinten is meene Freundin Eva. De kommt gleech och«, wandte sie sich ihrem Gesprächspartner wieder zu.

»Ick heße Maxi. Und wie heßen Sie?«

»Ich heiße Jussi. Sie können mich ruhig duzen.«

»Det is aba toll. Jussi, det is'n prima Name.«

In der Zwischenzeit hatte Eva ihre Taschen gegriffen und war nach vorne gekommen. Sie reichte Jussi verlegen die Hand.

»Guten Morgen. Ich hoffe, meine Freundin war nicht allzu aufdringlich. Wir wollen nicht stören.«

»Guten Morgen. Ich heiße Jussi. Sie stören nicht. Wir können uns duzen.«

»Oh, angenehm. Ich heiße Eva.«

»Weeste wat, Evachen, Jussi hat in unsra alten DDR studiert. Wat sachste nu?«, meldete sich Maxi zu Wort.

»Nein, ist das wahr? Wo denn da?«

»In Berlin. Und es war oft schrecklich kalt und ungemütlich. Heute fühle ich mich richtig wohl«, lächelte er ihr zu und zeigte seine weißen Zähne.

In der nächsten halben Stunde berauschten sie sich an gemeinsamen Erinnerungen und erzählten sich ihre Geschichten, kamen aber nicht zum Ende, weil der Zug viel zu früh im Westerländer Bahnhof einlief.

»Wir müssen uns wiedersehen. Wir haben noch so viel zu erzählen. Du musst arbeiten, nicht wahr, Jussi? Aber was machst du nach der Arbeit? Bleibst du auf der Insel? Können wir uns treffen? Vielleicht können wir zusammen essen? Was meinst du, Maxi?«

»Icke hab nüscht dajejen, janz im Jejenteil. Wat is mit dir, Jussi?«

»Gerne. Ich bin gegen 18 Uhr an der Musikmuschel auf der Promenade. Ganz leicht zu finden. Kann auch später werden. Wartet da auf mich, ich komme bestimmt. Ich muss los. Bis dann.«

Er winkte ihnen freundlich zu, zeigte erneut sein Lächeln und verschwand in der Menge, die dem Ausgang zustrebte.

Nette Mädels, besonders die kleine, etwas schüchterne Blondine, dachte Jussi. Sie sieht frisch und gesund aus, ohne aufdringliche Kriegsbemalung. In den Händen eines Profis hätte sie leicht für einen Versandhauskatalog modeln können.

Maxi war größer, wuchtiger und gröber, mit riesigen grauen Augen und einer etwas groß geratenen Nase. Sie hatte die Kanten und Ecken in ihrem Gesicht optisch gerundet und geglättet. Lange, braune Haare wellten sich um ihr Antlitz. Wenn sie den Mund hielt, war sie das Inbild einer jungen, attraktiven deutschen Frau.

Er spürte, mehr als ihm lieb war, wie willkommen ihm die Aussicht war, seinen Alltag auf so angenehme Art unterbrechen zu können. Er überlegte, wie er in den Genuss der Gastfreundschaft von Baiba kommen könnte, um nicht darauf angewiesen zu sein, den Zug aufs Festland zu nehmen. Sein Instinkt sagte ihm aber, dass er sich nicht würde anstrengen müssen, es würde sich einfach ergeben wie das letzte Mal auch.

Währenddessen ließen sich die beiden Frauen mit den Tagestouristen auf den Bahnhofsvorplatz spülen.

»Nu ham wa nich jefracht, wat mit de Nabn is. Und der Schaffner wa och nich da. Ham wa janz umsonst Jelt jelassen. Müssen wa uns merken, Evachen. Mensch, Lulatsch, pass doch uff, wo de hinlatschst. Meene Füßchen sind keen Fußabtreta.« Maxi fixierte entrüstet einen vorbeihastenden Jüngling, der es eilig hatte, in die Wilhelmstraße zu kommen. Er drehte sich nicht einmal um, sondern verstärkte sein Bemühen, schneller zu werden.

»Also, so wat is mir bis dato nur uff'm Alex bejeechnet«, schimpfte Maxi ihm hinterher. Sie passierten die Skulpturengruppe auf dem Bahnhofsvorplatz.

»Evachen, wat sachste denn zu de grüne Meneken da, de kippen ja jleich um. Un kiek ma de Frisurn. Det is valleicht ma ne bekloppte Truppe.«

»Maxi, ich glaube, wir gehen besser zum Strand. Dahinten ist ein Schild. Mir ist das hier zu voll.«

»Wo de recht hast, haste recht, Evachen. Komm, jeh ma.«

An der Promenade angekommen, wollten sie die Treppe zum Strand nehmen, wurden aber von einer freundlich-barschen Männerstimme aufgehalten.

»Hier ist die Kasse, die Damen. Bevor es an den Strand geht, müssen Sie noch an mir vorbei.«

»Wat denn, wat denn, junga Mann. Solln wa och noch dafür berappen, dat ma uns uff de Füße latscht? Det is ma ja een komischa Vaeen.«

Sie fügten sich aber ohne weiteres Lamento in ihr Schicksal und hatten die Sache schon vergessen, als die ersten Wellen über ihre nackten Füße rollten und ihre Hosenbeine durchnässten. Die laute Ruhe des Meeres fing sie ein. Die See sog den Lärm des Sommerstrandes auf und verwandelte ihn in einen einschläfernden Wohllaut, der sie ganz ruhig machte. Die Sonne brannte auf ihre Gesichter und Schultern. Der Wind fächelte die aufkommende Hitze von der Haut und streichelte alles Unbehagen in den stahlblauen Äther über ihnen. Sie fühlten sich wohl.

MITTAGSSPAZIERGANG

Jung beendete die Lektüre, schlug die Akte zu und starrte versonnen aus dem Fenster. Ein Gefühl beschlich ihn, das er nicht erwartet hatte: Angst wäre zu viel gesagt, aber eine ängstliche Vorsicht breitete sich in ihm aus. In diesem Fall ging es nicht nur um Tod, sondern auch um viel Geld, um sehr viel Geld, um Macht, Einfluss, Gier und Neid. Sylt als Refugium der Reichen und Schönen war ein Wirtschaftslabel besonderer Art, in das man risikolos investieren konnte und dessen Geldschöpfungspotenzial immens war. Name und Renommee der Insel waren Garantien auf Geldvermehrung für alle, die sich ihrer bedienen durften. Entsprechend wurde darum gekämpft, nicht mit Haken und Ösen, sondern mit krimineller Gewalt und Energie. Dabei musste im Auge behalten werden, dass der Glamour der Insel nicht bröckelte und Risse bekam.

Jung unterbrach seinen Gedankengang. Etwas drängte in sein Bewusstsein, das beim Lesen des Berichtes unterschwellig haften geblieben war: Strychnin, davon hatte er in seiner Jugend in schlechten Kriminalromanen gelesen. Er erinnerte sich vage, dass es als Rattengift vor langer Zeit mal en vogue gewesen, danach aber aus der Mode gekommen war. Seit langer Zeit war von

Strychnin, in welchem Zusammenhang auch immer, nicht mehr die Rede gewesen. Er beschloss daher, als Ersten den Rechtsmediziner Dr. Endert danach zu fragen, bevor er weitere Schritte plante.

Seine Uhr zeigte auf kurz nach 12, Zeit für eine Mittagspause. Er wollte sie nutzen, um seine Gedanken zu sortieren. Eine Jacke brauchte er bei dem schönen Wetter nicht. So verließ er das Gebäude, wie er war, in leichter Sommerhose, Polohemd und Sneakers.

Normalerweise aß er eine Kleinigkeit im ›Gegenüber‹ in der Roten Straße: Pasta mit Pesto aus Sardinien, Spaghetti Carbonara oder gemischte Antipasti aus der Vitrine, begleitet von einem Glas Lugana. Heute lenkte er seine Schritte auf die sonnenbeschienene Promenade um die Hafenspitze herum ans Ostufer. Ans Essen dachte er weniger. Außerdem hatte er hier vor einiger Zeit in Clausens Fischmarkt zu Mittag gegessen und schlechte Erfahrungen gemacht. Die Lage am Wasser mit der herrlichen Aussicht auf die westliche Höhe, Duborg und St. Marien hatte ihn eingeladen. Das Essen enttäuschte ihn aber. Die Teller waren zu groß, die Salatbeilagen zu aufgeplustert, die Bratkartoffeln zu fett, die Soßen zu üppig, die Fischfilets zu groß, die Bedienung schlecht gekleidet und zu laut und – als er seinen Teller nicht leer essen wollte – auch noch beleidigt.

Dann war da das ›Mäeders‹, ein vergrößertes Bistro mit leichter Kost aus Meer und Gemüsegarten. Es lag gut 100 Schritte weiter, im Parterre des letzten der fünf Türme des Hafenkontors. Das jugendliche Personal verströmte das Flair von Wellenreitern, Kitesurfern und Beachvolleyballern. Aus der Höhe dieser studentisch angehauchten Amateure mussten die verkehrt eingedeckten Bestecke und die falsch arrangierten Läufer auf den Tischen einfach übersehen werden. Er fühlte sich hier wie ein Trottel, dessen Knete abgegriffen wird, und nicht wie ein Gast, dessen kleiner Hunger zu Mittag ein solides Handwerk in Küche und Speiseraum in Gang setzte.

Er verzichtete gerne aufs Mittagessen und schlenderte am Bellevue vorbei in Richtung Hafenkontor. Als er vorhin die Polizei-Inspektion verlassen hatte, war er überrascht gewesen, wie warm es geworden war. Die Temperaturen mussten bei 30 Grad liegen. Die feuchte Wärme drückte auf sein Wohlbefinden. Er fühlte, wie ihm der erste Schweiß den Rücken herunterlief, und er ließ sich auf einer der Bänke an den Bootsstegen nieder.

Jung lehnte sich zurück. Er fluchte innerlich, weil er die schlechte Angewohnheit hatte, seine Sonnenbrillen überall liegen zu lassen. Jetzt hätte er eine gebraucht. So kniff er die Augen zusammen und plierte auf die vor ihm liegenden Boote und die wenigen Passanten und Radfahrer.

Wie sollte er am besten vorgehen? Der Fall war nicht gelöst worden. Der Reichtum der Ermordeten hatte mit Sicherheit eine umfangreiche, akribische Spurensicherung und eine weitreichende Ermittlungstätigkeit ausgelöst. Die auf seinem Schreibtisch liegenden Akten zeugten davon. Die daraus abgeleiteten Schlüsse führten ganz offensichtlich ins Leere. Die Indizien, die zu dem oder den Tätern hätten führen können, waren bis jetzt zu spärlich. Er war sich ziemlich sicher, dass die Unterlagen fehlerfrei waren. Das Studium ähnlicher Fälle aus der Vergangenheit hatte das immer wieder bestätigt. Da war es naheliegend, sich erst einmal die detaillierte Analyse der Ermittlungsunterlagen zu schenken, um sich den unvoreingenommenen Blick nicht zu verstellen.

Seine Vorsicht riet ihm, sich mit jemandem zu besprechen, dem er vertraute. Nicht mit Holtgreve, das stand für ihn fest. Holtgreve leitete seine Leute, aber besprach sich nicht mit ihnen. Es musste jemand sein, der Erfahrung hatte und dem Dienst nicht verpflichtet war, der außerhalb stand und keine Rücksichten und Vorsichten walten lassen musste.

Jung fiel sein Kollege Klaus Boll ein, der vor einiger Zeit, frühzeitig verbraucht, in den Ruhestand geflüchtet war. Sie hatten sich gut verstanden. Ihre Wertschätzung gründete sich nicht in erster Linie auf die gegenseitige Anerkennung ihrer Arbeit, sondern leitete sich ab aus gemeinsamen Vorlieben für den verbleibenden Rest: an erster Stelle essen und trinken. Boll musste jetzt schon lange genug aus dem Dienst sein, um sich unbelastet einem Fall widmen zu können, an den er seine aus unzähligen Ermittlungen angehäufte Erfahrung verschwenden konnte. Das musste ihm einfach Spaß machen. Jung beschloss, ihn heute anzurufen und um eine Unterredung zu bitten.

Er erhob sich etwas mühsam von seiner Bank. Der Weg zu seinem Schreibtisch erschien ihm lang. Die drückende Hitze hatte noch zugenommen, und Jung war schließlich froh, in die Kühle des Treppenhauses der Polizei-Inspektion eintauchen zu können.

DER GERICHTSMEDIZINER

In seinem Büro suchte Jung als Erstes Bolls Telefonnummer heraus. Sie war noch nicht von der Telefonliste der Mitarbeiter der Polizei-Inspektion gestrichen worden. Nach einiger Zeit meldete sich der Anrufbeantworter. Jung bat um Rückruf und hängte wieder ein.

Sein Blick schweifte aus dem Fenster über die Hafenspitze auf das von der Sonne angestrahlte Ostufer. Er fragte sich, ob er seine Zeit nicht besser verbringen könnte als mit der Aufklärung des Todes einer alten, dicken Frau. Schließlich wirst du dafür bezahlt, also mach dich an die Arbeit und verschwende nicht deine Zeit, ermahnte er sich. Er meldete sich beim Gerichtsmediziner, um Näheres über Strychnin zu erfahren.

»Endert.«

»Hallo, Dr. Endert, Jung hier.«

»Ha, das ist ja eine Überraschung. Wie komme ich zu dieser Ehre, verehrter Herr Kollege? Ist was mit Oma oder ist der Leitende zu feige und schickt Sie vor?«

Endert stand mit allen Vorgesetzten auf Kriegsfuß. Sie waren in seinen Augen allesamt dumm und erfüllten damit die nötige, wenn auch nicht hinreichende Bedingung, höhere und hohe Posten zu besetzen. Eigentlich gab es überhaupt nur einen gescheiten Menschen in der

Inspektion: ihn selbst. Er rieb jedem seine Meinung bei passender und unpassender Gelegenheit unter die Nase. Seine fachliche Kompetenz stand außer Frage, seine soziale Kompetenz in krassem Gegensatz dazu. Waren Vorgesetzte zugegen, so vermochte ihn nichts davon abzuhalten, sie vor den Kopf zu stoßen oder bloßzustellen. Dazu studierte er unermüdlich Vorschriften, Ministerialerlasse, Durchführungsverordnungen etc. und führte die Anwesenden mit seinem erlesenen Wissen vor. Er war darin äußerst fleißig. Jung vermied tunlichst eine Diskussion mit ihm. Wenn er was von ihm wissen wollte, regte er ihn höflich zu einem Vortrag an.

Jung sah ihm sein krankes Verhalten meistens nach. Es war nicht zu übersehen, dass Endert körperlich litt. Er hatte einen Morbus Bechterew, eine Art von Rheuma, die eine schleichende Wirbelsäulenverknöcherung mit einhergehender Rückgratverkrümmung zur Folge hat. Er ging also gebeugt, von Jahr zu Jahr mehr. Jung schätzte ihn, seit er vor etlichen Jahren Enderts Leitfaden ›Gerichtsmedizin für Kriminalbeamte‹ gelesen hatte. Er fühlte sich nach der Lektüre nicht nur gut informiert, sondern hatte auch ein Lesevergnügen auf literarischem Niveau gehabt.

»Ich muss zugeben, dass Holtgreve in der Tat der Anlass meines Anrufs ist. Wissen möchte ich aber von Ihnen, ob Sie sich an den Fall Mendel erinnern, die Strychnintote auf Sylt?«

»Ha, und ob ich mich erinnere. Das war mal wieder ein Fall, wo sich unsere Vorgesetzten von ihrer allerbesten Seite zeigten. Und das will schon was heißen, wenn Sie wissen, was ich meine. Die haben damals unsinnigen Druck gemacht, von wegen schnellstmöglicher Aufklärung, Diskretion, Rücksichtnahme auf höhere Interessen, Schonung der Privatsphäre und so weiter und so fort. Ich möchte mal wissen, wer oder was da geschont werden sollte. Natürlich die Geldsäcke, die den Hals nie voll genug kriegen können. Erst helfen unsere Herren von der Teppichetage ihnen in die Steigbügel, und später kriechen sie ihnen in den Arsch. Wusst ich's doch, Holtgreve steckt hinter Ihrem Anruf.«

»Ich wollte etwas zu dem Gift von Ihnen hören.« Jung ignorierte Enderts gesellschaftspolitische Tirade.

»Ja, ja, das war auch in dieser Hinsicht ein Fall, den ich so schnell nicht vergessen werde. Zuerst war die werte Dame so fett, dass die verkrampften Muskeln und Gliedmaßen unter dem Fettgewebe fast nicht auszumachen waren. Aber im Gesicht sah ich schnell, womit ich es zu tun hatte. Mir war auch gleich klar, dass sie das Strychnin nicht mit dem Essen eingenommen haben konnte. Strychnin ist ein äußerst giftiges Alkaloid und das bitterste Zeug, das man sich vorstellen kann. Hat man auch nur die Spur davon auf der Zunge, verpuffen Mord- oder Selbstmordabsichten, wenn sie denn überhaupt da gewesen sind. Du kotzt das Zeug in hohem Bogen aus, sozusagen reflexartig. Das Gift wurde ihr in Containerkapseln appliziert. Von denen hatte sie allerdings reichlich im Magen. Nach der Auflösung der Container im

Magen verbleiben Spuren, in diesem Fall eher Berge, von Überzugsmitteln zurück, wie Schellack, Glukose, Stärke. Aber das braucht Sie nicht weiter zu interessieren. Mich hat das nicht verwundert, nachdem ich ihren täglichen Medikamentencocktail kennengelernt hatte. Darunter war auch Vitamin C 300 von der Firma SoVita, die für ihre Langzeitkapseln diese Container verwendet. Ich kann nicht mehr alles aufzählen, aber meine feste Überzeugung ist, dass irgendwer oder sie selbst das Gift in die Container verpackt hat. Entweder hat sie dieser Jemand unter die vielen anderen Pillen geschmuggelt, die sie bei jeder Gelegenheit geschluckt hat, oder sie hat sie sich selbst unter ihren Pillencocktail gemixt.«

Jung hakte ein. »Meinen Sie, sie hat sich selbst umgebracht?«

»Das anzunehmen, ist nicht abwegig. Sie hatte ohnehin nicht mehr lange zu leben. Das Herz hätte in absehbarer Zeit schlappgemacht. Die Aufgabe, dieses Massiv am Leben zu erhalten, hätte auch ein jüngeres und gesundes Herz vorzeitig in die Knie gezwungen. Sie hat davon gewusst, wie Sie dem Vernehmungsprotokoll des Hausarztes entnehmen können. Übrigens ein Kollege aus Flensburg, merkwürdig, nicht?«

»Und um ihren Leidensweg abzukürzen, hat sie ihn mit eigener Hand beendet«, ergänzte Jung. Er ignorierte erst einmal den Hinweis auf den Hausarzt und freute sich, Endert auf eine zunehmend sachliche Gesprächsebene gebracht zu haben.

»So kann man es ausdrücken. Ich gebe aber zu bedenken, dass der Mensch an sich am Leben hängt. Und ihr Leben war ja äußerlich betrachtet durchaus komfortabel. Wie sagt man doch so treffend: Die Hoffnung stirbt zuletzt. Auf der anderen Seite kann ein mutmaßlicher Mörder ihr nicht sehr nahegestanden haben, denn sonst hätte er sich die Mühe ersparen können. Es sei denn, er stand unter Zeitdruck und wollte nicht warten.«

»Das ist ein interessanter Hinweis«, lobte Jung, um Endert noch etwas bei Laune zu halten. »Aber wie kam die Mendel oder der Mörder an das Gift? Haben Sie dazu eine Vermutung?«

»Tja, mein Lieber, das herauszufinden, ist ja wohl Ihre Aufgabe. Und nebenbei, es könnte auch eine Mörderin sein.«

»Richtig, richtig, Herr Kollege. Sie sind der bessere Kriminalist, wie mir scheint«, lenkte Jung ein und lächelte, weil Endert mal wieder klarmachte, was sie alle an ihm so schätzten.

»Ich kann nur sagen, dass ich während meiner gesamten Karriere als Gerichtsmediziner nie mit dem Zeug in Berührung gekommen bin und auch nicht von Kollegen gehört habe, sie hätten mit Strychnin zu tun gehabt«, fuhr Endert ungerührt fort. »Ich weiß, dass es vor ewigen Zeiten als Rattengift eingesetzt wurde, aber schnell aus der Mode kam. Jetzt steht es noch auf der Dopingliste, was ja nicht einer gewissen Ironie entbehrt. Aber da hat man wohl eher an homöopathische

Dosen gedacht, denn in der Homöopathie ist es noch sehr beliebt.«

»Herr Kollege, danke für Ihre Hilfe. Sie haben mir da ein paar interessante Sachen erzählt. Ich werde dem nachgehen. Nochmals vielen Dank, und ich verspreche Ihnen, den Chef nicht von Ihnen zu grüßen, wenn ich ihn sehe«, ulkte Jung und hielt das Gespräch damit für beendet.

»Geben Sie ihm einen Schlag auf den Hinterkopf, das fördert das Denkvermögen. Ach, lassen Sie es lieber, ist ja eh umsonst. Tschüss, bis irgendwann einmal. Immer zu Ihren Diensten, werter Kollege.«

Jung hörte ein Klicken in der Leitung. Er sah den Hörer einen Moment sinnend an und legte auf. Der Hausarzt aus Flensburg, warum nicht aus Westerland, Kampen, Wenningstedt oder sonst wo auf der Insel? Vielleicht gab es einen ganz einfachen Grund dafür. Er würde der Sache nachgehen müssen.

Das Gespräch mit Endert hatte gerade geendet, da klingelte sein Telefon. Boll meldete sich auf der anderen Seite.

»Hallo, Tomas, hier Klaus. Du hast um meinen Rückruf gebeten. Ich bin schon ganz gespannt. Was ist denn los, dass du einen alten Knochen aus seinem Bau scheuchst?«

»Hallo, Klaus, prima, dich so schnell am Apparat zu haben. Ich hab ein Attentat auf dich vor, also wappne dich mit Stärke und Geduld.«

»Das klingt ja spannend. Ich hoffe, es wird nicht allzu

schlimm. Ich hab mich schon ans Altenteil gewöhnt und finde es ganz schön, vor allem sehr gesund.«

»Keine Angst, es geht um Folgendes: Ich hab hier einen Fall auf den Tisch bekommen, den ich gerne mit jemandem besprechen möchte, der kompetent ist, aber der Firma nicht angehört. Es wird von oben mächtig Druck gemacht, von wegen Diskretion, Geräuschlosigkeit, na, du weißt schon, wie das nach unten weitergegeben wird. Es ist viel Geld im Spiel, und die Chance, in die Scheiße zu treten, ist mächtig groß.«

»Und da hast du an mich gedacht?«, unterbrach ihn Boll. »Ich hatte immer den Eindruck, dass dir meine Arbeit nicht gerade imponiert hat.«

»Dein Eindruck trifft die Sache nicht ganz. Im Übrigen beruht das ja auf Gegenseitigkeit, oder nicht?«

»Lassen wir das. Ich kann nur sagen, ich hab dich immer für deine Haltung bewundert. Bisweilen bist du etwas übers Ziel hinausgeschossen. Einen Hang zum Masochismus musste man bei dir schon fast befürchten. Aber es hatte was. Am Schluss bist du eingebrochen. Aber wir werden alle irgendwann älter und mürber, mein Lieber.«

»Wäre schön gewesen, du hättest mir das bei Gelegenheit gesagt«, bemerkte Jung mit leichtem Vorwurf in der Stimme. »Egal, hast du Lust, dich mit mir, ich will mal sagen, kriminalistisch zu unterhalten? Du hast Erfahrung, und ich schätze deinen Wein«, schmeichelte Jung ihm unverblümt.

»Klar hab ich Lust. Ich fahre allerdings morgen für vier Wochen in den Süden. Das müsste heute noch stattfinden. Ich habe Zeit. Ulla ist außer Haus, um letzte Besorgungen vor dem Urlaub zu erledigen. Wir wären allein und ungestört. Und was den Wein anbelangt, ich hab noch Hallgartener Mehrhölzchen, Jahrgang 2002, von Söngen im Keller. Gut gekühlt ist der bei den Temperaturen da draußen genau der Richtige.«

Boll und Jung waren beide große Bewunderer der Rheingauer Rieslingweine. Sie hatten seinerzeit die Adressen ihrer bevorzugten Weinbauern ausgetauscht und sich die eine oder andere Kiste mitgebracht, wenn es sich gerade so ergeben hatte.

»Das ist ja wunderbar. Ich kann gegen 17 Uhr bei dir sein. Stell nicht zu viele Flaschen kalt. Wir sollten bei klarem Verstand sein, wenn ich dich in die Geheimnisse des Todes einer mysteriösen reichen Dame einweihe«, machte Jung sein Anliegen etwas schmackhafter.

»Das klingt nach einem verdammt unterhaltsamen Nachmittag, mein Lieber. Ich hoffe, du weißt, was du damit anrichtest. Ich erwarte dich so gegen fünf, ja?«

»Gut, bis nachher.«

Jung legte den Hörer auf und lehnte sich in seinem Stuhl zurück.

DIE KINDER

Bevor sich Jung auf den Weg zu Boll machte, wollte er zu Hause Bescheid geben, dass er heute später kommen würde. Er wählte die Nummer seines Anschlusses. Das Telefon stand neben dem Computer mit Flatrate, und er konnte sicher sein, dort seine Tochter an den Apparat zu bekommen. Nach dem ersten Signalton stand die Verbindung.

»Naoki.«

»Hallo, Cara, Papa hier.«

Seine Tochter Cara war gerade 16 Jahre alt geworden und eine glühende Anhängerin der Visual-Kei-Bewegung. Die Mitglieder gaben sich japanische Namen. Sie trafen sich in der Stadt zu Cosplay Meetings und schockierten die Leute mit exotischer Aufmachung in Schwarz-weiß und gruseligem Make-up. Bleiche Haut war Ausdruck echter Visual-Kei-Gesinnung. Sie mieden deshalb die Sonne wie den Leibhaftigen. Cara gefiel sich als Gothic-Lolita mit schwarzer Netzstulpe an rechter Hand und Unterarm, verschiedenfarbigen Kniestrümpfen und eingeflochtenen schwarzen Haarteilen. Ihre Aufmachung erschreckte ihn. Er bemühte sich um Zurückhaltung und Toleranz, musste sich aber eingestehen, dass ihm das schwerfiel.

»Papa, wie läuft das heute mit dem Essen? Mama arbeitet in Husum und bleibt über Nacht, du weißt schon. Was gibt's denn?«

So kannte er sie: Direkt und schnörkellos kam sie zur Sache und hatte ihn erwischt. Die Abwesenheit seiner Frau hatte er vergessen. Er konnte sein Treffen nicht absagen. Heute war die letzte Chance, bevor Boll in den Urlaub fuhr.

»Deswegen rufe ich an. Ich habe heute eine dringende Verabredung und weiß nicht, wann ich nach Hause komme. Ist Clemens bei dir?«

»Ja, Clemens ist unten. Aber Papa, ich brauche unbedingt deine Kreditkartennummer. In einer Woche tritt Moi dix Mois in Berlin auf. Ich muss heute noch Karten übers Internet bestellen, sonst sind sie weg. Das geht nur mit Kreditkarte. Papa, du weißt, wie wichtig mir das ist. Ich brauche jetzt die Unterstützung meiner Familie.«

Wer zum Teufel ist Moi dix Mois? Und warum sollte er seine Kreditkartennummer dem Internet anvertrauen, wo kriminelle Banden ihre Schleppnetze danach auslegten? Jungs Unbehagen wuchs.

»Hat das nicht Zeit bis heute Abend, wenn ich wieder zu Hause bin? Was kostet denn der Eintritt, und wie kommst du da hin und wieder zurück? Wie stellst du dir das denn vor?«

»Papa, es ist dringend. Du begreifst den Ernst der Lage nicht. Moi dix Mois ist *die* Kultband der Visuals und gastiert nur ein einziges Mal in Europa. Meine Freundinnen aus Schweden und Hamburg kommen auch nach Berlin. Ich muss da hin, verstehst du?«

Von den Freundinnen in Schweden und Hamburg hörte er heute zum ersten Mal. Warum schaffte es seine Tochter immer wieder, ihm ein schlechtes Gewissen zu machen und ihn unter Druck zu setzen? Er konnte diese Diskussion nicht lange durchhalten, das wusste er. Er resignierte und erklärte seiner Tochter seufzend, wo sie die Daten seiner VISA-Karte finden konnte.

»Hol mir bitte Clemens an den Apparat.«

»Oh, vielen, vielen Dank, Papa, du bist doch der Beste. Clemens ist gleich da. Tschüss.«

»Hallo Paps. Wann bist du zu Hause? Ich wollte dich um das Auto bitten. Jessi ist um 18 Uhr in der Diako fertig, und ich will sie abholen. Geht das?«

Clemens' Freundin Jessika absolvierte ihr freiwilliges soziales Jahr in der Diakonissenanstalt. Jung hatte den Eindruck, die beiden wären schon länger verheiratet als er mit seiner Frau Svenja (sie hatten vor zwei Jahren Silberhochzeit gehabt). Dabei waren sie erst 21 beziehungsweise 20 Jahre alt. Clemens hatte seinen Ersatzdienst abgeleistet, und sie planten jetzt, zusammen in Freiburg zu studieren.

»Tut mir leid, mein Sohn, aber das wird nichts. Ich hab noch eine Besprechung, deren Ende ich nicht absehen kann. Ich wollte dich bitten, für dich und deine Schwester das Abendbrot zu besorgen.«

»Gut, dann kommt Jessi mit dem Bus. Sie isst mit uns. Wo liegt denn Geld zum Einkaufen?«

Das schätzte er an seinem Sohn: Er musste mit ihm nicht lange herumreden. Aber Haushaltsgeld gab's nicht, weil in der Vergangenheit, als für diese Zwecke noch eine Kasse in der Küche eingerichtet gewesen war, davon alles bezahlt worden war, nur keine Lebensmittel. Das konnten sie sich auf Dauer nicht leisten.

»Clemens, du musst das mal auslegen. Mama bleibt über Nacht in Husum und fällt als Geldgeber aus.«

»Na gut, ich check den Kühlschrank und die Tiefkühltruhe. Ich werd schon was finden. Tiefkühlpizza und Chicken Wings sind noch da, glaube ich.«

»Gut, Clemens, ich setz auf dich. Und wenn du Gemüse findest, denk daran, auch das ist essbar. Tschüss, bis heute Abend.«

»Tschüss, bis dann, Paps.«

Das Wort ›gesund‹ durfte er gegenüber seinen Kindern nicht in den Mund nehmen, das war in der Regel kontraproduktiv. Jung legte den Hörer mit gemischten Gefühlen und einem Seufzer auf. Seine Kreditkartennummer im Internet und die Ernährung seiner Kinder mit Junkfood verursachten ihm Magengrimmen. Es blieb ihm ein Rätsel, wie die beiden bei der von ihnen bevorzugten Ernährung gesund bleiben und knapp zwei Meter beziehungsweise 1,74 Meter groß werden konnten.

Er beneidete einen gewissen Commissario Brunetti aus Venedig, dessen Frau so fantastisch kochen konnte, und zwar mittags und abends. Die Kinder der beiden halfen beim Decken des Tisches und beim Abwasch. Die gesamte Familie nahm zum gemeinsamen Mahl an einem gedeckten Tisch auf der Terrasse Platz, hoch über den Dächern von Venedig mit Blick auf San Marco. Brunettis Frau Paola, gleichermaßen perfekt als Gattin wie als Privatdozentin an der Universität, schenkte kühlen Pinot Grigio in die Gläser, und die gepflegte Konversation in bestem, grammatikalisch untadeligem Italienisch drehte sich um den unbedachten Kommentar der Tochter zur Rasse eines Mordopfers oder um den kurzen, kommunistischen Fieberanfall des Sohnes, der binnen kürzester Zeit und mit sachkundiger, pädagogisch wertvoller Hilfe der Eltern überwunden werden konnte. Darüber leuchtete die warmherzige Liebe der Alten und tauchte die Szenerie in einen Goldglanz, der bis nach Deutschland strahlte.

Jung schickte ein Stoßgebet gen Himmel, legte den Kopf in den Nacken und gab seine Probleme in göttliche Hände. Er betete um gute Fügung und um Vergebung seiner Unzulänglichkeiten. Das war der erste Schritt, sich zu beruhigen und sich auf die bevorstehende Unterredung mit Boll zu konzentrieren.

DER PENSIONÄR

Jung lenkte sein Auto aus der Tordurchfahrt auf die Straße zum ZOB* in Richtung Exe und weiter auf die Umgehung. Draußen war es noch schwüler und drückender geworden. Er genoss die allmählich einsetzende Kühlung aus der Klimaanlage. Als er auf die Osttangente einbog, sah er im Südwesten, dicht über dem Horizont, eine schwarze Wolkenwand heraufziehen. An der Oberseite schossen Wolkentürme in den Himmel. Die allmählich untergehende Sonne machte aus ihnen blendend weiße Blumenkohlköpfe. Heute Abend wird es heftige Gewitter geben, überlegte er, hoffentlich komm ich ohne Schwierigkeiten wieder nach Hause.

In Oxbüll verließ er die Straße in Richtung Ulstrup/Bockholm, und nachdem er die sanfte Kuppe der letzten Moräne vor der Förde erklommen hatte, lag die Halbinsel Holnis vor ihm. Boll hatte dort in den 70er-Jahren ein altes Siedlungshaus erworben und es für sich und seine Frau hergerichtet. Die Halbinsel teilt die Innen- von der Außenförde und ist der letzte Flecken deutschen Bodens vor den dänischen Äckern, die jenseits der engen Fahrrinne zu erkennen sind. Holnis war vor einigen Jahren zum Landschaftsschutzgebiet

---

* Zentraler Omnibus-Bahnhof.

erklärt worden. Leider einige Jahre zu spät, denn die Ufer waren schon vorher von einer billigen Freizeit- und Ferienindustrie besetzt worden. In den letzten Jahren hatte sich die Gemeinde mit großem Aufwand um Verbesserungen bemüht, mit bescheidenem Erfolg. Zumindest durfte auf der Halbinsel zur Freude derjenigen, die dort wohnten, nicht mehr gebaut werden. So gewann Bolls Haus an Exklusivität und Wert und er selbst die Gewissheit, dass der Ausblick auf das vor seinem Haus per Durchstich von der Förde geflutete Noor nicht mehr verbaut werden konnte.

Jung fuhr die von Bäumen gesäumte Einfahrt zum Haus hinauf. Seit er das letzte Mal hier gewesen war, hatte Boll die alten hölzernen Fensterläden neu gestrichen. Sie präsentierten sich jetzt leuchtend weiß in den letzten Strahlen der von den heraufziehenden Wolken langsam im Schatten liegenden Sonne. Boll saß auf dem Balkon und schien Jung schon erwartet zu haben. Er winkte ihn ins Haus und begrüßte ihn freundlich.

»Hallo, alter Junge. Du siehst gut aus, schlank wie immer, aber etwas mitgenommen. Sind das schon die ersten Spuren deiner ums Leben gekommenen mysteriösen reichen Dame, oder ärgert dich der Chef?«

»Hallo, Klaus, schön, dich zu sehen. Ärger gehört zum Geschäft und hört auch nur mit ihm auf, wie ich an dir sehen kann. Du siehst ausgeruht und gesund aus«, erwiderte Jung.

»Na ja, ich gebe zu, dass ich meinen Ruhestand genieße. Ich segele meinen Hobie Cat, und solange ich das kann, bin ich dankbar und zufrieden.«

Boll hatte die gleiche Statur wie Holtgreve. Aber ihre Ausstrahlung und ihr Charakter hätten unterschiedlicher nicht sein können. Boll war ein Bonvivant und liebte lässige, bequeme, modische Kleidung. Er trat etwas forsch auf und machte die Frauen gerne an. In seiner Garage stand ein uralter Porsche Carrera aus den 60er-Jahren, den er nicht mehr bewegte, aber hütete wie einen Goldschatz. Auf den ersten Blick hätte man ihn für oberflächlich halten können. Jung glaubte nicht daran. Sein Kollege musste einen Blick auf das Leben geworfen haben, der ihn zutiefst erschreckt hatte. Bolls Hinwendung zu den angenehmen, käuflichen Seiten des Lebens war etwas forciert, so, als gäbe es dessen Kehrseite nicht. Er kannte sie, wollte aber nicht davon reden und nichts damit zu tun haben. Aber Jung war sich sicher, dass diese Auseinandersetzung irgendwann in der Zukunft nicht mehr zu verhindern sein würde.

»Wo wollen wir sitzen, draußen oder drinnen?«, fragte Boll.

»Drinnen. Ich glaube, wir werden heute ein Gewitter bekommen«, entschied Jung die Frage. Sie gingen ins Wohnzimmer und nahmen auf den bequemen Sofas Platz.

»Ich hab dir ja schon am Telefon einen guten Wein versprochen«, eröffnete Boll das Gespräch. »Du hast sicherlich nichts dagegen, wenn ich Oliven, Jamón Ibérico und etwas Weißbrot dazustelle. Den Schinken hab ich übrigens von meiner letzten Reise aus Cádiz mitgebracht. Unsere Schinkenbar gegenüber des Playa Victoria gibt's leider nicht mehr, du erinnerst dich doch daran?«

Boll und Jung hatten vor Jahren zusammen an einem Workshop der Interpol in Cádiz teilgenommen. Sie wohnten damals im Hotel Playa Victoria und hatten sich abends in der Gegend zwischen der Ave Cayetano del Toro und dem Paseo Maritimo herumgetrieben. Sie aßen Tapas und tranken Rotwein. Dabei hatten sie eine kleine Schinkenbar entdeckt und sich einen Jamón Ibérico de Bellota mit nach Hause genommen. Das exzellente Aroma hatte es ihnen angetan.

»Hoffentlich hast du daran gedacht, den Schinken vom rechten Hinterbein zu verlangen. Das ist der beste von den vier Flunken«, scherzte Jung. »Woher hast du den denn?«

»Diesmal hat es nur für das Corte Inglés gereicht. Aber die Schinkenabteilung ist da ungeheuer. Du wirst sehen.«

Boll verschwand in der Küche und schaffte heran, was er versprochen hatte.

»Lass uns zuerst einen Schluck von dem Riesling nehmen. Als ich in der brütenden Hitze auf dem Balkon saß, hab ich mich schon auf diesen Augenblick gefreut. Nochmals herzlich willkommen. Ich hoffe, ich kann dir helfen«, prostete Boll ihm zu.

Der kühle Wein aus dem beschlagenen Glas entfaltete an Jungs Gaumen ein unvergleichliches Aroma. Es erinnerte ihn an die angenehmeren Momente seines Lebens, und er fühlte sich zunehmend wohler. Der Schinken schmeckte, wie er ihn in Erinnerung behalten hatte. Zusammen mit den Oliven und einem Stück trockenem Brot ergab er einen Gaumenschmaus, der bei der schwülwarmen Atmosphäre des ausklingenden Sommertages nicht besser hätte ausfallen können.

»Wenn du so weitermachst, hast du mich öfter bei dir zu Gast«, lobte Jung.

»Die nächsten vier Wochen musst du auf mich als Gastgeber verzichten, wie ich dir ja schon am Telefon gesagt habe. Aber danach vielleicht. Ich will aber auch wissen, wie es mit deiner mysteriösen reichen Dame weitergegangen ist. Spann mich nicht länger auf die Folter und leg los.«

Die mysteriöse reiche Dame schien Boll heftig zu interessieren, und Jung freute sich nachträglich über den ausgelegten Köder. Er erzählte die ganze Geschichte ausführlich, einschließlich Holtgreves Besuch und den Informationen, die er aus dem Gespräch mit Endert gewonnen hatte. Auf die Darstellung seiner eigenen Gedanken verzichtete er.

Außer vom ersten, noch fernen Grollen der herannahenden Gewitterfront war Jung in seiner Erzählung nicht unterbrochen worden. Boll hatte die ganze Zeit geschwiegen und ab und zu einen Schluck aus seinem

Glas genommen und dazwischen Oliven und Schinkenhäppchen in den Mund geschoben. Als Jung geendet hatte, sah Boll ihm lange in die Augen und lächelte.

»Krankhaft dick und reich, keine glückliche Kombination, nicht wahr? Aber mysteriös«, war seine erste Reaktion. Dann füllte er ihre Gläser erneut, lehnte sich in das Sofa zurück und schwieg erneut. Jung sagte ebenfalls nichts und schaute auf die Fotografie eines in den Wellen kämpfenden Admiral's Cuppers, die an der gegenüberliegenden Wand aufgehängt war. Schließlich brach Boll sein Schweigen.

»Ich finde, die wichtigste Frage ist: Woher stammt das Gift? Aus meiner langjährigen Kenntnis der Firma weiß ich, dass unsere Kollegen, die mit dem Fall betraut waren, das genauso gesehen haben. Dass sie nicht fündig geworden sind, ist allerdings überraschend und verweist auf die Kompliziertheit der Angelegenheit. Na ja, schließlich ist sie ja deswegen auch bei dir gelandet«, schloss er lakonisch.

»Ja, das sehe ich auch so«, erwiderte Jung. »Wenn ich mir vorstelle, wie ungeheuer erfolgreich die Tote in diesem Haifischbecken, genannt ›Syltvermarktung‹, agiert hat, kann ich mir auch vorstellen, dass es einige Leute gegeben haben muss, die ihren Tod nicht gerade bedauert haben. Das heißt nicht unbedingt, dass sie ihren Tod herbeigeführt haben müssen; das heißt aber auch nicht, dass sie an der Aufklärung großes Interesse gehabt haben. Stille, verzweifelte Selbsttötung passt da besser in die Landschaft und stört nicht die Wertschöpfung an der glamourösen Sommerfrische. Die hätte mit Sicherheit Schaden genommen, wenn jeden Tag Schlagzeilen über die letzten Gerüchte des ›spektakulären Syltmordes‹ auf den Titelseiten der Boulevardpresse zu lesen gewesen wären. Ich glaube, das Umfeld ist mit dem Status quo froh und glücklich. Sie wissen ja noch nicht, dass es weitergeht.«

»Das dürfte auch der Grund für die Intervention von oben sein«, ergänzte Boll. »Das subtile Wirken entsprechender Kanäle und Netzwerke kennen wir ja von anderen Gelegenheiten. Ich erinnere nur an die erteilten Baugenehmigungen für einen Hotelkomplex im Süden, im Landschaftsschutzgebiet. Der wurde mit sehr prominentem Geld finanziert.«

Jung kostete erneut die Oliven und den Schinken und nickte anerkennend. Dann nahm er einen längeren Schluck aus seinem Glas, sah es einen Augenblick bewundernd an und stellte es zurück.

»Wie sieht es mit den Nutznießern des Todes, den Erben, aus?«, fuhr Boll fort. »Auch hier dürfen wir davon ausgehen, dass die Kollegen die Alibis ausreichend durchleuchtet haben. Also sind die dicht. Hier wäre zu prüfen, ob sie von dem ernsten Zustand ihrer Mutter beziehungsweise Schwiegermutter gewusst haben. Das würde ein mutmaßliches Motiv erheblich relativieren. Es sei denn, sie hätten unter Zeitdruck gestanden.«

»Ich habe in eine ähnliche Richtung gedacht. Auch hier gilt das, was wir schon vorher beim Umfeld analysiert haben.« Beide tranken von dem köstlichen Riesling und machten eine längere Pause.

»Wie wäre also vorzugehen?«, nahm Boll das Gespräch wieder auf. »Ich würde es wie folgt machen: Erstens keinen Staub aufwirbeln. Nichts darf darauf hindeuten, dass was Neues in Gang kommt. Zweitens: Du musst Zugang zu subtileren Informationen bekommen, die unseren Kollegen unter den gegebenen Umständen nicht zugänglich waren. Drittens: Der Weg dorthin scheint mir über die Freundin der Toten zu gehen. Finde heraus, wie nahe sie sich gestanden haben. Gewinne ihr Vertrauen und ihre Verschwiegenheit. Binde sie in deine neuerliche Aufklärungsarbeit als Beraterin ein. Für die Beantwortung aller aufgeworfenen Fragen werden sich danach schon neue Wege eröffnen. Viertens: Mach Holtgreve zu deinem Komplizen. Er darf nicht in Loyalitätskonflikte mit denen da oben kommen. Du weißt, was ich meine.«

Boll lehnte sich in seinem Sofa zurück und sah Jung zufrieden und zugleich fragend an.

Jung nickte und sagte nach einer längeren Pause: »Genau dasselbe ist mir, wenn auch etwas undeutlich, durch den Kopf gegangen. Holtgreve wird das größte Problem sein. Ich glaube aber, heute Morgen habe ich schon einen Schritt in die richtige Richtung gemacht. Er verließ mich sichtlich erleichtert, den Fall in guten

Händen wissend. Da werde ich weitermachen. Das Übrige überzeugt mich auch. Ich glaube, ich mach es so, wie du gesagt hast.«

Jung grinste Boll an und prostete ihm zu.

»Dann wären wir uns ja einig«, grinste Boll zurück. »In vier Wochen berichtest du mir. Ich bin gespannt und äußerst neugierig. Prost! Lass uns den Schinken aufessen und die Flasche leeren. Das geht gerade noch, selbst wenn du Auto fahren musst.«

Als sie sich nun alltäglichen Belanglosigkeiten und Erinnerungen aus gemeinsamen Zeiten zuwandten, kam das Donnergrollen immer näher. Die ersten blendenden Blitze erhellten den Himmel im Westen. Schließlich verließen sie das Haus und gingen zu Jungs Auto.

»Wie machst du das eigentlich, immer so schlank zu bleiben?«, fragte Boll Jung zum Abschied.

»Ich bin 1,82 Meter groß, habe grüne Augen und bin um die 75 Kilo schwer. Das war immer so, das ist so, und ich hoffe, das wird immer so bleiben. Fragen dazu kann ich nicht beantworten. Rezepte habe ich nicht. Ich wünsche dir einen schönen Urlaub; und meine besten Empfehlungen an die Frau Gemahlin. Bis bald, und vielen Dank für deine Bewirtung und das Gespräch. Ich melde mich, wenn du zurück bist.«

»Tschüss und viel Erfolg.« Boll schloss die Autotür hinter Jung und winkte ihm noch einmal zu. Jung lenkte seinen Wagen die Einfahrt hinunter auf die Straße nach Bockholm.

Er nahm den Weg zurück über Glücksburg/Meierwik. Er fuhr an Solitüde und Twedter Plack vorbei, runter an den Industriehafen und über Kielseng und den ZOB auf die Husumer Straße. Er musste ihr nicht lange folgen, um nach Hause zu kommen. Die Auffahrt wurde von rasch aufeinanderfolgenden Blitzen grell erleuchtet. Das gleichzeitig berstende Donnern des nahen Gewitters beschwor eine unheimliche Stimmung herauf. Jung war froh, zu Hause zu sein. Als er das Auto abgestellt hatte, klatschten die ersten dicken Regentropfen auf das Pflaster. Der Regen steigerte sich rasch. Als Jung die Haustür aufgeschlossen hatte, war sein Hemd durchnässt.

Seine Kinder und Jessi saßen einträchtig am Tresen, der das Esszimmer von der Küche trennte. Vor ihnen standen große Teller voller Nudeln, chinesischem Gemüse und Hühnerfleisch. Sie aßen konzentriert und – wie es Jung schien – mit gutem Appetit. Er entspannte sich spontan. Nudeln, Bambussprossen, Sojabohnenkeime, Hühnerfleisch waren akzeptable Nahrungsmittel. Daran änderten auch das bisschen Glutamat und die Geschmacksverstärker nichts, jene unvermeidlichen Bestandteile der deutsch-chinesischen Küche.

»Hallo, ihr drei, guten Appetit. Schmeckt's?«

»Danke, gut«, erwiderte sein Sohn. »Als wir Hunger hatten, fiel mir der Chinese im Bahnhof ein. Wir schnappten uns die Fahrräder und holten uns Nudeln mit Huhn.«

»Das reicht dicke für drei und schmeckt, nicht, Jessi?«, ergänzte Cara und prostete ihrem Vater mit einem Glas Coca-Cola in der Hand zu. Über die Coca-Cola auf dem Tresen sah Jung großzügig hinweg. Er wollte sein erleichtertes Gewissen nicht erneut strapazieren. Er wünschte den dreien einen vergnüglichen Abend und zog sich in sein Arbeitszimmer zurück.

DER LEITENDE

Als Jung am Morgen die Wache passierte, erblickte er Petersen in der Wachstube. Er stand mit dem Rücken zu ihm und sortierte Briefe in die Postfächer.

»Moin, Petersen. Darf ich ohne Gesichtskontrolle passieren?«, flachste er ihn an.

»Guten Morgen, Herr Jung. Ich hab auch Augen am Hinterkopf. Sie entgehen mir nicht. Wie läuft's mit dem neuen Fall, Herr Kriminalrat?«

»Es tut sich nicht viel. Kann man nach so kurzer Zeit auch nicht erwarten.«

»Na ja, manchmal klappt's aber auch überraschend schnell.«

»Woher wissen Sie denn das? Sickert das bis hier unten durch?«

»Also, durch meine Hände geht die Post, sowohl die, die reinkommt, als auch die, die rausgeht. Dann schnappt man das eine oder andere in der Kantine oder im Treppenhaus auf. Bei mir hier unten stranden des Öfteren Ihre Kollegen, nicht mehr ganz allein, wenn ich mich mal so ausdrücken darf. Sie kennen das ja. Sie reden gerne, manchmal auch zu viel. Aber bei mir sind ihre Geheimnisse gut aufgehoben. Ich mache mir so meine Gedanken. Ihren Fall kenn ich auch. War mal extra 'ne Sonderkommission eingesetzt.«

»Meinen Fall auch, so, so. Und welche Gedanken kamen Ihnen dazu?«

»Ich will mich ja nicht einmischen, das steht mir nicht zu. Aber ich glaube, es war ein Unfall. Die Herren von der Ermittlung neigen dazu, das Naheliegende zu übersehen.«

»Guter Tipp, Petersen. Ich werd darüber nachdenken. Danke. Schönen Tag noch.«

»Danke, gleichfalls, Herr Kriminalrat.«

Petersen, Petersen, den Kopf voller Fernsehkommissare und Oberinspektoren. Jung schüttelte innerlich den Kopf.

Er hatte sich heute als Erstes vorgenommen, den Leitenden über sein weiteres Vorgehen zu informieren. Er stieg deshalb die Treppen bis in die oberste Etage hinauf, wo Holtgreve am Ende des Flures, hinten links, residierte: Vorzimmer und geräumiges Büro, die Fenster mit Blick auf Hafenspitze und Förde. Die Einrichtung unterschied sich nicht von der anderer Büros im Hause, wenn man davon absah, dass das Mobiliar weniger abgenutzt war als zum Beispiel das in Jungs Büro. Jung wollte sich im Vorzimmer anmelden. Der Leitende hatte ihn aber schon durch die offen stehende Tür gehört und bat ihn sofort zu sich herein.

»Morgen, Jung, wie steht's?«

»Guten Morgen, Herr Holtgreve. Wie versprochen,

will ich Sie informieren, bevor ich in der Sache Mendel tätig werde.«

»Gut. Gefällt mir. Setzen Sie sich. Legen Sie los.«

Holtgreve legte die Unterarme auf die ansonsten leer gefegte Schreibtischplatte, faltete die Hände, als wenn er beten wolle, und sah ihm unverwandt in die Augen. Jung setzte sich auf den Bürostuhl vor dem Schreibtisch. Ihm fiel störend auf, dass die Sitzhöhe unter dem Sitzniveau von Holtgreves Bürosessel lag.

»Ich habe die Zusammenfassung der Ermittlungsergebnisse gelesen. Folgendes scheint mir wichtig, wenn wir Klarheit bekommen und den Fall ordnungsgemäß abschließen wollen.«

In den folgenden Minuten fasste Jung in kurzen Sätzen zusammen, was er mit Boll besprochen hatte, erwähnte das Gespräch selbst aber nicht. Er wartete auf Holtgreves Reaktion.

»So weit einverstanden. Problem ist die Freundin. Sie ist keine Beamtin und darf nicht wissen, was wir wissen. Sie verstehen, Amtsverschwiegenheit, Diskretion. Plappert vielleicht, um sich aufzuspielen. Also Abstand. Ansonsten okay«

»Dann mach ich es so.«

»Jung, noch was. Keine Kritik an den Kollegen. Ich will keine Unruhe im Haus.«

»Warum sollte ich sie kritisieren? Habe ich einen Grund dazu, den Sie mir nicht gesagt haben?«

»Nein, nein«, beeilte sich Holtgreve, ihn zu beschwichtigen. »Wir beide müssen das können, dafür haben wir studiert. Die Zauberlehrlinge da unten aber nicht. Sie wissen, was ich meine?«

Jung wusste beim besten Willen nicht, was der Leitende meinte, und fühlte sich unangenehm berührt.

»Guten Morgen und schönen Tag noch.«

»Danke gleichfalls. Und sprechen Sie sofort vor, wenn es Neues gibt, Jung.«

Wie kam es, dass er sich nach jeder Begegnung mit dem Leitenden beschmutzt vorkam, und dass er Druck verspürte, sich wehren zu müssen? Jung betrat missmutig das Treppenhaus.

Als er die Tür zu seinem Arbeitsraum öffnete, hatte er das Gefühl bereits verdrängt und sann darüber nach, was als Nächstes zu tun sei. Sein Blick fiel durch das Fenster auf die Förde, die heute unter der strahlenden Sonne glitzerte wie gestern auch, nur mit dem Unterschied, dass der klebrige Dunst einem strahlend blauen Himmel gewichen war. Er fragte sich, wie lange das schöne Wetter noch anhalten würde.

DER ARZT

Der Hausarzt der Toten fiel ihm ein. Er suchte sich den Namen des Flensburger Mediziners aus den Ermittlungsakten, schlug die Nummer im Telefonbuch nach und wählte.

»Vorzimmer Praxis Dr. Bär, was kann ich für Sie tun?«, meldete sich eine geschulte, einschmeichelnde Frauenstimme.

»Jung, Polizei-Inspektion Nord. Ich würde gerne mit Dr. Bär sprechen.«

»Ich nehme an, es ist dringend. Während der Sprechstunde störe ich ihn ungern. Ich stelle Sie zu Dr. Bär durch.« Jung sah durch das Telefon ein makellos hergerichtetes und von einem professionellen Lächeln freigelegtes Gebiss.

»Bär.«

»Jung, von der Polizei-Inspektion Nord. Guten Tag.«

»Guten Tag. Ich bin gerade sehr beschäftigt. Kann ich Sie zurückrufen?«

»Es dauert nur einen kurzen Moment. Ich wollte Sie zu einer ehemaligen Patientin von Ihnen, Frau Mendel, befragen. Sie erinnern sich?«

»Ich erinnere mich. Aber Sie wissen vielleicht, dass die Schweigepflicht des Arztes auch über den Tod hinaus verbindlich ist. Schon allein deswegen kann ich Ihnen nicht weiterhelfen, schon gar nicht am Telefon, von der Zeit mal ganz abgesehen.«

Jung merkte, dass er so nicht weiterkam. Er verfiel auf den Gedanken, eine weniger offizielle Unterhaltungsform zu suchen.

»Ich mache Ihnen einen Vorschlag. Wir treffen uns vor Ihrer Praxis, wenn Ihre Sprechstunde zu Ende ist. Geht das?«

»Ich weiß zwar nicht, was Sie sich davon versprechen, aber gut. Ich treffe Sie um 12.30 Uhr auf dem Südermarkt. Bis dann.«

»Danke für Ihr Entgegenkommen. Bis dann.«

Bevor Jung geendet hatte, klickte es schon in der Leitung. Er war irritiert, dass ihm die Möglichkeit genommen war zu fragen, wie sie sich zu erkennen geben sollten.

Bis zu seinem Treffen mit Bär hatte er genügend Zeit, den Kontakt zum jüngeren Sohn der Toten und der Schwiegertochter vorzubereiten. Es schien ihm angebracht, sie schriftlich um eine Unterredung zu bitten. Bei einem Schreiben hatte er ausreichend Zeit, Formulierungen zu finden, die sie nicht aufregten und in Alarm versetzten. Er wollte es so klingen lassen, als seien die Akten schon fast geschlossen, und nur die Verpflichtung der Polizei zur Gründlichkeit sei der Anlass, noch einmal um ein abschließendes Gespräch zu bitten. Er setzte das Schreiben auf, suchte sich die Adresse aus den Akten und ging anschließend zum Schreibdienst, um den Brief auf den Weg zu bringen.

Der Schreibdienst lag ein Stockwerk tiefer und bestand aus zwei weiblichen Halbtagskräften. Früher hätte man sie als Sekretärinnen bezeichnet, heute hießen sie Büroassistentinnen, in Wirklichkeit waren sie Mädchen für alles mit bestandenem Einführungskurs für Microsoft Office. Wie immer waren sie überlastet. Der Chef hatte sich in einer halben Stunde angemeldet. Deswegen konnten sie jetzt Jungs Post nicht mehr annehmen. Er wünschte sich in diesem Moment die Fähigkeit seiner Frau Svenja. Sie hätte ihren Wunsch mit einer alles bezwingenden, coolen Freundlichkeit vorgebracht. Wer ihr nicht gehorchen wollte, schloss sich selbst unzweifelhaft von der wichtigen, guten Welt aus und lud Schuld an deren Beschädigung auf sich. Ihn ließen sie stehen wie einen nassen Sack, wie die Inkarnation von Unverfrorenheit und Unverständnis. Er vertröstete sich auf später und zog sich resigniert in sein Büro zurück.

Danach versuchte er, Helga Bongard, die Freundin der Toten, zu erreichen. Bei ihr zu Hause, in Holtbüll, meldete sich niemand. In ihrer Praxis – er hatte sich die Nummer heraussuchen lassen – nahm sie schon nach dem ersten Läuten den Hörer ab.

»Praxis Dr. Bongard.«

»Jung hier, Polizei-Inspektion Nord. Guten Tag.«

»Oh nein, nicht schon wieder. Ich musste das letzte Mal für vier Wochen meinen Führerschein abgeben. Bitte nicht noch einmal, bitte.«

»Ich kann Sie beruhigen. Ich bin nicht von der Verkehrspolizei.«

»Oh Gott, mir fällt ein Stein vom Herzen. Schlimmer hätte es kaum kommen können. Oder täusche ich mich da?«

»Ja, ich weiß nicht. Ich würde eher sagen: Nein, es ist nicht schlimmer, es war schlimmer, ist aber vorbei.«

»Nun lassen Sie mich doch nicht länger um die Lampe fliegen. Raus mit der Sprache. Worum geht es?«

Ihr Tonfall und ihre Diktion ließen Jung hoffen, dass er auf jemanden gestoßen war, der seiner Strategie entgegenkam und auf dessen Mitarbeit er hoffen konnte. Er nahm sich vor, alles zu unterlassen, was dem im Wege stehen könnte.

»Es geht um Ihre verstorbene Freundin, Frau Mendel.«

»Ich glaubte, der Fall wäre schon erledigt«, unterbrach sie ihn.

»Wir sind dabei, die Aktendeckel zu schließen. Es gibt eigentlich nichts Neues in dem Fall. Aber wir wollen abschließend letzte Zweifel an einem Selbstmord ausräumen, oder besser, noch einmal mit denen diskutieren, die ihr nahestanden. Und deswegen rufe ich Sie an.«

Längere Zeit hörte Jung nichts. Dann meldete sie sich wieder. Ihre Tonlage war aus der Höhe künstlicher Erwartungsfreudigkeit einer Powerfrau auf das schlichte Niveau einer Normalfrau gefallen. Ihre Stimme war frei von forcierter Wurstigkeit und um gepflegte Artikulation bemüht.

»Herr Kommissar Jung, ich warte schon von Anfang an auf diese Gelegenheit. Dazu braucht es aber jemanden, der willens ist, die Klappe zu halten und zuzuhören. Ich will nicht Vorurteile und Theorien von unreifen Polizeibeamten bestätigen müssen, verstehen Sie? Ihre Kollegen zeichnen sich nicht durch besondere Qualitäten aus, das möchte ich an dieser Stelle mal sagen dürfen.«

Jung wusste nicht, wie er darauf reagieren sollte. Auf keinen Fall durfte er sie korrigieren.

»Frau Bongard, geben Sie mir Gelegenheit, Ihnen zu beweisen, dass es bei der Polizei nicht nur bornierte Neunmalkluge gibt.«

»Das habe ich nicht gesagt, aber es freut mich, dass Sie höflich zu erkennen geben, dass es unter Umständen etwas zu wissen geben könnte, was die Polizei nicht schon immer gewusst hat. Ich will Ihnen gerne helfen. Diese Woche geht es nicht. Ich melde mich bei Ihnen, wenn ich einen Tag freinehmen kann. Und planen Sie bitte ebenso viel Zeit ein. Unter welcher Nummer kann ich Sie erreichen?«

Er gab ihr seine Telefonnummer, und sie verabschiedeten sich voneinander. Jung legte den Hörer sinnend aus der Hand. Einen Tag lang reden, was musste da los sein? Jung sah auf seine Armbanduhr, eine Prämie für das Abonnement der Tageszeitung Die Welt, und stellte fest, dass er sich langsam auf den Weg zu seinem Treffen mit Dr. Bär machen musste.

Der Südermarkt liegt nicht weit weg von der Polizei-Inspektion. Jung konnte ihn leicht in zehn Minuten zu Fuß erreichen. Sein Weg führte ihn durch die Fußgängerzone der Stadt. In Augenhöhe sah er in die Schaufenster von Bäckereien, Schuhläden, Ladenketten, die er zum Beispiel in Kassel neulich genauso gesehen hatte und die die Einkaufsstraßen der Innenstädte zum Verwechseln ähnlich machten. Nur wenn er den Blick hob, sah er die alten Giebel und Fassaden der Häuser, die Flensburg ansehnlich und zu etwas Besonderem machen. Die gerade fertiggestellte Südermarktpassage, die die Geröllwüste aus halben Ruinen, Steinen, Beton und Parkplätzen zwischen dem Markt und Süderhofenden geschlossen hatte, fügte sich gekonnt, wie Jung fand, in das alte Ensemble der Marktbebauung ein. Der Markt hatte durch die aufgenommenen Geschäfte seinen Charakter nicht verloren. Seinen nördlichen Abschluss bildete die Nikolaikirche. Sie gab dem Platz ein bürgerliches Flair: wohnlich, gemütlich und häuslich.

Jung wartete unter den Kolonnaden am Eingang zur Friesischen Straße. Er fragte sich stirnrunzelnd, wie er den Arzt erkennen könnte. In diesem Moment steuerte ein kleiner, drahtiger, gepflegter und gut gekleideter

Mann zielsicher auf ihn zu, so, als kenne er ihn schon von irgendwoher. Er begrüßte ihn mit fragendem Unterton in der Stimme: »Herr Jung?« Er blickte ihn an, als wolle er auch noch seine Amtsbezeichnung oder seinen Titel in Erfahrung bringen.

»Kriminalrat Jung, angenehm.«

»Bär, angenehm. Kein Oberinspektor oder Hauptkommissar, das ist ja mal was ganz Neues.«

»Ungewöhnlich, ich gebe es zu.«

»Was machen wir nun? Ich schlage vor, wir gehen um die Ecke in die Rote Straße und essen eine Kleinigkeit bei ›Braasch Gegenüber‹. Was halten Sie davon?«

»Ausgezeichnet, ich esse gerne dort, öfter, als es meinem Geldbeutel guttut.«

»Ja, es ist nicht billig. Aber das ist relativ. Für gutes Handwerk, gepaart mit Geschmack, zahle ich fast jeden Preis. Davon werde ich nicht ärmer, so selten, wie das vorkommt.«

Bär sprach Jung aus der Seele. Er erwärmte sich bei dem Gedanken, die Mittagspause in Bärs Gesellschaft verbringen zu können. Auch freute er sich auf die kleine Köchin.

Vor einem Jahr hatte sie in dem kleinen Feinkostlädchen mit angegliedertem Bistro angefangen. Es bot italienische, vornehmlich sardische Spezialitäten zum Kauf und zum Essen an. Anfangs stand sie wortlos, fast schüchtern neben dem beleibten Juniorchef und sah ihm beim Kochen über die Schulter. Später reichte sie ihm zu, fragte nach wie vor schüchtern das eine oder andere und ließ sich von ihm einweisen. Noch später hatte sie zurückhaltend und unauffällig den Platz am Herd eingenommen. Dann nahm sie die ersten Kontakte zum Publikum auf, lauschte den Wünschen der Kunden mehr, als dass sie danach fragte oder gar Empfehlungen gab. Allmählich füllte die kleine Person den Laden mehr und mehr aus. Ihr guter Geist teilte sich in allem mit, was es zu sehen, zu kaufen und zu kosten gab. Sie machte den Juniorchef vergessen und hatte bald eine eigene, weibliche Hilfe an ihrer Seite, die sie ruhig und bestimmt dirigierte.

»Na prima«, bemerkte Bär, als sie das Bistro betraten. »Der Laden ist leer. Man könnte unserer Unterhaltung von den Nebentischen unschwer folgen. Aber ich habe ohnehin nicht vor, furchtbare Geheimnisse auszuplaudern.«

Sie begrüßten die kleine Köchin freundlich. Ihr war anzumerken, dass sie sich ebenfalls freute, sie bewirten zu dürfen. Sie bestellten sich Spaghetti Carbonara, Wasser und ein Glas Lugana.

»Wie kommt es, dass Sie der Hausarzt von Frau Mendel waren? Sylt liegt nicht gerade um die Ecke«, eröffnete Jung das Gespräch.

»Ich lernte sie auf einem offenen Symposium vor rund zwei Jahren in Westerland kennen. Ich hielt dort einen

Vortrag über Ernährungsmedizin, was sie brennend interessierte. Ernährungsmedizin ist neben Psychokinesiologie* und AKKINEA** mein Spezialgebiet. Sie kam nach der Veranstaltung zu mir, und wir lernten uns kennen. Einer meiner Kollegen aus Westerland kannte sie ebenfalls. Er klärte mich auf, mit wem ich es zu tun hatte. Wenn ich ehrlich bin, so erwiderte ich ihr Interesse nur wegen der Aussicht, einen potenten Privatpatienten zu gewinnen. Denn, wissen Sie, inzwischen ist es so weit gekommen, dass ich meine Praxis von Kassenpatienten allein nicht halten kann. Das ist einfach so. Na ja, sie wurde auch meine Patientin, und ich machte regelmäßig Konsultationsbesuche bei ihr.«

»Wie konnten Sie ihr helfen?«

»Ihr war nicht zu helfen. Das klingt makaber, aber es war so. Nach einem eingehenden Check-up in meiner Flensburger Praxis wusste ich, dass sie eine gravierende Adipositas*** hatte, das sah man ja sowieso. Dagegen kann man in vielen Fällen erfolgreich vorgehen, wenn es sich nur um falsche Ernährung dreht; weniger erfolgreich, wenn es sich um suchtbedingtes Essverhalten handelt; fast aussichtslos ist die Sache, wenn genetische Faktoren die Ursache sind. In ihrem Fall diagnostizierte ich alle drei Gründe. Aber das allein war nicht ausschlaggebend. Erst die Folgen aus der schon lange Jahre andauernden

---

* Verbindung von Körperarbeit und Psychotherapie.
** Kombination von Akupressur, Akupunktur und neuro-emotionaler Integration durch Augenbewegung unter Farbfrequenzen.
*** Fettleibigkeit, Fettsucht.

Adipositas reduzierten ihre Überlebenschancen erheblich. Herz und Kreislauf, übrigens auch die Knochen und Gelenke, wurden dermaßen strapaziert, dass sie irgendwann irreparabel geschädigt waren.« Seine lange Rede hatte des Öfteren Unterbrechungen erfahren, in denen er seine Spaghetti genüsslich in den Mund geschoben und mit einem Schluck Wein hinuntergespült hatte.

»Wie haben Sie sich verhalten? Klärten Sie sie über den Befund auf?«

»Selbstverständlich. Als Arzt stehe ich auf dem Standpunkt, dass absolute Klarheit über den Status quo Grundlage jeder Behandlung ist, die Erfolg haben will.«

»Sie haben ihr also gesagt, dass sie sterben wird?«

»Das ist doch banal, das müssen wir alle. Wichtig ist doch nur der Zeitpunkt. Und darüber weigere ich mich grundsätzlich, Angaben zu machen. Der Mensch ist ein erstaunliches Wesen und für jede Überraschung gut, vor allem in dieser Hinsicht. Ich neige mehr und mehr dazu, göttliche Absichten zu unterstellen. Und wir Ärzte sind nicht dazu da, Gott ins Handwerk zu pfuschen, sondern ihm zu dienen.«

Jung schwieg, drehte die Spaghetti auf die Gabel und schob sie sich in den Mund.

»Gottes Willen zu dienen, wie machen Sie das? Woher wissen Sie, was er will? Darüber müssen wir noch einmal sprechen, aber nicht heute. Was taten Sie für Ihren Erfolg, wenn ich Sie zitieren darf?«

»Ich habe sie erst einmal umfassend aufgeklärt. Aber ohne diesen melodramatischen Ton von tragischer Unausweichlichkeit, der sich eigentlich nur darüber wundert, dass sie überhaupt noch am Leben ist. Dafür war sie mir dankbar. Dann stellten wir zusammen einen Verhaltens-, Ernährungs- und Medikamentenplan auf, der darauf abgestimmt war, ihre Kräfte zu stärken. Meine Absicht war, ihre verbleibende Zeit auf dieser Erde für sie so angenehm und so lang zu machen, wie es nur irgend ging. Das macht man nicht mit Verboten, sondern mit Ermutigungen.«

Bär nahm einen Schluck Weißwein und wischte sich mit der Serviette über den Mund.

»Und wie hat sie reagiert?«

»Ich glaube, sie atmete innerlich auf und schöpfte Hoffnung, worauf auch immer. Sie war nicht lange genug meine Patientin, als dass ich mir mit letzter Sicherheit darüber hätte klar werden können, wie sie dachte und fühlte. Sie war intelligent genug, sich einzugestehen, wie es wirklich um sie stand. Aber ich glaube, sie hatte panische Angst vor dem Tod. Deswegen kommt Selbstmord für mich auch nicht infrage, nicht mal als theoretische Möglichkeit. Sie wollte leben, und das besser als bisher.«

Es entstand eine Pause.

»Nehmen wir noch einen Kaffee oder Espresso?«, fragte Jung.

»Nein, danke, für mich nicht.«

»Wie kam sie an ihre Medikamente?«, lenkte Jung zurück zum Thema. »Wir vermuten, dass das Gift über ihre Medikamente zu ihr kam, unabhängig davon, ob es nun Selbstmord oder Mord war.«

»Ich besuchte sie alle paar Wochen auf der Insel und kontrollierte ihren Zustand. Sie erzählte mir, wie es ihr ging, und anschließend besprachen wir den weiteren Behandlungsplan. Darauf stellte ich die Medikation ein, füllte die entsprechenden Rezepte aus und brachte sie zur Apotheke in der Strandstraße, die eine alte Freundin von mir führt. Übrigens ist sie schon seit undenklichen Zeiten auf der Insel. Sie gehört sozusagen zum Inventar. Wenn Sie was über Sylt wissen wollen, müssen Sie zu ihr gehen. Also, sie stellte die Medikamente zusammen und sandte sie per Kurier zu Frau Mendel hinaus. So lief das.«

»Wie konnten Sie denn sicher sein, dass die verschriebenen Medikamente auch wirklich ausgeliefert wurden?«

»Ich habe volles Vertrauen zu meiner alten Freundin. Nach Einzelheiten müssen Sie sie aber selbst fragen.«

Sie tranken ihre Gläser aus und rüsteten sich für den Aufbruch.

»Sie waren sehr offen zu mir. Was ist mit Ihrer ärztlichen Schweigepflicht?«, fragte Jung im Aufstehen.

»Nachdem Sie mich heute Vormittag anriefen, habe ich nachgedacht. Ich kam zu dem Schluss, dass ich einen erneuten Versuch wagen möchte, selbst wenn ich in

Konflikt mit meiner Verschwiegenheitspflicht kommen sollte. Um ehrlich zu sein, ich habe es von Ihnen abhängig gemacht.«

»Oh, das interessiert mich. Womit habe ich denn das verdient?«

»Na ja, bei Ihren Kollegen, die den Fall vor Ihnen untersucht haben, war ich verschlossener. Der Tod von Frau Mendel war gerade erst geschehen. Ich stand unter dem Eindruck, den sie als Lebende auf mich gemacht hatte. Ich wollte sie nicht schädigen, vor allem, weil diese jungen Polizisten etwas ruppig und ohne Pietät auftraten. Das gefiel mir nicht. Und hinterher hat mich keiner mehr gefragt.«

»Und jetzt?«

»Jetzt liegt ihr Tod schon einige Zeit zurück. Sie sind nicht ruppig, und meine Neigung, die Wahrheit zu erfahren, wird immer größer. Selbstmord schließe ich kategorisch aus.«

»Danke für das Kompliment und Ihr klares Urteil«, erwiderte Jung. »Wir müssen uns wieder treffen und über Gottes Willen reden.«

»Spätestens, wenn Sie mir erzählen können, was wirklich passiert ist.«

Sie bezahlten ihre Rechnungen bei der kleinen Köchin, lobten ihre köstlichen Spaghetti und nickten ihr freundlich zu. Sie wurden mit einem schmalen Lächeln belohnt und traten auf die Rote Straße hinaus. Am Südermarkt verabschiedeten sie sich voneinander und versicherten sich gegenseitig noch einmal, sich treffen zu wollen, sobald genügend Anlass dazu bestünde.

Jung schlenderte zurück zur Hafenspitze. Wem hatte er schon sein Versprechen gegeben, die Wahrheit zu erzählen, wenn er sie denn erst hatte? Boll, Bär und wem noch? Allmählich fühlte er, wie er sich selbst unter Druck zu setzen begann. Das musste aufhören. Es bekam ihm nicht.

DIE GATTIN

Nachmittags machte Jung früher Schluss als üblich. In wenigen Tagen feierte seine Frau Svenja Geburtstag, und Jung wollte sie mit einem Geschenk überraschen, das sie von ihm nicht unbedingt erwarten würde.

Seine Frau war groß und schlank, aber nicht zierlich. Man hätte sie für eine nordische Schönheit halten können, wenn ihre Proportionen nicht einen Akzent von den idealen abgewichen wären und ihr Schwerpunkt nicht deutlich unter dem Bauchnabel gelegen hätte.

Er liebte sie. Aber hätte ihn jemand gefragt, warum, würde er sich schwergetan haben, eine zutreffende Antwort zu geben. Es gab Zeiten, in denen sie ihn verwirrte und ängstigte. Dann konnte es passieren, dass ein langsam sich steigerndes, wütendes Misstrauen sich seiner bemächtigte. In diesen Zeiten spürte er eine unheimlich anmutende Verschiedenheit zwischen sich selbst und ihr. Er hatte große Mühen auf sich genommen, um den Graben zwischen ihnen zuzuschütten. Doch je intensiver er sich bemühte, desto erfolgloser war er. Zurück blieb immer nur Erschöpfung. Schließlich stellte er seine Bemühungen ein. Ihm blieb ein immerwährender Schmerz, an den er sich inzwischen gewöhnt hatte wie an die Sehschwäche seines linken Auges. Er hatte ein Gefühl der Heimatlosigkeit, als sei er an einem Ort, an dem er immer wachsam sein musste, keine Fehler machen und sich nicht ausruhen durfte.

Jung verließ die Polizei-Inspektion und lenkte seine Schritte in die Fußgängerzone. Er steuerte die Parfümerieabteilung von Karstadt an. Am Eingang informierte er sich kurz über ein paar Sonderangebote, anschließend machte er sich auf die Suche nach einer Fachkraft. Hinten, in der linken Ecke, standen zwei Frauen im Gespräch, die anhand ihrer Kleidung unschwer als Verkäuferinnen auszumachen waren. Er sprach die Erste an. Sie hatte ihre blondierten Haare zu einer Rolle am Hinterkopf eingeschlagen und mit einer silberfarbenen Gemme festgesteckt.

»Darf ich Sie kurz stören? Wo finde ich hier Coco Mademoiselle?«

Der falsche Blondschopf musterte ihn flüchtig. »Vorne, am Fenster in der dritten Gondel hinten. Wenn Sie Hilfe brauchen, wenden Sie sich vertrauensvoll an mich«, sagte sie und wandte sich wieder ihrer Kollegin zu.

Jung sah sie irritiert an und machte sich allein auf den Weg zur dritten Gondel. Er fand, was er suchte, und begab sich zur Kasse. Die Blonde ließ nicht lange auf sich warten.

»Alles gefunden?«, bemerkte sie mehr, als dass sie fragte.

»Ja. Geben Sie mir bitte auch Duschgel Boss No. 1 dazu.«

Sie verschwand in einem der hinteren Gänge und kam mit dem Gewünschten zurück.

»Alles?«

»Alles. Ich bezahle mit Kreditkarte.«

»Das geht aber nur mit der EC-Karte, nicht mit VISA, Mastercard oder anderen Karten. Macht zusammen 105 Euro.«

»Darf ich mal sehen?«, fragte Jung erschrocken. Sie reichte ihm widerwillig den Kassenbon. Jung nahm ihn entgegen und las erstaunt, dass das Sonderangebot Boss No. 1, das er vorhin für fünf Euro am Eingang gesehen hatte, jetzt mit 17 Euro berechnet war.

»Hier stimmt etwas nicht. Boss No. 1 ist im Angebot zu fünf Euro.«

»Ja, da vorne, nicht bei mir.« Die Blondierte sah ihn an, als ob er minderbemittelt sei.

»Na gut, dann gebe ich Ihnen das zurück und hole mir das da vorn, wie Sie meinen.«

»Das geht nicht. Ich habe es schon getippt.«

»Stornieren Sie es.«

»Das geht nicht. Dies ist eine elektronische Kasse.«

Jung wurde langsam ungeduldig.

»Wer kann denn eingreifen?«

»Das kann nur der Administrator.«

»Und wer, bitte schön, ist der Administrator?«

»Der Abteilungsleiter.«

»Dann holen Sie den, bitte.«

Die Blondierte ergriff mit einer patzigen Geste den Hörer des neben der Kasse stehenden Telefons, wählte und meldete sich: »Hier die Zwölf. Ich brauche den Chef an Zwei.«

Jung hatte die Verkäuferin in der Zwischenzeit gemustert und ihr Namensschild auf dem Revers ihrer Kostümjacke gelesen.

»Frau Traulsen, solange wir auf Ihren Chef warten, könnten Sie mir bitte eine Probe Aftershavebalsam von Gaultier heraussuchen?«

Die Blondierte starrte ihn an. Jung merkte, dass es ihr Mühe bereitete, den Mund zu halten und seiner Bitte nachzukommen. Stumm ging sie in die Hocke und zog eine Schublade unter der Kasse auf. Sie beugte sich vor und hantierte lustlos in einem Berg von Proben. Jung sah ihr unverhohlen in den Ausschnitt. Er bemerkte, wie sich ein Netz feinster Fältchen über ihr üppiges Dekolleté ausbreitete und an dem dicken Make-up ihres Halses strandete wie leicht gekräuseltes Meerwasser an einem glatten Sandstrand. Ihn erfasste eine Woge von Ekel.

»Ich hab es mir anders überlegt. Danke für Ihre Bemühungen!«, rief ihr Jung zu und flüchtete in Richtung Ausgang. Draußen blieb er stehen und holte tief Luft. Durch das Schaufenster sah er jetzt die Blondierte im Gespräch mit einem smarten Jüngling, der in seinem Bossanzug steckte wie ein Marineleutnant in seiner Ausgehuniform. Von hier draußen sahen sie aus, als könnten sie geradewegs aus der Titelseite eines Hochglanzmagazins wie Vogue, Cosmopolitan, Elle, Petra oder Brigitte schreiten, die Jung für jene Kampfblätter der weltweit grinsenden Verblödung hielt, deren verheerende Wirkung in der Öffentlichkeit völlig unbemerkt blieb.

Übertreibst du nicht?, meldete sich in Jung eine Stimme. Du bist überheblich und anmaßend. Du hast es mit Menschen dieser Welt zu tun und nicht mit Figuren aus deinem Paradies.

Mein Gott, was verlange ich denn schon?

Gut, dass du ihn erwähnst. Er liebt bekanntlich alle Menschen, obwohl sie seinen Sohn ans Kreuz genagelt haben.

Ich bin nicht Gott.

Dann maße dir nicht seine Rolle an, mein Lieber.

Jung brach den inneren Dialog ab. Er wusste, dass er auf verlorenem Posten stand. Er seufzte und lenkte seine Schritte in die schräg gegenüberliegende Filiale der Douglas-Kette. Hier hoffte er sein Geschenk schneller zu finden.

Das Konglomerat aus Gerüchen und Düften am Eingang stieg ihm beißend in die Nase. Es machte ihn schwindelig. Er sah einen lebendigen Videoclip der feilgebotenen Produkte auf sich zukommen und machte auf dem Absatz kehrt. Er konnte das einfach nicht.

Draußen schritt er schnell in Richtung Holmpassage.

Im angrenzenden Parkhaus hatte er sein Auto abgestellt. Erst als er den Wagen auf die Husumer Straße gelenkt hatte, wurde ihm wohler, und er beruhigte sich. Er würde lieber einen besonders opulenten Blumenstrauß bei der Gärtnerei Gänseblümchen in Auftrag geben, deren Kunst er schätzte und bewunderte. Er schob eine CD in das Autoradio. Brahms' Violinkonzert erklang. Beim Einsatz der Solovioline schossen ihm die Tränen in die Augen, dass es schmerzte.

Abends lag er neben seiner Frau im Bett.

»Kennst du Caras Freundinnen aus Schweden und Hamburg?«, begann er ein Gespräch unter Eltern.

»Freundinnen, die sind heutzutage etwas anderes als zu unserer Zeit. Sie hat sie aus dem Internet-Chat mit Visus aufgegabelt.«

»Visus? Was ist das denn?«

»Visus sind Anhänger der Visual-Kei-Mode. Es macht mich ganz rappelig, sie den ganzen Tag vor dieser Flimmerkiste rumklicken zu sehen. Abgesehen mal davon, dass es ungesund für die Augen, das Gehirn und die Körperhaltung ist, finde ich es auch asozial. Es hat Suchtcharakter, wenn du mich fragst.«

»Na ja, von 7 bis 14 Uhr ist sie ja in der Schule oder auf dem Weg dorthin oder zurück. Wahrscheinlich hat sie von den sozialen Kontakten die Nase voll und macht danach, was einfach ist und ihr gefällt. Ich kann sie verstehen. Außerdem nutzt sie den Computer sehr kreativ.

Hast du die Homepage gesehen, die sie für Clemens gemacht hat?«

»Tomi, man muss die Kirche aber im Dorf lassen. Wenn sie nur die Hälfte der Zeit, die sie am Computer sitzt, mit ihren Hausaufgaben verbrächte, brauchten wir uns nicht weiter um ihre Versetzung Sorgen zu machen. Hygiene und Sauberkeit sind auch nicht ihre Stärken, von dem Chaos in ihrem Zimmer mal ganz abgesehen. Ach, ich kann diese elektronischen Dinger sowieso nicht leiden. Der Umgang damit macht mich ganz wuselig.«

Jung schwieg und starrte die dicke Kerze auf der flachen Ablage an der gegenüberliegenden Wand an. Seine Frau hatte in gewisser Weise recht, aber es widerstrebte ihm, mit der gleichen Verve in dasselbe Horn zu blasen.

»Tomi, was macht denn dein neuer Fall?«, lenkte seine Frau das Gespräch auf ein neues Thema.

»Du weißt ja schon in groben Zügen, worum es geht. Ich hatte ein Gespräch mit einem ehemaligen Kollegen. Mit seiner Hilfe glaube ich, einen Weg gefunden zu haben, die Sache Erfolg versprechend anzugehen. Es geht um viel Geld. Für die da oben scheint auch einiges auf dem Spiel zu stehen. Ich muss mich bei Holtgreve absichern. Ich fühle mich nicht wohl dabei. Es ist kompliziert.«

»Tomi, du grübelst zu viel.«

»Na und? Das ist mein Beruf.«

»Tomi, ich werd dir mal einen kleinen Vortrag halten, und bitte unterbrich mich nicht. Du weißt, ich arbeite mit Kindern, die Lernschwierigkeiten haben. Dafür gibt es objektive und subjektive Gründe. Die objektiven, die Fehler im Gehirn, sozusagen in der Hardware, können mit wissenschaftlich fundierten Methoden erkannt, sortiert und identifiziert werden. Die von der Wissenschaft entwickelten Hilfen werden darauf angesetzt.

Die subjektiven Gründe liegen immer in allernächster Nähe der Kinder, also bei der Mutter, dem Vater, den Geschwistern, den Familien oder was davon übrig ist. Dabei stellt sich meistens heraus, dass ihre allernächste Nähe ihnen gar nicht nahesteht. Und meine Hilfe besteht darin, ihnen nahezukommen und die Leerstellen auszufüllen. Nun wird auf einmal einiges klar und einsichtig, und ich kann sie anleiten, spielend zu lernen, was ihnen vorher trotz aller Anstrengung nicht gelang. Was will ich damit sagen? Du solltest der Toten nahekommen und erst mal alles andere beiseite lassen. Ich meine das ganz wörtlich. Naheliegend ist der ganz banale Alltag. Wer hat geputzt, gekocht, gewaschen, den Garten besorgt, mit ihr gesprochen und so weiter und so fort.«

Sie wandte sich ihm zu und sah ihn, den Kopf auf dem Kissen, die Augen geschlossen, als ob er eingeschlafen wäre. Sie spürte Ärger in sich aufkommen. Bevor sie ihn anwachsen ließ, drehte sie sich auf die Seite, nahm ihr Buch auf und begann zu lesen. Der

Held ihrer Lektüre hieß Kommissar Beck, ebenfalls ein grüblerischer Schwerenöter. Es schien eine berufsspezifische Krankheit zu sein. Beck jagte den ›Mann auf dem Balkon‹, ihr Mann einen Giftmischer.

›Naheliegend‹, das Wort hatte er heute schon einmal gehört. Jung öffnete die Augen und sah durch das große Fenster in die Nacht hinaus. Über dem Firmament lag ein schwacher, rötlicher Schimmer, der den Himmel einer ungetrübten Sommernacht in nördlichen Breiten ausmacht und den nur die hellsten Sterne durchdringen. Er beugte sich zu seiner Frau hinüber und gab ihr einen Kuss auf den Hals unter ihrem linken Ohr.

»Danke für deinen Vortrag. Gute Nacht und schlaf gut.«

»Danke, ebenfalls. Sag mir, wenn du Neues hast. Es interessiert mich.«

DIE FREUNDIN

Eines späten Nachmittags meldete sich Helga Bongard bei Jung. Sie schlug ein Treffen in Holtbüll vor. Wenn er einverstanden sei, könnten sie sich zum Abendessen im Restaurant Pizzeria ›Alla Stazione‹ treffen.

»Soll ich mir jetzt die ganze Nacht für Sie freihalten?«, fragte er mit gespielter Entrüstung. Sie lachte und erklärte ihm, dass ihre Forderung nur ein Test seiner Bereitwilligkeit zuzuhören gewesen sei. Er hätte den Test bestanden. Er willigte ein, und sie verabredeten sich auf 19 Uhr im Bahnhof.

Schleswig-Holstein liegt im äußersten Norden der Republik. Der Landesteil Schleswig ist der nördliche Teil davon. Er trennt die Ostsee von der Nordsee und grenzt im Norden an das Königreich Dänemark. Will man von der Ostküste, an der die alte Residenzstadt Schleswig und der einstmals bedeutende Handelsplatz Flensburg an weit ins Binnenland reichenden Fjorden liegen, zur Westküste, nach Nordfriesland, kommen, so überquert man in der Mitte den von Norden nach Süden verlaufenden öden Geestrücken und erreicht in Bredstedt die heimliche Hauptstadt Nordfrieslands. Jenseits dieser gemütlichen Kleinstadt breitet sich nach Westen und Norden flaches, fettes Marschland aus. Die Nordfriesen haben es dem Meer abgerungen und zu einer reichen Ackerlandkultur entwickelt. Die raue und kraftvolle Aura ihres Landes erinnert sie stets daran, dass sie unauflöslich mit der Erde verbunden und den Elementen und Kräften der Natur ausgeliefert sind.

Das erste größere Dorf in Richtung der Fähranleger zu den vor der Küste liegenden Inseln und Halligen ist Holtbüll. Einstmals war Holtbüll eine Bahnstation auf der Strecke Husum–Tondern. Jetzt ist es ein Haltepunkt der Nord-Ostsee-Bahn auf dem Weg nach Sylt. Der alte Bahnhof wurde einer neuen Bestimmung zugeführt und beherbergt nun ein italienisches Restaurant. Ein Ehepaar aus dem ehemaligen Jugoslawien bewirtschaftet es. Die beiden konnten ihren Beruf als Kunsthistoriker auf dem Balkan nicht ausüben. Sie haben sich hier einen Ruf erarbeitet, der über den Ort hinaus bekannt geworden ist und ihre Gaststube reichlich füllt.

Jung fuhr der im Westen versinkenden Sonne entgegen. Nach einer knappen halben Stunde auf geraden Landstraßen erreichte er Holtbüll. Am Himmel zogen die ersten hohen, in gelbe und rote Farbe getauchten Zirruswolken auf. Das Wetter würde sich in nächster Zeit ändern, die Vorboten waren unübersehbar.

Er betrat den Gastraum. Nur die Beleuchtung erinnerte ihn noch an den Warteraum eines ehemaligen Bahnhofs. Auf der Fahrt hierher hatte er sich ein Bild von Helga Bongard zurechtfantasiert. Jetzt konnte er an den Tischen niemanden entdecken, der diesem Bild nahegekommen wäre. Er verharrte unschlüssig am Tresen und wartete auf die Bedienung, die seine Reservierung bestätigen und ihn zu seinem Tisch bringen sollte. Schließlich erschien aus dem Durchlass zur Küche eine in schlichtes Schwarz gekleidete vollschlanke Frau von exotischer Schönheit. Die dicht anliegenden, am Hinterkopf zu einem glatten Knoten zusammengebundenen dunklen Haare gaben ihr eine seltene, madonnenhafte Attraktivität. Frauen und Männer hätten sie gleichermaßen anziehend gefunden.

Sie begrüßte ihn leise und mit einem angedeuteten Lächeln und führte ihn an den reservierten Tisch. Sie nickte der Frau freundlich zu, die dort schon Platz genommen hatte. Jung war überrascht, wie sehr seine Fantasie ihn genarrt hatte. Die Wirklichkeit konfrontierte ihn mit einer Kampfkugel ohne Hals und Figur, aber unübersehbar sorgfältig gekleidet und zurechtgemacht. Ihr Parfüm war überdosiert und störte ihn. Sie strahlte eine nervöse Energie aus, als sie sich vorstellte und ihn begrüßte. Während Jung sich seinerseits vorstellte, registrierte er auf dem Tisch ein leeres Jägermeisterglas und eine halb gefüllte Karaffe Wasser.

»Entschuldigen Sie meine Verspätung. Aber Sie haben die Zeit ja schon genutzt, wie ich sehe.« Jung setzte sich ihr gegenüber an den Tisch.

»Keine Ursache. Ich bin ebenfalls erst seit ein paar Minuten hier. Wenn ich komme, stehen die Sächelchen schon auf dem Tisch. Man kennt mich hier.«

Jung musterte sie kurz, nahm die Speisekarte in die Hand, legte sie aber sogleich wieder beiseite.

»Wenn Sie öfter hier sind, können Sie mir sicherlich etwas zu essen empfehlen?«

»Gerne. Abends sollten Sie Ihren Magen nicht strapazieren. Ich empfehle Ihnen einen Salat ›Alla Stazione‹ und in Knoblauch und Olivenöl gebackene Scampis. Dazu gibt es ein köstliches Brot. Sie werden sehen.«

Jung folgte ihrem Rat. Sie einigten sich auf eine Karaffe Barolo als Begleitgetränk. Danach übergaben sie ihre Bestellung der schwarzen Madonna der Stazione.

»Sie ist übrigens die Chefin. Ihr Mann macht die Küche. Und Kinder haben sie auch.« Helga Bongard blickte ihn aufmerksam und mit fragenden Augen an.

»Interessant. Haben Sie auch Kinder?«, fragte Jung zurück.

»Ja, einen Sohn. Er studiert in Kopenhagen Zahnmedizin.«

»In Kopenhagen? Sehr seltener Studienort. Wie kommt Ihr Sohn …«

»Es gibt eine andere, kuriosere Seltenheit«, schnitt sie ihm das Wort ab. »Zum Beispiel, dass die Polizei ernstlich glaubt, meine Freundin hätte sich selbst umgebracht.«

In ihrer Stimme schwang Ärger mit. Jung nahm sich zurück und sah sie forschend an.

»Sie glauben es offensichtlich nicht. Warum?«, fragte er sanft.

»Ich weiß es einfach. Anna und ich verstanden uns vom ersten Augenblick an, so, als hätten wir uns schon immer gekannt. Vielleicht liegt es daran, dass wir beide das typische Frauenschicksal teilen.«

Jung lag auf der Zunge, ihre vergleichbaren Schicksale auf ihre vergleichbaren Körperumfänge zurückzuführen. Er bremste sich aber rechtzeitig und seufzte mehr genervt, als dass er aus Interesse gefragt hätte: »Das typische Frauenschicksal, was ist das denn?«

»Höre ich da etwa einen Macho heraus? Typisch Mann, der von Frauen keine Ahnung hat.«

»Suum cuique*«, erwiderte Jung leicht verärgert.

»Was …, ja, total richtig.«

Sie schwieg, als hätte Jung ihr die Sprache geraubt. Er registrierte, dass sie das lateinische Zitat nicht verstanden hatte. Und sie wollte sich nicht die Blöße geben, ihn nach der Bedeutung zu fragen. Er hatte etwas falsch gemacht. Das Gespräch drohte zu versiegen, noch bevor es richtig begonnen hatte.

»Darf ich Ihnen einen zweiten Jägermeister bestellen?«, startete Jung einen neuen Versuch.

»Ja, gerne. Mein Magen braucht das, wissen Sie. Ich habe keine Galle mehr, also muss ich von oben für Ersatz sorgen.«

---

* Jedem das Seine.

»Das tut mir leid. Wie ist denn das passiert?«, fragte Jung fürsorglich.

»Ich will jetzt nicht darüber reden. Das Essen kommt, und ich will es genießen.«

Das Essen und die Getränke wurden auf dem Tisch angerichtet. Sie begannen wortlos, die Servietten zu entfalten, die Bestecke aufzunehmen und zu essen.

»Diesen Test habe ich wohl versiebt, oder?«, nahm Jung das Gespräch wieder auf.

»Ach Gott, warum rege ich mich auf? Wahrscheinlich haben Sie recht. Ich hätte auch keinen Bock, mir das Genörgel frustrierter Weiber anzuhören.«

Jung schwieg einen Moment und bemerkte danach mehr zu sich selbst: »Immerzu lächelnde und vor guter Laune überlaufende Bilderbuchfrauen sind auch nicht gerade amüsant. Mich interessiert was ganz anderes.«

»Aber hallo!«, warf sie erstaunt ein. »Auch noch ein kleiner Philosoph hinter dem Polizisten. Wollen Sie mir nicht einen kleinen Vortrag halten?«

Jung seufzte: »Heute nicht, vielleicht ein anderes Mal, später, wenn alles vorbei ist.« Er nahm einen Schluck aus seinem Glas und sah ihr amüsiert in die Augen.

»Wie lernten Sie Frau Mendel kennen?«, brachte Jung das Gespräch zurück auf das gewünschte Gleis.

»Es war Mitte der 90er. Damals war ich noch verheiratet, aber schon schwer genervt. Ich wollte in unserer Ferienwohnung auf Sylt für ein paar Tage relaxen. Mein Schlüssel passte nicht mehr ins Schloss. Mein Alter hatte das Schloss hinter meinem Rücken auswechseln lassen. Da stand ich nun mit meinem Koffer, voller Wut und wild entschlossen, mich nicht kleinkriegen zu lassen. Unsere Ferienwohnung hatten wir einer Agentur zur Vermietung überlassen für Zeiten, in denen wir sie selbst nicht nutzen konnten. Ich dachte, die müssten einen Schlüssel haben, und wandte mich an die Agentur in der Strandallee. Da traf ich Anna zum ersten Mal. Sie war damals schon dick, wenn auch nicht so dick wie zum Schluss.«

»Und was passierte?«

»Ich erzählte ihr meine Geschichte, und sie hörte einfach nur zu. Ich fühlte mich gut bei ihr. Sie laberte nicht, bewertete nichts, und abschließend machte sie mir einen Vorschlag.«

Sie hatten, während sie redeten, gegessen, und Jung fragte sich, warum Helga Bongard einen Salat bestellt hatte, von dem sie nur die grünen Blätter aß, den größten Teil aber, Tomaten, Gurken, Oliven, Zwiebeln, Pilze, Paprika und Käse, aussortierte.

»Erzählen Sie auch mir Ihre Geschichte?«, bat er sie.

»Es ist nichts Besonderes, eher das Übliche. Wir, mein Mann und ich, lernten uns jung kennen, verknallten uns und heirateten. Wir kamen aus einfachen Verhältnissen. Wollten nach oben. Ich habe Power. Ich arbeitete hart, bildete mich fort, machte Abschlüsse an Schulen und Hochschulen. Die Sozialdemokraten hatten die Möglichkeiten dazu geschaffen. Wir hatten

Erfolg, großen Erfolg, und auf einmal viele Freunde in der Gesellschaft. Die Kohle schwappte in unsere Kassen. Wir kauften ein altes Haus, und ich richtete es ein. Ich habe Talent. Dann wurde mein Sohn geboren. Wir hatten so viel Geld, dass es ausgegeben werden musste. Wir kauften eine Ferienwohnung auf Sylt. Es ging uns sehr gut, und die Spaßgesellschaft war angesagt. Es gab damals ein Lied der Neuen Deutschen Welle mit dem Titel: ›Ich will Spaß‹.«

»Girls just want to have fun«, zitierte Jung verständnisinnig den Song von Cyndi Lauper. Sie schaute ihn irritiert an und fuhr völlig unbeirrt fort.

»Mein Mann vögelte alles, was nicht schnell genug auf die Bäume flüchten konnte. Wir pflegten gesellschaftliche Kontakte. Hinter dem freundlichen Getue wusste ich genau, wer wem von hinten in die Eier greift, wer mit wem fremdging, wer schon auf der Abschussliste stand und noch so tat, als gehörte er dazu. Hinter der Scheißfreundlichkeit sah ich Angst, Neid, Missgunst, Hass und den gnadenlosen Drang nach mehr, mehr und viel mehr. Es kotzte mich alles an. Mein Mann kotzte mich auch an, und ich floh nach Sylt.«

»Und Ihr Sohn?«

»Er blieb bei seinem Vater.«

In der Zwischenzeit hatte sie die köstlichen Scampis verspeist und sich den Mund mit der Serviette abgetupft. Ihr Lippenrot war bis auf einen schmalen Rand ober- und unterhalb der Lippen weg. Das wirkte wie eine Liederlichkeit an ihr. Jung fiel seine Mutter ein. Sie hätte, wenn sie noch am Leben gewesen wäre, ›schmutzig‹ dazu gesagt.

»Und die Geschichte Ihrer Freundin, wie ging die?«

»Ähnlich. Sie lernte ihren Mann auf der Party anlässlich seines bestandenen Diploms an der Uni Münster kennen. Er hatte die Studenten der BWL allesamt eingeladen, darunter auch sie. Er entstammt einer Baumarktdynastie im Ruhrpott und hatte, wie man so schön sagt, Kleie an den Hacken bis zum Abwinken. Sie übrigens auch. Ihr Vater gehörte zum Oldenburgischen Landadel mit Grundbesitz und einer gut gehenden Firma, die Schlachtmaschinen für die tierverarbeitende Industrie herstellte. Sie sehen sich, verknallen sich, heiraten. Er arbeitet in der Firma seines Vaters, sie studiert zu Ende. Sie haben Zeit und Geld, sind verliebt, kaufen sich ein Haus und eine Ferienwohnung auf Sylt. Dann kommt das erste Kind. Gleichzeitig wird ihr Mann Chef der väterlichen Baumarktkette. Nach der Geburt legt sie zu, nach der Geburt ihres zweiten Kindes noch mehr. Ihr Mann ist nun geschäftlich viel unterwegs, lernt Frauen kennen, junge, schlanke, attraktive Frauen, die ihm nur zu gerne den Schwanz lutschen. Das gefällt ihm, ihr aber nicht. Sie schnappt sich die Kinder, reicht die Scheidung ein und zieht nach Sylt. Ihr Vater stirbt, sie verkauft die Firma und ist auf einmal reich und finanziell unabhängig. Sie ist diplomierte

Kauffrau. Sie hat Zeit und Bock, mit ihrem Geld zu arbeiten. Sie macht ein Immobiliengeschäft auf. Darin ist sie erfolgreich, sehr erfolgreich.«

Jung nahm einen Schluck Rotwein und sagte: »Sie schnurren das so runter, als wenn es gar nichts wäre.«

»Das sind die Tatsachen, nüchtern betrachtet und ohne überflüssiges Gesülze.«

Jung kam in den Sinn, nach dem Gesülze zu fragen, unterließ es aber und ermunterte sie, fortzufahren.

»Sie sprachen von einem Vorschlag, den sie Ihnen unterbreitete. Was war das?«

»Sie bot mir an, für sie zu arbeiten, und ich willigte ein. Sie stellte mir eines ihrer Apartments zur Verfügung und arbeitete mich in die Geschäftsführung ein. Ich habe eine abgeschlossene Ausbildung als Bürokauffrau, aber vor allem war ich geil auf Arbeit und wollte dazulernen. Sie brachte mir viel bei, und ich war ihr dankbar.«

»Das kann ich mir gut vorstellen. Was lernten Sie von ihr?«

»Sie war ein Genie. Die kaufmännischen Basics hatte sie drauf wie keine Zweite: Vertragsrecht, Eigentumsrecht, Finanz- und Bankwesen und so weiter und so fort.«

Ihr Gesichtsausdruck verfestigte sich und bekam den Anstrich der coolen Businessfrau.

»Ich habe in meinem Geschäftsleben nie wieder jemanden erlebt, der einen Deal so brutal nüchtern und tough durchziehen konnte wie sie. Aber das war nur ein Teil ihres Genies. Was sie weit über die Konkurrenz hinaushob, war ihre untrügliche Nase für gute Geschäfte. Sie wusste, wo sie zum Zuge kommen konnte, und hatte ein Gespür dafür, wo sie auf solide Verhältnisse traf und wo faule Kandidaten ihre geheimen Süppchen kochten. Diese Unterscheidungsfähigkeit bewahrte sie vor geschäftlichen Einbrüchen. Was sie aber wirklich einzigartig machte, war ihr Talent, jeden Vertragsabschluss für die Beteiligten zu einem Event werden zu lassen. Nicht nur, dass die Vertragspartner bekamen, was sie sich von dem Geschäft erhofften, sondern sie nahmen auch das Gefühl mit, etwas Gutes getan zu haben. Das sicherte ihr das Wohlwollen und die Treue ihrer Kundschaft und vergrößerte sie stetig.«

»Wollen wir eine weitere Karaffe bestellen?«, unterbrach sie Jung.

»Ja gerne, und noch einen Jägermeister, bitte. Das kommt gut.« Jung gab die Bestellung an die schwarze Madonna weiter und wandte sich wieder Helga Bongard zu.

»Ihre Freundin muss sich mit ihren Fähigkeiten viele Feinde gemacht haben?«

»Nicht Feinde, aber Neider. Dazu kam, dass sie sich aus Geld eigentlich nichts machte. Sie kam aus begüterten Verhältnissen, wo Geld einfach da war wie der Himmel über uns. Es lohnte sich nicht, darüber nachzudenken. Sie achtete gleichwohl sorgfältig auf ihre Finanzen, aber mehr so, wie ein guter Handwerker auf sein erstklassiges Werkzeug achtet und es entsprechend pflegt. Sie war großzügig, wo es ihr Spaß machte, aber gänzlich ungerührt, wo sie Disziplinlosigkeit, Schlamperei, Selbstmitleid und Schnorrer witterte.«

»Und Sie wurden ihre rechte Hand, wie ich vermute?« Jung nahm einen Schluck Rotwein und stellte sein Glas ab.

»Ja, so war es. Ich übernahm nach und nach das operative Geschäft. Sie war außerordentlich zufrieden mit mir. Ich blühte auf, und ich hatte Erfolg. Ich verdiente gut, ich reichte die Scheidung ein und machte Schluss mit meiner Vergangenheit. Und ich entwickelte alte und neue Talente. Es war einfach irre gut.« Ihr Gesicht überflog ein schwärmerischer Anflug, doch glättete es sich rasch wieder.

»Und wie ging es weiter?«

»Ich sagte ja schon, dass ich meine Talente entwickeln konnte. Zum Beispiel habe ich einen guten und sicheren Geschmack. Den konnte ich nutzbringend einsetzen. Denn neben der Maklerfirma baute Anna neue Häuser und kaufte alte, renovierte sie, teilte sie in Ferienwohnungen auf und verkaufte sie gewinnbringend. Die Ferienwohnungen wurden nach meinen Anweisungen hergerichtet und gingen weg wie warme Semmeln zu Preisen weit über dem Marktwert. Die Vermietungsagentur, die sie gegründet hatte, nahm diese Wohnungen wieder auf und bot sie in den Zeiten, in denen sie die

Eigentümer nicht selbst nutzten, zur Miete an. Und das Geschäft lief ebenso gut wie schon der Verkauf zuvor. Daran verdiente sie noch einmal.« Sie nahm einen großen Schluck aus ihrem Weinglas und kippte den Jägermeister hinterher.

»Lassen Sie mich raten, was passierte. Sie überwarfen sich mit Ihrer Chefin, oder besser, Sie gingen langsam auf Distanz.«

»Ja, so ähnlich. Es war nicht nur, dass ich mich fragte, warum ich an der verdienten Knete nicht angemessen beteiligt wurde. Denn als ich mich in dieser Angelegenheit einmal an sie wandte, stieß ich auf Beton. Ich hatte den Eindruck, sie hätte Bohnen in den Ohren.«

»Und was war noch?«

»Etwas anderes war der Auslöser. Ich war ihre rechte Hand geworden, und sie erwartete, dass das so blieb. Aber ich bin nicht zum Hiwi geboren, selbst nicht für meine Retterin. Zudem entdeckte ich an ihr beängstigende Züge. Sie war immer unter Dampf. Ich fand das ungesund, so, als hetze sie dauernd hinter etwas her, das sie sowieso nicht haben konnte. Das Ganze bekam einen Sog, der mich abstieß.«

Sie senkte die Augen und drehte den Stiel ihres Rotweinglases zwischen ihren Fingern. Dann sah sie ihm in die Augen.

»Was ist?«, fragte sie.

»Mir ging gerade durch den Kopf, ob es uns allen nicht mehr oder weniger ähnlich geht«, erwiderte Jung.

»Richtig, mehr oder weniger. Und Anna neigte zu mehr, zu viel mehr, zu viel, viel mehr.« Es entstand eine Pause, bevor Jung wieder das Wort ergriff.

»Sie sind eine kluge Frau. Wollen wir noch etwas trinken?«

»Danke für das Kompliment. Ja, bitte, für mich noch einen Jägermeister. Und für Sie?«

»Ich nehme einen Espresso und einen Grappa.«

Sie gab die Bestellung auf. Jung legte seine Unterarme vor sich auf den Tisch und sah sie schweigend an. Schließlich richtete er sich auf.

»Wie ging das Ganze aus?«

»Ich hatte Kohle gemacht und jede Menge Verbindungen. Ich kaufte mir eine heruntergekommene alte Kate auf dem Festland, richtete sie her, zog ein und kündigte bei Anna. Ich lernte was gänzlich Neues und machte mich damit selbstständig.«

»Sie sind mutig. Kompliment. Was sagte Ihre Freundin dazu?«

»Sie war beleidigt. Aber was sollte sie sonst tun? Es dauerte nicht lange – sie bekam für mich einen guten Ersatz, ihre Schwiegertochter. Ich kann sie nicht ausstehen, aber sie ist kompetent und professionell. Das muss der Neid ihr lassen.«

»Wieso Neid?«, hakte Jung nach.

»Das sagt man doch so, oder? In meiner Heimat hätte ich gesagt, sie gehörte nicht zu dem Haufen Hühnerscheiße, den man sonst in dieser Branche trifft.« Jung konnte sich ein Schmunzeln nicht verkneifen.

»Später nahmen Sie den Kontakt zu Frau Mendel wieder auf. Warum?«

»Na ja, eigentlich mochte ich sie ja. Ich fand sie immer noch imponierend. Und nachdem ich ihr entwischt war, fühlte ich mich ihr gegenüber frei. Ich besuchte sie hin und wieder. Letzten Sommer bot sie mir an, eine ihrer Ferienwohnungen zu einem Schnäppchenpreis zu kaufen. Das Angebot passte in meine berufliche und private Lage, und ich schlug ein. Bei meinem vorletzten Besuch hatten wir den Kauf perfekt gemacht. Sie war voller Energie. Vielleicht lag es an ihrem neuen Hausarzt, der ihr mal ein bisschen Feuer unterm Hintern machte. Es gab an ihr etwas, das vorher nicht da war: Etwas Frisches, Lebendiges, als wäre sie Oma eines wonnigen, kleinen Stinkers geworden, mit dem sie demnächst eine schöne Zeit verbringen sollte. Sie war aber nicht Großmutter geworden.«

»Ist das der Grund, der Sie so sicher macht, dass sie selbst sich nicht umgebracht hat?«

»Ja, das ist das Sahnehäubchen auf dem Gesamtkunstwerk Anna Mendel. Zu ihr passt Selbstmord einfach nicht.«

»Ihr könnte nach Ihrem Besuch etwas widerfahren sein, das sie so erschütterte, dass ihre Persönlichkeit völlig zusammenbrach.«

»Was sollte das denn wohl sein, nach dem, was ich Ihnen von ihr erzählt habe?«

»Ich muss Ihnen recht geben, es ist schwer vorstellbar. Aber sie ist vergiftet worden. Was denken Sie, ist da passiert?«

»Ich habe lange nachgedacht. Ich hab keine Idee. Ihre Neider können nicht ihre Mörder gewesen sein. Ihr Tod hat denen nichts zusätzlich in die Kassen gespült. Die Kundschaft wollte Anna, und sonst nichts. Keiner konnte ihr das Wasser reichen oder sich einbilden, in ihre Fußstapfen treten zu können.«

»Und ihre Familie?«

»Das glaube ich nicht. Ihr ältester Sohn jobbt in Amerika. Mit ihrem geschiedenen Alten spricht sie schon seit Jahren nicht mehr. Ihr jüngerer Sohn lebt mit seiner Angetrauten auf Sylt. Lernen Sie sie kennen und machen Sie sich ein Bild von ihnen. Ich bin nächste Woche auf Sylt. Für heute reicht's mir. Vielleicht kommen Sie rüber, lernen den Sohn und die Schwiegertochter kennen, und wir quatschen weiter.«

»Eine letzte Frage: Wer besorgte eigentlich ihren Haushalt, ich meine den von Frau Mendel?«

»Das erledigte der Gebäudeservice, der für ihre Ferienwohnungen zuständig war. Der Hausmeister organisierte das auf Absprache. Übrigens ein widerlicher Kerl. Glauben Sie mir, ich erkenne meine Schweine am Gang. Außerdem sieht er auf dem Kopf aus wie ein Bär um die Eier. Aber er war Anna sehr ergeben. Lebensmittel lieferte ihr Kaufmann auf ihre telefonische Bestellung. Das Haus müssen Sie sehen, ein Traum. Ihr Sohn und seine Frau wohnen jetzt da. Ich beneide sie darum.« Ihr Gesicht verzog sich in schwärmerischer Verzückung.

Sie erhob sich von ihrem Stuhl. Jung sah sich suchend nach der Garderobe um.

»Danke, Ich habe keine Jacke. Wir zahlen vorne an der Theke.«

Sie beglichen ihre Rechnung bei der schwarzen Madonna der Stazione, die sich mit einem freundlichen Lächeln bedankte und sie mit dem Wunsch verabschiedete, sie bald wieder bei sich zu sehen.

Draußen fragte Helga Bongrad Jung schelmisch: »Darf der Herr Kriminalrat denn zulassen, dass ich nach den Mengen an Wein und Jägermeister noch Auto fahre?«

»Der Herr Kriminalrat ist blind, wenn es darum geht. Auch bei sich selbst«, antwortete Jung.

Ihm war bei seiner Antwort nicht wohl. Nicht nur wegen der unnatürlichen Forschheit, die ihm eher peinlich war, sondern auch, weil er sich ernstlich fragte, ob sie noch ihre Autos bewegen sollten. Schließlich waren sie nicht allein auf den Straßen.

Sie verabredeten, ihr Gespräch in der nächsten Woche auf Sylt fortzusetzen. Vorher wollten sie miteinander telefonieren.

»Ich wünsche dem Herrn Kriminalrat eine gute Heimkehr. Ihr kleines Frauchen wartet sicherlich schon auf Sie.«

»Mein ›kleines‹ Frauchen ist 172 cm groß und wiegt 68 Kilo. Sie ist eher der Typ ohne klassisches Frauenschicksal.«

»Entschuldigung, ich wollte Sie nicht beleidigen. Kommen Sie gut nach Hause. Bis dann.«

Jung schloss die Autotür hinter ihr und winkte zum Abschied freundlich. Er schüttelte den Kopf und fuhr zurück nach Flensburg.

DIE APOTHEKERIN

Jung hatte wenige Tage später mit Helga Bongard telefoniert. Sie hatten sich für den folgenden Tag in Westerland auf Sylt zum späten Frühstück im Café Wien verabredet. Um einen Dienstwagen wollte Jung nicht betteln und anstehen müssen. So bestieg er am frühen Morgen sein Privatauto und fuhr erneut nach Holtbüll, um hier die Nord-Ostsee-Bahn nach Westerland zu nehmen. Er löste eine Fahrkarte am Bahnsteigautomaten und wartete mit vielen anderen auf den in Kürze eintreffenden Zug.

Das Wetter hatte sich geändert. Nachdem es in der vergangenen Nacht länger geregnet hatte, strich jetzt ein frischer Westwind über das platte Land und schob schwarzgraue Wolkenfronten vor sich her. Dazwischen fand nur sporadisch der wärmende Glanz der Sonne seinen Weg zu den Wartenden. Jung fröstelte. Er steckte seine Hände in die Jackentaschen und zog die Schultern ein. Neben ihm fiel eine Gruppe bunter Frührentner aus einem unmittelbar neben dem offenen Bahnsteig parkenden Bus. Sie verbreitete sofort die lärmende Unruhe eines seiner Aufsicht entwichenen Kindergartens.

Jung ergatterte einen Sitzplatz, musste aber zu seinem Leidwesen ertragen, dass vor und hinter ihm die Frührentner die Plätze erobert hatten. Direkt hinter ihm hatte eine Frau ihren Sitz eingenommen und stützte die Ellenbogen auf Jungs Rückenlehne. Es kam zu einer Auseinandersetzung zwischen dem Zugbegleiter und dem sichtlich überforderten Anführer der Rentnergang. Warum gerade er als Anführer auserkoren worden war, blieb für Jung unergründlich. Vielleicht war er in seiner aktiven Zeit Regierungsrat, Intendanturrat* oder Kriminalrat gewesen, und seine Mitrentner dienten ihm deshalb automatisch die Führungsfunktion an. Er hatte sie einfach zu ertragen, wie man eine Warze oder ein Muttermal zu ertragen hat. Der Zugbegleiter stritt mit ihm über das Gruppenticket, das für die anwesende Anzahl Rentner nicht ausreichte. Er verlangte eine Nachlösung.

»Das geht aber nicht«, schimpfte die Frau in Jungs Rücken laut. »Die anderen fahren mit dem nächsten Zug. Die haben die richtige Fahrkarte dabei. Das müssen Sie uns glauben. Wir sind doch keine Lügner.«

Der Schaffner wandte seinen Kopf in Richtung der keifenden Stimme und beschwichtigte die Frau mit freundlicher Nachsicht: »Liebe Frau, hier geht es um Ihre Fahrkarte, und die reicht nicht aus. Sie müssen sich richtig aufteilen. Einige von Ihnen hätten auf Ihre Freunde und den nächsten Zug warten sollen. So kann ich gar nichts machen. Verstehen Sie das?«

»Nein, das ist frech und mal wieder typisch für die Bundesbahn«, keifte sie unbeirrt weiter. Der Schaffner

* Höherer preußischer Staatsbediensteter.

hätte sagen können, was er wollte, die Frau hätte ihm niemals zugehört. Selbst der Hinweis, dass sie nicht in einem Zug der Bundesbahn sitze, hätte sie nicht erreicht, sondern wäre nur ein willkommener Beweis gewesen, wie recht sie mit ihrem Geschimpfe habe. Er wandte sich kopfschüttelnd wieder dem Gruppenführer zu.

»Unmöglich ist das. Unglaublich. So ein Esel!«, schleuderte sie dem Bahnmenschen mit einer von unterdrückter Wut verzerrten Stimme hinterher. In Jungs Ohren schrillte es unangenehm, und sein Rücksitz bebte heftig unter den Schlägen ihrer geballten Fäuste. Er drehte seinen Kopf schräg nach hinten und blickte von unten in ein grob geschminktes, panisch verzerrtes Gesicht, auf dessen Lippen eine fette, über die Ränder verschmierte Schicht Niveacreme aufgetragen war.

»Können Sie sich bitte auf Ihren Sitz setzen und mir nicht weiter in die Ohren schreien!«, herrschte er die Frau an.

»Hören Sie mal, dies ist zum Glück ein freies Land. Da kann ich sagen, was ich will. Wir leben schließlich in einer Demokratie, da lass ich mir von Ihnen nicht den Mund verbieten. Diese Zeiten sind endgültig vorbei. Halten Sie sich da gefälligst raus, und regen Sie sich ab.«

Der Zugbegleiter wandte sich ihnen zu und sah Jung entschuldigend an. Der Gruppenführer schwieg verängstigt. Er trug zu blauen Joggingschuhen und einer engen blassgrünen Laufhose einen rötlichbraunen Sweater, der an der Stelle, an der man die Taille zu finden gewohnt ist, von einer schwarzen Gürteltasche umschlungen war. Sie spannte hässlich über seinem Bierbauch. Das auf den Kopf gestülpte, steife Baseball-Cap der New York Yankees, seine müden Augen und der umgehängte analoge Fotoapparat machten aus ihm die Ikone einer endgültig verlorenen Generation. Jung erhob sich und wechselte in den nächsten Waggon in Richtung Zugmaschine. Vorne im Wagen sah er einen schmächtigen Farbigen sitzen, an dessen Seite ein Platz leer geblieben war. Er steuerte auf den freien Sitz zu. Als er sich darauf niederließ, registrierte er beiläufig zwei schräge Schmucknarben über schwarzen Wangenknochen und ein begrüßendes Lächeln, das die weißen Zähne eines hübschen Gebisses freilegte. Er erwiderte den Gruß mit einem gedankenverlorenen Nicken. Bis der Zug vor Morsum vom Damm auf die Insel rollte, blieb sein Blick auf das vorbeigleitende Wattenmeer geheftet. Nach Durchfahrt eines hässlichen, von Billigmärkten und Lagerhallen zugestellten Gewerbegebietes bei Tinnum kamen sie schließlich in Westerland zum Stehen.

Jung hatte vor ein paar Tagen telefonisch mit der Apothekerin in der Strandstraße Kontakt aufgenommen und um einen Gesprächstermin gebeten. Sie hatte ihm sehr höflich geantwortet, dass sie jederzeit während der Öffnungszeiten in ihrer Apotheke anzutreffen und zu sprechen sei. Ein Termin brauche nicht extra vereinbart werden. So war Jung frei in der Zeitwahl. Er entschloss sich, vor dem Treffen mit Helga Bongard die Apotheke aufzusuchen.

Ihn erwartete eine schlanke, eher schmächtige Endsechzigerin im weißen Kittel und mit eisgrauen kurzen Haaren. Ihr Gesicht war wettergegerbt und von gesunder Farbe. Es strahlte eine zurückhaltend-freundliche Energie aus, die – wie ihm schien – vor nichts in die Knie zu gehen bereit war. Ihre Stimme war leise, aber bestimmt, und ihre grauen Augen sahen ihn interessiert an.

»Sie kommen wegen des Todes von Frau Mendel, das sagten Sie ja schon am Telefon«, eröffnete sie nach der Begrüßung das Gespräch. »Ich habe lange nichts mehr in der Sache gehört. Ich wunderte mich schon, dass vom Abschluss der Untersuchung in der Zeitung nichts zu lesen war. Was kann ich für Sie tun?«

»Wir klären letzte Details, bevor wir die Akte schließen. Unsere Sorgfaltspflicht zwingt uns dazu. Neue Erkenntnisse im Fall selbst gibt es nicht. Ihre Apotheke versorgte Frau Mendel mit den nötigen Medikamenten, nicht wahr?«

»Ja, Herr Dr. Bär brachte jeden Monat die Rezepte persönlich vorbei. Ich stellte die Charge zusammen. Unser Kurierdienst brachte sie zu Frau Mendel nach Kampen.«

»Sie persönlich bürgten also für die korrekte Zusammenstellung des Medikamentenpaketes?«

»Wenn Sie damit andeuten wollen, dass ich Gelegenheit hatte, das Gift unter die Medikamente zu schmuggeln, so haben Sie recht. Aber Ihre Kollegen haben schon hinreichend nachgewiesen, dass ich mich nicht im Besitz von Strychnin befand. Im Übrigen habe ich auch kein Motiv für die Tat, nicht wahr?«

»Ich wollte nichts andeuten. Ich will nur dahinterkommen, wie das Strychnin zwischen die Medikamente von Frau Mendel kommen konnte.«

»Also, ich habe schon seit etlichen Jahren nichts mehr mit Strychnin zu tun. Ich hab auch nicht gehört, dass andere Apotheken auf der Insel in letzter Zeit damit in Berührung gekommen sind.«

»Sind Sie denn jemals zuvor mit Strychnin in Verbindung gekommen?«

»Ja, in den 60er-Jahren, als ich die Apotheke von meinem Vater übernahm. Wir führten damals Strychnin als Rattengift.«

»Und jetzt nicht mehr?«

»Nein, das ist eine typische Sylt-Geschichte«, lachte sie.

»Das interessiert mich. Erzählen Sie.« Jung sah ihr gespannt in die Augen.

»Als ich auf die Insel kam, das war 1965, gab es hier eine Rattenplage. Deswegen hatten wir auch Strychnin vorrätig. Es war eigentlich keine Plage, sondern einer unserer prominenten Inselliebhaber hatte auf seinem Grundstück eine Ratte gesichtet. Und nun befürchtete er, sie könnte sich rattenhaft vermehren. Daraufhin wurde von Amts wegen eine Vergiftungsaktion auf der gesamten Insel gestartet. Leider erwischte es den Yorkshire-Terrier einer Reedersgattin, die in Kampen ihr Ferienhaus hatte. Über den Verlust ihres Lieblings war sie natürlich sehr ungehalten. Die Reederei ihres Gatten wurde von Rendsburg aus geleitet, hatte aber ihren nominellen Geschäftssitz in Kampen. Der Vorteil dieser Aufteilung lag darin, dass in Kampen die Steuern aus dem Unternehmen fällig wurden. Die waren hoch genug, um der Gattin einen erheblichen Einfluss auf die Gemeindepolitik zu sichern. Sie nutzte ihn geschickt. Ihr ist es zu verdanken, dass in Kampen nur unter Reet gebaut werden darf. In diesem Fall setzte sie durch, dass Strychnin als Rattenbekämpfungsmittel von der Insel verbannt wurde. Dieses Verbot gilt noch heute. Die Apotheken entsorgten freiwillig-unfreiwillig ihre Bestände an Strychnin. Seitdem ist das Thema Strychnin tot. Ich glaube, auch anderswo ist man von diesem Gift abgekommen.« Die Apothekerin hatte ihre Geschichte beendet und schwieg nachdenklich.

»Das ist rund 40 Jahre her. Eine lange Zeit und eine schöne Geschichte«, sinnierte Jung laut vor sich hin.

»Noch eins möchte ich wissen: Der Kurierdienst, hatte er Möglichkeiten, die Medikamente zu manipulieren?«

»Ich beliefere mehrere Kunden in Kampen per Kurier. Ich stelle jede Charge persönlich zusammen. Dann wird sie in einen stabilen Plastikbeutel verschweißt und versiegelt. Dem Beutel wird ein Zettel beigelegt mit dem Namen des Empfängers und einer Aufstellung der verschickten Medikamente. Der Patient kann anhand dieses Beipackdokumentes die Richtigkeit und Vollständigkeit der Sendung kontrollieren. Eine versteckte Manipulation ist meiner Meinung nach nicht möglich. Im Übrigen lege ich für meine Mitarbeiter die Hand ins Feuer. Sie sind alle schon weit über zehn Jahre bei mir.«

»Ja, so weit waren die Kollegen vor mir auch schon. Irgendwoher musste es doch kommen. Haben Sie eine Idee, wie das gegangen sein könnte?«, fragte Jung frustriert.

»Ich habe mir darüber lange den Kopf zerbrochen. Aber mir ist dazu nichts eingefallen, ich weiß es wirklich nicht. Es muss mehr oder weniger ein Zufall gewesen sein. Vielleicht ist es von weit her mitgebracht worden.«

»Man findet doch nicht zufällig Strychnin. Und soweit wir wissen, hatte sie in der fraglichen Zeit auch keinen Besuch von den Heiligen Drei Königen aus dem Morgenland«, seufzte Jung resigniert. »Diese Ungereimtheiten verhindern, dass wir den Fall abschließen können, verstehen Sie? Ich danke Ihnen trotzdem für Ihre Hilfe.«

»Gern geschehen. Wenn Sie das Rätsel gelöst haben, teilen Sie mir das Ergebnis mit? Es interessiert mich.«

Jung seufzte innerlich auf. Noch jemand, der über das Ergebnis seiner Arbeit informiert werden wollte.

Zufall, Unfall, typische Geschichten, Rätsel. Was sollte er daraus für Schlüsse ziehen? Jung verabschiedete sich höflich von der sympathischen Apothekerin und machte sich auf den Weg zu seiner Verabredung mit Helga Bongard.

DER HAUSMEISTER

Er betrat ein plüschiges, um wienerischen Charme bemühtes Kaffeehaus. Es war restlos gefüllt, zu 90 Prozent von Frauen aller Altersklassen und frei von jedwedem Dresscode. Ungehemmte Redelust, Geschirr- und Besteckgeklapper erfüllten den Raum. Die Atmosphäre war von der Art, dass Männer ihre Frauen nur mit der Anrede ›Was wünscht die Dame?‹ anzusprechen sich erlaubten. Die zahlreichen, ausschließlich weiblichen Bedienungen waren ohne Pause und in harter Arbeit unterwegs. Dennoch zeichnete die Frauen eine besondere Freundlichkeit aus, die auf dicken Sohlen und mit vitaler Körperlichkeit daherkam. Bei Bedarf stellten die Damen mühelos Ruhe und Ordnung her.

Jung setzte sich an einen frei gewordenen Tisch und wartete. Die Zeit verstrich. Schließlich bestellte er bei der freundlichen beleibten Bedienung eine Tasse Kaffee und ein Stück Obstkuchen mit Schlagsahne. Der Kuchen und der Kaffee schmeckten ihm. Die Frische und das Aroma der Schlagsahne glaubte er zuletzt in seiner frühen Jugend so gekostet zu haben. Er war begeistert.

Jung blickte wiederholt auf seine Armbanduhr. Er stellte fest, dass nun schon mehr als eine halbe Stunde über den vereinbarten Termin hinaus verstrichen war.

Er spürte Ärger in sich aufkommen. Er beglich bei der rundlichen Bedienung seine Rechnung, verließ das Café und überließ sich dem dichten Strom der Passanten in Richtung Strand.

Der Wind war auf der Insel noch lästiger als auf dem Bahnsteig in Holtbüll. Auch kündigten die Wolken ungemütliche Regengüsse an. Jung entschloss sich kurzerhand, das Büro der Apartmentvermittlung Mendel aufzusuchen. Vielleicht hatte er Glück und traf dort den Hausmeister an. Die Befragung nicht vorbereiteter Zeugen führte manchmal zu Überraschungen. Er fragte sich zur Strandallee 9 durch.

Eine Frau Steindorff begrüßte ihn. Auf seine Nachfrage hin überraschte sie ihn mit der angenehmen Mitteilung, der Hausmeister sei anwesend. Sie werde ihn rufen lassen. Jung wartete auf einem schmalen Sessel sitzend, der zu einer betagten Cocktailgarnitur vor dem Steindorff'schen Schreibtisch gehörte.

Ein Mann betrat das Büro. Er war in einen grauen Werkstattkittel gekleidet. Auf seinen Schultern ruhte ein gewaltiger Schädel. Er stand im Missverhältnis zum Rest des Mannes, selbst wenn Jung auf den zweiten Blick feststellte, dass auch sein Körper massig und wuchtig war. An den Kopf mit der gräulich-gelben Mähne würde er sich immer erinnern, an das Gesicht nicht.

Sie stellten sich einander vor. Als Jung ihm die Hand zur Begrüßung gab, hatte er das Gefühl, als verschwände ein Teil von sich in einer anderen Welt. Clausen bat ihn in sein Büro, das Jung an die Wachstube in der Polizei-Inspektion erinnerte. Sie setzten sich an einen Pausentisch auf einfache Holzstühle.

»Ich komme noch einmal zu einem letzten Gespräch zu Ihnen, bevor wir die Akte in der Sache Ihrer ehemaligen Chefin schließen«, begann Jung das Gespräch. »Sozusagen der guten Ordnung halber und aus Pflichtgefühl. Wir wollen einfach nichts Menschenmögliches unterlassen, um doch noch eine zweifelsfreie Klärung der Todesumstände herbeizuführen.«

»Ich verstehe. Sie wollen die Werkstatt aufräumen, bevor Sie abschließen«, erwiderte Clausen.

»Ungefähr so, ja, das ist richtig. Sie haben ja eng mit Ihrer Chefin zusammengearbeitet, wie ich hörte.«

»Ja, sie war eine gute Chefin. Ich war gerne bei ihr beschäftigt. Ich war ihr Mann für die Praxis.«

»Und Sie haben ihr auch auf privatem Sektor geholfen, nicht wahr?«

»Ja, das ergab sich aus unserem Vertrauensverhältnis. Sie konnte nicht mehr viel allein machen, da habe ich ihr geholfen, wo ich konnte.«

»Was glauben Sie, hatte sie in ihrem engen, persönlichen Umfeld Feinde oder Neider, die ihr übelwollten? Wie ging sie mit ihren Angestellten und Arbeitern um, zum Beispiel mit denen, die ihre Wohnung sauber machten, ihren Garten pflegten und so weiter?«

»Nein, nein, wenn Sie glauben, da hätte sie Feinde gehabt, so sind Sie total auf dem Holzweg. Gerade bei den Putzfrauen war sie sehr beliebt. Sie machte ihnen Weihnachtsgeschenke und erkundigte sich nach ihren Familien, selbst wenn wenig Zeit dafür blieb, weil wir das Haus immer verließen, wenn die Putzen einrückten.«

»Warum das?«

»Sie wollte nicht im Wege stehen. Wir machten einen Ausflug.«

»Und wohin?«

»Ich fuhr sie in ihrem Mercedes nach Rantum oder List. Dabei sprachen wir ab, was in der kommenden Woche zu erledigen war.«

»Und was machten Sie dort?«

»Im Lister Hafen setzte sie sich auf eine Bank und schaute den Fähren zu, die von Romö rüberkamen oder nach drüben ablegten.«

»Sie ging nur selten aus, nicht wahr?«

»Ja, oft verließ sie ihr Haus nicht mehr. Sie genoss das Leben am Hafen. Ich ging unterdessen bei Gosch essen oder kaufte in der alten Tonnenhalle ein.«

»Und dann fuhren Sie wieder zurück, und alles Nötige war im Haus getan. Man könnte das auch so auffassen, als wollte sie mit den Putzmädels nichts zu tun haben.«

»Also, wenn Sie meinen, die Chefin wäre eingebildet und überheblich gewesen, täuschen Sie sich ganz gewaltig.« Seine Stimme hatte sich erhoben und klang empört. »Sie hat ja sogar …«, Clausen unterbrach sich abrupt und biss sich auf die Unterlippe.

»Was hat sie sogar?«, hakte Jung nach.

»Nichts, nichts. Mir fiel nur gerade etwas ein, das gar nicht zur Sache gehört.«

»Was fiel Ihnen ein? Zur Sache gehört alles, was Frau Mendel betrifft. Oder wollen Sie nicht auch, dass ihr Tod aufgeklärt wird?«

»Doch, doch, natürlich. Ich hab nichts zu verbergen. Es ist nur so, dass ...«, und er schwieg wieder.

»Sie möchten sicherlich nicht indiskret sein oder jemanden bloßstellen, nicht wahr?«, kam ihm Jung entgegen.

»Herr Kriminalrat, es ist etwas kompliziert und hat mit dem Tod von Frau Mendel gar nichts zu tun. Glauben Sie mir.« Seine Stimme bekam einen leicht verstockten, wimmernden Unterton.

»Was hat mit ihrem Tod nichts zu tun? Sie können es mir ruhig erzählen. Ich werde als Polizist über den gegenwärtigen Fall hinaus nicht tätig werden und darf über das schweigen, was mir zu Ohren kommt.« Jung blieb hartnäckig.

»Können Sie mir Vertraulichkeit zusichern?«, fragte Clausen eindringlich.

»Wenn es nicht den Fall betrifft, sicher«, versuchte Jung ihn zu beruhigen. Er merkte, dass Clausens Widerstand an seinem Dienstgrad und den drohenden Konsequenzen schon längst zerbröselt war.

»Also, gut. Macht ja nun auch nichts mehr. Ich hab ihr mal eine Gartenhilfe geschickt, einen farbigen Asylanten, der sich etwas Geld bei unserem Hausservice verdiente. Dem hat sie ihr privates Gäste-Apartment zur Verfügung gestellt, damit er auf der Insel übernachten konnte.«

»Das ist ja nicht verboten, oder?«, warf Jung ein.

»Ja, so war sie eben. Nein, nicht unbedingt. Er hatte gut gearbeitet. Sie wollte ihn ein, zwei Tage länger haben, ohne dass er zwischen Festland und Insel hin- und hermusste.«

»Das war nett von ihr«, bemerkte Jung.

»Eben. Aber eigentlich war es doch verboten. Er durfte nicht für Geld arbeiten, und er musste sich jeden Abend in der Unterkunft auf dem Festland melden. Ich hab das mit meinen Beziehungen trotzdem hingekriegt. Ich war aber dazu verdonnert, dichtzuhalten und mit keinem darüber zu reden.«

»Haben Sie meinen Kollegen irgendetwas davon erzählt?«, fragte Jung gespannt nach.

»Nein, natürlich nicht. Wie gesagt, ich hätte ja meine Beziehung in Schwierigkeiten gebracht. Das wollte ich nicht. Er war ja schon längst wieder in Afrika, als das mit der Chefin passierte. Er kann also gar nichts damit zu tun haben.«

»Wann genau war das?« Jungs Tonfall war jetzt betont nüchtern und sachlich.

»Das letzte Mal arbeitete er bei ihr, lassen Sie mich überlegen, kurz vor seiner Rückkehr nach Afrika. Dann müssten noch ein, zwei Wochen bis zu ihrem Tod verstrichen sein.«

»Wie hieß er?«

»Jussuf Barre. Er war einer von den Besseren. Sein Vater oder Onkel war mal ein hohes Tier in Afrika, Präsident oder so ähnlich. Das erzählte mir mein Bekannter. So hat er sich auch benommen: sauber und korrekt.«

»Wie kommen Sie darauf?«

»Nach seiner Abreise habe ich im Apartment aufgeräumt. Alles tipptopp in Ordnung. Hat nichts mitgehen lassen.«

»Hatten Sie denn Grund zu dieser Annahme?«

»Nein, nein, überhaupt nicht. Aber vorsorglich hatte ich das Telefon an mich genommen. Er sollte nicht endlos auf unsere Kosten nach Afrika telefonieren. Wäre aber gar nicht nötig gewesen.«

»Und warum nicht?«

»Weil er sogar die angebrochene Schachtel Mon Chéri und die Vitaminpillen stehen gelassen hat, die ihm die Chefin überlassen hatte. So war die Chefin eben. Ich hab sie ihr zurückgebracht. Sie war ganz gerührt von so viel Bescheidenheit.«

Jung war elektrisiert von der Tatsache, etwas gehört zu haben, was seinen Kollegen noch nicht zu Ohren gekommen war. Er hielt sich aber weiter betont zurück.

»Gut, Herr Clausen, alles nicht so schlimm. Braucht Sie auch nicht weiter zu beunruhigen. Ist schon lange her und wird keine weiteren Probleme machen, nehme ich mal an.«

»Das wäre mir auch sehr, sehr unangenehm, Herr Kriminalrat. Danke für Ihr Verständnis.«

»Vielleicht können Sie sich ja revanchieren. Ich muss einige Kleinigkeiten auf der Insel klären. Wenn ich dabei Hilfe brauche, darf ich mich an Sie wenden?«

»Aber selbstverständlich doch, ich kenn mich hier aus wie kein Zweiter und würde mich freuen.«

Jung ließ es dabei bewenden. Dann bedankte er sich bei Clausen für seine Offenheit und Unterstützung.

»Noch eine allerletzte Frage.« Jung wandte sich erneut an ihn und sah ihn an.

»Organisieren Sie auch bei der neuen Chefin den Hausservice?«

»Nein. Die regelt das mit ihrem Mann allein. Ich bin da schon lange nicht mehr gewesen.«

»Aha, gut. Das ist alles, danke nochmals.«

Als er Clausen zum Abschied die Hand schüttelte, gab er wieder ein Stück von sich ab. Diesmal hatte er das Gefühl, als könne er sich allmählich an Clausens Welt gewöhnen. Irgendwann würde sich auch der letzte Rest von bedrohlicher Fremdheit verflüchtigt haben.

DIE SCHWIEGERTOCHTER

Draußen auf der Strandallee sah Jung auf seine Uhr. Er entschied sich für einen kurzen Spaziergang. Anschließend wollte er zu Mittag essen. Am frühen Nachmittag würde er hierher zurückkehren, diesmal, um Karin Mendel, die Schwiegertochter der Toten, und Jürgen Mendel, deren Mann, zu treffen.

Er lenkte seine Schritte auf die Strandpromenade zu den kreischenden Möwen. Eine mächtige Brandung erfüllte die Luft, und ein starker Westwind trieb ihm Tränen in die Augen. Am Strand zelebrierte eine Gruppe mittelalterlicher Frauen Nordic Walking. Sie sahen aus, als machten sie Fastenwandern auf Sylt. Dazu hatten sie sich in bunte Windjacken gehüllt. Die eng anliegenden Laufhosen reichten ihnen bis über ihre dicken oder dünnen Waden. Ihre nackten Füße steckten in klobigen Sportschuhen. Ihre breiten Gesichter waren vom Wind und durch ihr in Wallung gebrachtes Blut gerötet und glänzten von der Richtigkeit und Wichtigkeit ihres Tuns. Ihre offenen Münder reckten sich dem Wind entgegen und sogen die Luft ein, als enthielte sie das ewige Leben, nach dem sie schon so lange vergeblich auf der Suche waren. Jung löste seinen Blick vom Strand und verfiel ins Grübeln.

Das zutage getretene Detail im Fall Mendel versetzte ihn in Erregung. Aber seine Kollegen wussten davon nichts. Sie hatten daher an dieser Front keine Ermittlungen aufnehmen können. Er musste Helga Bongard – der geplatzte Termin hatte keine Rolle zu spielen – fragen, ob sie mit ihrer Freundin über den Farbigen gesprochen hatte. Vor allem wollte er wissen, wie wichtig die Begegnung für sie gewesen war. Schließlich hatte sie ihm ihr Gäste-Apartment überlassen. Das tat man nicht für jeden x-beliebigen Gärtner, der nur die Hecke schneidet und den Rasen mäht.

Der steife Westwind verleidete ihm den Aufenthalt am Wasser. Jung schwenkte auf einen Strandzugang in Richtung Kurzentrum ein. Die seeseitig aufgereihten Hochbauten zermürbten die Kraft des Windes, und auf der Friedrichstraße hatte der Wind schließlich auf eine erträglichere Stärke abgeflaut. Jung landete in der Boysenstraße, entdeckte ein italienisches Restaurant in einem hübschen Haus und kehrte im ›Il Ristorante‹ ein.

Er betrat einen in warmem Gelb gehaltenen und mit rohen Holzbohlen ausgelegten Gastraum. Dieser beherbergte ein rundes Dutzend schlicht, aber geschmackvoll eingedeckter Tische, die allerdings wenig italienisch aussahen. Die Wände zierten Werbeplakate. Sie stammten aus Zeiten, in denen für Birnenbrand mit weißen Eulen, für die American Fruit Company mit aufgeschnittenen Grapefruits und Tomaten, für die Goleta Lemon Association mit einem gaffelgetakelten Dreimastschoner, für die Reichsbahn mit vollständig bekleideten,

Ball spielenden Strandschönheiten und für Anisetta Evangelisti mit einem lebensgroßen Schimpansen geworben wurde. Selbst die Werbung für Pigmentan, das die natürliche Bräunung fördert und gegen Sonnenbrand schützt, kam gänzlich ohne erotisierende Tittenschau aus. Nur ein glatter, kalter, vor die Anrichte geklotzter Glasschrank, in dem die angemachten Antipasti kühl gehalten wurden, störte das angenehm zurückhaltende Ambiente des Speiseraums.

Jung war der einzige Gast. Er bestellte sich Petto d'anatra ai mirtilli und ein Glas Montepulciano. Die Entenbrust schmeckte köstlich. Der Kellner war mit Turnschuhen, Jeans und Strickjacke bekleidet. Obwohl er vornehmlich an dem lebhaften, auf Italienisch geführten Gespräch am Familienstammtisch vor dem Eingang zur Küche interessiert war, zeichnete ihn eine unauffällige, wohltuende Aufmerksamkeit aus. Jung glaubte zwischendurch, nicht der einzige Gast zu bleiben. Es stellte sich aber heraus, dass die mit einem Moin, moin Eintretenden der Postzusteller und ein Mann namens Bernhard waren. Sie wollten Giovanni sprechen. Der war abwesend, und so ließen sie nur ihre Grüße an ihn ausrichten.

Bevor Jung die Rechnung verlangte, ging er auf die Toilette. Er musste in letzter Zeit häufiger als früher diese Örtlichkeit aufsuchen. Das war lästig. Von dort aus rief er mit seinem Handy Helga Bongard an.

»Bongard.«

»Jung hier. Guten Tag. Haben Sie gut gefrühstückt?«, fragte er sie und mischte einen ironischen Unterton in seine Stimme.

»Danke für die fürsorgliche Nachfrage. Ja, hab ich: Kaffee, Rührei, meine Lieblingsmarmelade und frische Brötchen vom Bäcker. Ich hatte richtig Spaß inne Backen. Gut geschlafen habe ich auch. Was verschafft mir die Ehre?«

»Das freut mich für Sie. Für mich nicht.« Jung behielt seinen ironischen Ton bei.

»Ich kann Sie das nächste Mal einladen, wenn Sie wollen.«

»Ich dachte eher an das Café Wien. Ich war heute Vormittag da. Es hat mir sehr gut gefallen, allerdings nur bis halb elf.«

»Ah, Sie sind auf der Insel? Das ist ja eine Überraschung. Und gleich ins Café Wien. Toll, da bin ich gerne, auch nach halb elf. Die haben wunderbaren Kuchen.«

Jung ging das neckische Geplänkel langsam auf die Nerven.

»Wir waren heute dort verabredet, erinnern Sie sich?«

»Nein, da täuschen Sie sich. Das müsste ich doch wissen. Ich würde doch kein Date mit Ihnen verpassen, ich bitte Sie.« Ihr launiges Geflöte fing Jung jetzt sogar an zu ärgern.

»Ich habe Sie vor zwei Tagen deswegen angerufen.

Wir wollten unser Gespräch fortsetzen. In der ›Stazione‹ war es spät geworden«, erinnerte er sie.

»Herr Kriminalrat, Sie offenbaren ungeahnte Schwächen. Für einen Polizisten kann das besonders schlimm ausgehen. Muss ich mir etwa um die öffentliche Sicherheit Sorgen machen?«

Jung dämmerte, dass irgendetwas nicht stimmte.

»Lassen wir mal die öffentliche Sicherheit beiseite und beschäftigen uns lieber mit Ihrem Gedächtnis. Es scheint Lücken zu haben.«

»Aber, aber, Herr Kriminalrat, warum so ungalant? Vielleicht hatten Sie die Absicht, sich mit mir zu treffen, und danach kam Ihnen etwas dazwischen. Könnte es nicht eher so gewesen sein?«

Jung unterdrückte seinen Ärger und verlegte sich darauf, unter Hinnahme ihrer beunruhigenden Gedächtnislücke aus der misslichen Lage herauszukommen.

»Sei es, wie es sei, können wir heute Abend zusammen essen und unser Gespräch von neulich fortsetzen?«

»Gerne. Ich mache Ihnen einen Vorschlag. Ich denke da an das ›Il Ristorante‹. Sie kennen es sicherlich nicht, wenn Sie noch nicht oft auf der Insel gewesen sind. Ich kann es empfehlen.«

»Bevor ich zustimme, möchte ich, dass Sie es mir schmackhaft machen.«

Jung war gespannt auf ihre Beurteilung des Lokals, in dem er eben gegessen hatte und gleich seine Rechnung begleichen sollte.

»In erster Linie machen die fantastisches Essen und haben einen guten Wein im Ausschank, wenn auch etwas überteuert. Aber darüber sehe ich gerne hinweg. Es ist geschmackvoll und unaufgeregt eingerichtet. Nichts Besonderes, aber sauber und ordentlich. Vor allem die Toiletten. Der Service ist in Ordnung und zurückhaltend, nicht von der Art dieser schmalzigen, mit Grazie, Signora und Prego gespickten Anmache, die man oft bei Italienern antrifft. Reicht das?«

»In Ordnung, gefällt mir. Wir treffen uns um sieben dort, einverstanden?«

»Ja gut.«

Jung war verwundert. Er hätte eher etwas über die sanften Augen des süßen Kellners mit der sexy Stimme zu hören erwartet. Er bezahlte und verließ das Restaurant. Das Kreischen unzähliger, in der Luft segelnder Möwen empfing ihn. Nach der warmen Ruhe der Gaststube pfiff ihm der Wind lausig um die Ohren.

Er kannte sich inzwischen schon gut aus und fand, ohne fragen zu müssen, den Weg über die Friedrich- und Strandstraße in die Strandallee und in die Vermietungszentrale. Die neue Chefin hatte ihren Bürokomplex im ersten Stock des Gebäudes, in dessen Erdgeschoss er den unbequemen Sessel von Frau Steindorff noch in frischer Erinnerung hatte.

Er war deswegen äußerst verblüfft, als er die Führungsetage betrat. Der schlichte, aber teure Luxus des Sekretariats war beängstigend makellos und zeugte von einem ausgewählten und sicheren Geschmack. Das Design sah nach Jil Sander aus, wenn man sie dafür hätte gewinnen können. Jung kam sich in seinen an Knie- und Sitzflächen deutlich abgenutzten Cordjeans, seiner alten Lederjacke und seinen heruntergelatschten Camperschuhen deplatziert vor. Er versuchte, sich an etwas festzuhalten, das ihn in die wirkliche, fehlerhafte Welt da draußen zurückbrächte, fand aber nichts. Sein Blick irrte durch den Raum, bis die Chefin – gerufen von ihrer Vorzimmerdame, die diese Bezeichnung auch verdiente – aus ihrem Büro trat und ihn begrüßte. Jung hatte Mühe, sich zu konzentrieren. Er wirkte fahrig. Sein Zustand verschlimmerte sich, als er das im Stil des Vorzimmers gehaltene Arbeitszimmer betrat. Sie bat ihn, Platz zu nehmen, und er sank schließlich auf das Leder eines Brno-Stuhls.

Sie sah ihn forschend an. »Ist Ihnen nicht gut?«

»Nein, nein. Es ist nichts, wirklich. Entschuldigen Sie, mir ist ein wenig flau im Magen, so, als hätte ich etwas Unbekömmliches gegessen. Verzeihen Sie bitte.«

»Darf ich Ihnen ein Glas Wasser bringen?«

»Oh ja, gerne. Ein Glas Wasser wäre gut, wenn es keine Umstände macht. Ja, bitte, sehr liebenswürdig.« Jung war dankbar für die kurze Unterbrechung einer Unterhaltung, die noch gar nicht begonnen hatte.

Sie erhob sich. Jung vermochte zum ersten Mal den Blick auf sein Gegenüber zu konzentrieren. Ihr Gang war sicher und geschmeidig. Er schätzte ihre Größe auf 1,70 Meter und ihr Gewicht auf 60 bis 65 Kilo. Ihre

Haltung verriet Ballettschulung in der Jugend. Es überraschte ihn nicht mehr, dass sie ein hellgraues Kostüm aus Seidenjersey trug. Außer einer weißgoldenen Longines Dolce Vita, die er aus dem Film ›Frühstück bei Tiffany‹ wiedererkannte, trug sie keinen Schmuck. Ihr ebenmäßiges Gesicht fiel durch eine makellose Haut auf. Sie war ungeschminkt, jedenfalls sah es so aus, und ihre blonden Haare waren am Hinterkopf zu einer Rolle eingeschlagen, deren Halt verborgen blieb. Sie wirkte kühl. In ihren graublauen Augen erkannte er eine ferne, unberührte Wachheit.

Als sie ihm das Wasser reichte, überfiel ihn der Gedanke, dass, sollte ihn das Missgeschick ereilen, das Wasser über ihren kostbaren Rock zu vergießen, sie kein Theater machen würde, dass sie ohne ein Wort zu verlieren ein neues Glas herbeibringen, sich an ihren Schreibtisch setzen und das Gespräch wieder aufnehmen würde; nicht so, als wenn nichts geschehen wäre, sondern mit der Gewissheit einer Souveränität, die sich durch nichts, schon gar nicht durch ein Glas vergossenen Wassers, aus der Ruhe bringen zu lassen gewillt ist.

Jung setzte das Glas an die Lippen, und sein gesenkter Blick wurde von einem Bleistift auf dem Schreibtisch vor ihm gefesselt. Ein ›Perfekter Bleistift‹ von Graf von Faber-Castell, mit Kappe und Verlängerer und eingebautem Bleistiftspitzer, aus 925er Sterlingsilber und kanneliertem, schwarzem Zedernholz. In ihm spiegelte sich der Stil des Imperiums der neuen Mendel. Er setzte das Glas ab und starrte auf den Bleistift.

»Herr Jung. Meine Zeit ist nicht unbegrenzt. Geht es Ihnen so weit wieder gut, dass wir unsere Unterhaltung beginnen können?«, vernahm er ihre klare, von jeglicher Affektiertheit freie Stimme.

»Oh, entschuldigen Sie. Natürlich, unverzeihlich, mich so gehen zu lassen. Bitte entschuldigen Sie.«

»Sie scheinen mir ein wenig durcheinander zu sein. Für die Columbo-Nummer gibt es überhaupt keinen Anlass.«

»Oh, nein, nein. Columbo-Nummer, das ist gut gesagt, aber liegt mir gänzlich fern.«

»Um Sie zu entlasten, werde ich mal anfangen zu erzählen, was ich zum Tod meiner Schwiegermutter zu sagen habe. Lassen Sie es mich so ausdrücken: Ihr Tod kam für uns aufgrund ihres Gesundheitszustandes, oder besser ihrer Krankheit, nicht überraschend, ganz unabhängig davon, ob es nun Selbsttötung oder Tod durch fremde Hand war. Deswegen hielt sich unsere Bestürzung auch in Grenzen. An Selbstmord mochten wir nie glauben, das passte einfach nicht zu ihr. Und der Gedanke, dass da draußen ein Mensch herumläuft, der sie vergiftet haben könnte, ist zwar äußerst beunruhigend, drängte sich uns aber einfach nicht auf. Sie hatte Neider, gewiss, aber ein Mord passt atmosphärisch nicht ins Bild. So reagierten wir eher verstört, wie wenn es einen bösen Unfall gegeben hätte.«

Jung hatte sich so weit wieder unter Kontrolle, dass er anfing zu begreifen, was sie sagte.

»Die Polizei tappt im Dunkeln. Aber es wird von uns Aufklärung erwartet, zu Recht. Was Sie sagen, ist interessant. Aber gestatten Sie mir einige Fragen. Wie war Ihre Schwiegermutter als Geschäftsfrau, und wie standen Sie persönlich zu ihr?«

»Ihre Kompetenz war über jeden Zweifel erhaben. Diese Eigenschaft teilte sie mit einigen wenigen anderen. Was sie einzigartig machte, war ihr Riecher für gute Geschäfte und die Fähigkeit, ihre Kunden zufriedenzustellen. Das verschaffte ihr eine gute Reputation und die richtigen Mitarbeiter.«

»Zum Beispiel Frau Bongard«, unterbrach Jung sie.

»Richtig. Frau Bongard brachte eine neue, eine dekorative Facette in die Firma und entfesselte eine nicht vorhergesehene, jedenfalls von mir nicht vorhergesehene Dynamik. Ihr Eifer war unerschöpflich.«

»Warum, glauben Sie, hat sich Frau Bongard von Ihrer Schwiegermutter getrennt?«

»Sie waren sich zu ähnlich.« Jetzt schwieg Karin Mendel ostentativ.

»Können Sie das näher ausführen?«, versuchte Jung sie zu animieren, sich weiter zu äußern.

»Ich klatsche nicht gerne. Aber wenn Sie es wünschen, bitte. Beide wollten immer die Erste sein. Das geht so lange gut, solange man noch auf Distanz arbeitet. Ist man aber auf vermeintlich gleicher Höhe angekommen, gibt es nur ein Entweder-du-oder-ich. Ich sage ›vermeintlich‹, weil Frau Bongard eine uneingestandene Schwäche hatte, die sie nicht ablegen konnte. Sie war ordentlich, geradezu penibel in der Verwaltungs- und Büroarbeit. Umso erstaunlicher war, dass sie sich, wenn auch nur selten, grobe Schnitzer leistete, zum Beispiel Doppelbelegungen von Ferienwohnungen ohne erkennbare Not. Meine Schwiegermutter sah ihr das nach. Seit einem Autounfall mit anschließendem Schleudertrauma hatte Helga selten, aber eben doch ab und zu diese verzeihlichen Aussetzer.«

Jung stutzte kurz, fragte aber gleich weiter.

»Und Ihre Schwiegermutter hatte keine derartigen Fehler?«

»Nein, ihr Hirn arbeitete imponierend fehlerfrei.«

Nach einer kurzen Gedankenpause knüpfte sie da an, von wo sie zu der Bongard'schen Schwäche abgeschweift war.

»Auffällig war eine Gemeinsamkeit: Beide konnten ihre Arbeit und deren Ergebnisse nicht genießen.«

»Damit haben Sie als Nachfolgerin offensichtlich kein Problem«, reagierte Jung spontan.

»Da haben Sie recht. Ich bin anders. Ich habe nicht die Fähigkeiten meiner Schwiegermutter oder die von Frau Bongard. Ich habe auch nie den Ehrgeiz gehabt, mit ihnen zu konkurrieren.«

»Aber Ihre Schwiegermutter sah sehr wohl, dass Ihre Fähigkeiten für die Leitung ihres Imperiums ausreichten, sonst hätte sie Sie ja nicht zu ihrer Nachfolgerin bestimmt.«

»Ja, auch das ist offensichtlich richtig. Ich war, um ehrlich zu sein, selbst von ihrem Entschluss überrascht. Nicht, weil ich mir den Job nicht zugetraut hätte, sondern weil ich von Anna den Eindruck hatte, dass sie meinen Stil verabscheute. Aber es spricht für ihre Klasse, dass sie ihre Emotionen von ihrer geschäftlichen Vernunft zu trennen wusste.«

»Die geschäftliche Vernunft, worin bestand die in diesem Fall?«

»Erstens: Das Vermietungsgeschäft ist auf Sylt beinahe ein Selbstläufer, vorausgesetzt, Sie haben einen guten Ruf und bieten exzellenten Service. Beides kann ich vorweisen. Der Hauptanteil unseres Gewinns stammt aus diesem Geschäft. Zweitens: 80 Prozent der Klientel im Immobiliengeschäft, die hier in mein Büro kommt, sehe ich einmal und nie wieder. Mit den verbleibenden 20 Prozent mache ich auf meine Art gute Geschäfte. Beides zusammen reicht aus, uns geschäftlich gut zu fühlen.«

»Uns, das sind Sie und Ihr Mann, nicht wahr?«

»Darauf habe ich schon gewartet, dass Sie nach ihm fragen, vor allem danach, wie er mit der neuen Konstellation zurechtkommt. Am besten fragen Sie ihn selbst. Er wird bald hier sein. Aus meiner Sicht kann ich Ihnen nur sagen, dass sein Anteil an unserem Erfolg nicht hoch genug einzuschätzen ist, selbst wenn er ihn fast ausschließlich im Poloklub erbringt. Aber seine kommunikativen Fähigkeiten bei der Anbahnung neuer Verbindungen und Geschäftsabschlüsse sind Gold wert.«

Jung wollte die Ankunft ihres Mannes abwarten, um in dieser Richtung weitere Aufklärung zu erlangen. Er lenkte das Gespräch auf seine Eingangsfrage zurück.

»Können Sie mir über das hinaus, was Sie mir schon erzählt haben, noch etwas zu Ihrer ganz persönlichen Beziehung zu der Toten sagen?«

»Nun ja, oder besser nein, da gibt es weiter nichts zu sagen.«

»Ich verstehe: De mortuis nihil nisi bene*«, kam es ihm unvermittelt über die Lippen.

»Ja, da ist etwas dran.« Jung registrierte verwundert, dass sie auf sein Zitat wie selbstverständlich reagierte. Er sah sie bittend an.

»Es widerstrebt mir einfach. Aber wenn es denn sein muss: Ich ekelte mich vor ihr, vor ihrem Körper und ihrer Sucht, alles und jeden zu dominieren. Ich war dagegen allergisch. Auf der geschäftlichen Ebene hatte ich damit keine Probleme, schon allein deswegen, weil sie körperlich immer seltener anwesend war, und ich ihre berufliche Dominanz akzeptierte. Aber privat war ich dazu nicht bereit. Etiam si omnes – ego non**«, schloss sie und lächelte ihm offen ins Gesicht.

---

* Über die Toten nur Gutes.

** Auch wenn alle [es tun], ich nicht.

Jung fühlte Sympathie in sich aufkommen. Seine anfängliche Befangenheit begann sich langsam aufzulösen und einem bewundernden Erstaunen Platz zu machen. Er ermahnte sich zu beruflicher Distanz. Schließlich hatte er einiges gehört, was bei kritischer Betrachtung für die Rekonstruktion des Tathergangs von Belang sein konnte. Gleichzeitig konnte es auch gänzlich bedeutungslos sein. Wie waren zum Beispiel die Aussetzer von Frau Bongard zu bewerten? Wie wirkten sie sich auf ihre Erinnerungsfähigkeit aus? Welchen Wert durfte er unter diesen Umständen ihren Erzählungen beimessen? Jung sah eine Menge Arbeit auf sich zukommen.

»Bei unseren Ermittlungen sind wir von höchster Ebene um Diskretion, Verschwiegenheit und Lautlosigkeit gebeten worden«, nahm Jung das Gespräch wieder auf. »Diese Bitte hatte eher den Charakter einer Drohung. Ich habe dafür keine plausiblen Gründe finden können, die über das Maß des sowieso Wünschenswerten hinausreichen. Haben Sie dafür eine Erklärung?«

»Oh ja, das wundert mich nicht.«

»Warum?«

»Meine Schwiegermutter war auf der Insel und auch darüber hinaus berüchtigt für ihre Nüchternheit und Illusionslosigkeit. Manchmal kam sie mir sogar gewollt brutal vor.«

»Wie muss ich mir das vorstellen?«

»Sie verkündete, wo immer es ihr gefiel, dass Sylt dabei ist unterzugehen. Natürlich auch das ganze Geld, das auf der Insel investiert wird und investiert worden war und das noch Gewinn bringen sollte. Dies sei keine Frage des Ob, sondern nur eine Frage des Wann.«

»Das machte sie hier nicht gerade beliebt, nicht wahr?«, bemerkte Jung.

»Nein, das hört hier keiner gerne. Aber sie hatte gute Gründe für ihre Haltung.«

»Und die wären?«

»Die häufiger und heftiger ausfallenden Sturmfluten und die häufiger und heftiger auf die Insel rollenden Touristenströme.«

»Dagegen könnte man Maßnahmen ergreifen.«

»Das ist ja der Punkt. Gegen die Naturgewalten hat man sich bis jetzt durch Strandaufspülungen und Küstensicherungsmaßnahmen zu schützen versucht. Die Kosten, immerhin zweistellige Millionenbeträge pro Saison, werden von Jahr zu Jahr höher, der Effekt immer geringer. Gegen die zweite Flut versucht man, sich durch ein künstlich hochgehaltenes Preisniveau zu schützen. Dieser Schutz wird zunehmend unterlaufen und bricht langsam zusammen.«

»Ihre Schwiegermutter und Sie scheint das nicht beeindruckt zu haben, jedenfalls bleiben Sie und machen weiter«, bemerkte Jung.

»Sie haben recht. Wir bleiben, so lange wir können. Aber das gesellschaftliche Leben auf der Insel, wenn ich es mal so ausdrücken darf, bestimmt immer mehr der Geldadel der dritten Reihe aus dem Ruhrpott, aus Hamburg und Berlin. Er versucht, sich hier als Nachfolge der alten Eliten zu etablieren. Seine Anstrengungen treiben ihn zuweilen bis zur Groteske, unter anderem durch die Ignoranz aller Fakten, die die alten Eliten schon längst von der Insel verscheucht haben. Es gibt schon seit Jahren, und in letzter Zeit immer mehr, wohlhabende Inselliebhaber, die ihre Häuser auf Sylt verkaufen. Meine Schwiegermutter hat ein solches Haus übernommen. Jetzt wohnen mein Mann und ich darin.«

»Aber wer übt denn nun Druck aus? Wo liegen die Beweggründe? Wer befürchtet da was?«, insistierte Jung.

»Ich will es Ihnen gerade erklären. Die Syltlobby hat es immer schwerer, bei der Regierung in Kiel die Gelder für den Erhalt der Insel zu begründen und lockerzumachen. Und die Köder, der Glamour, die Exklusivität, die prominenten Namen, das investierte Geld und die Wirtschaftskraft der Insel werden selbst für eitle und für Köder empfängliche Politiker immer fadenscheiniger und schwerer vermittelbar.«

»Das ist doch kein Grund.«

»Das allein nicht, aber im Zusammenhang mit dem Mord an meiner Schwiegermutter wäre all das und natürlich auch ihre Überzeugung den Untergang der Insel betreffend mit Sicherheit Gegenstand einer genüsslich ausgewalzten Berichterstattung in den Medien gewesen.«

»Das soll schon alles sein?«

»Unterschätzen Sie es nicht. Man hätte wilde Spekulationen darüber angestellt, ob ihre Einstellung nicht ein Mordmotiv hätte sein können. Geschäfte, Firmen, Gegner, Lobbyisten, Profiteure und vor allem deren Namen wären bekannt geworden. Die eingesetzten, horrenden Steuergelder, die handelnden Politiker, alles wäre in einer nach Sensationen gierenden Öffentlichkeit breitgetreten worden.«

»Und daran hat natürlich keiner von denen ein Interesse.«

»Richtig, und entsprechend machen sie ihren Einfluss geltend.«

»Wenn man genügend Einfluss hat und kein anderer gleich starker entgegensteht. Aber daran scheint es offensichtlich zu mangeln.«

»Ja, so muss man es wohl sehen«, schloss Karin Mendel das Thema ab. Sie sah auf ihre kostbare Uhr. »Mein Mann müsste eigentlich schon hier sein. Wir hatten uns verabredet, um mit Ihnen zu sprechen. Sie entschuldigen mich.«

Sie erhob sich und verschwand durch die Tür ins Vorzimmer.

DER SOHN

Kurze Zeit später trat sie in Begleitung ihres Mannes wieder ein. Sie waren gleich groß. Die exakte Übereinstimmung ihrer Körperlänge teilte sich ihrer Umgebung als eine unübersehbare Botschaft mit. Er trug Reitklamotten und strahlte den Charme eines ewigen Knaben aus. Jung reichte ihm die Hand, und sie setzten sich in die Mies van der Rohe-Stühle.

»Entschuldigen Sie meine Verspätung, aber meine Ponys ließen mich nicht weg«, begann Jürgen Mendel. »Ich nehme an, Sie sind auch ohne mich zurechtgekommen. Karin und ich sind übrigens der gleichen Meinung, was den Tod meiner Mutter betrifft.« Seine männliche Stimme und der wachsame, ernste Blick aus seinen grauen Augen überraschten Jung. Sie standen im Widerspruch zu dem jugendlichen Flair, das er verbreitete. Es machte ihn interessant und attraktiv.

»Ja, Ihre Frau hat mich schon eingeweiht. Aber ich möchte Ihnen dennoch ein paar Fragen stellen, wenn Sie erlauben.«

»Ich erlaube. Deswegen bin ich ja hier«, erwiderte er leicht amüsiert.

»Wie war Ihre Mutter als Geschäftsfrau, und wie standen Sie persönlich zu ihr?«, wiederholte Jung die Frage, die er schon Karin Mendel gestellt hatte.

»Sie war professionell und außerordentlich erfolgreich. Wie sie das hingekriegt hat, weiß meine Frau besser als ich. Mir ist das völlig fremd, obwohl ich ein abgeschlossenes Wirtschaftsstudium habe.«

»Es hat Sie nicht interessiert, obwohl Sie von Ihrer Mutter lebten, sehe ich das richtig?«, fragte Jung etwas ungehobelt und mit zu viel Aggression in der Stimme.

»Ja, so kann man das sehen«, antwortete er ungerührt.

»Und wie sehen Sie das?« Jungs Aggression war nicht zu überhören.

»Ich gebe zu, ich habe nicht gemacht, wofür sie mich bezahlte. Dennoch habe ich zu ihrem geschäftlichen Erfolg nicht unwesentlich beigetragen.«

»Worin bestand Ihr Beitrag?« Jung sah flüchtig zu Karin Mendel hinüber und entdeckte zu seiner Bestürzung, wie ihm ein Hauch von Verachtung entgegenwehte.

»Ich habe einen finanziell potenten Kundenstamm akquiriert und gepflegt, wenn auch eher beiläufig und unbeabsichtigt. Darüber hinaus kam von mir nichts. Ich habe weder Interesse noch Talent für den Rest.«

»Aber der Tod Ihrer Mutter hat Sie schon interessiert, nehme ich an.« Jung konnte sich nicht bremsen, obwohl er spürte, dass er zu weit ging.

Mendel sah Jung irritiert an, als wollte er etwas bemerken, das er sich aber doch verkniff.

»Ja, schon. Aber er kam für mich nicht überraschend. Sie war todkrank. Selbstmord war völlig abwegig. Mord ebenfalls. Ich kann mir keinen Reim darauf machen. Es verwirrt mich nur.«

»Aber er hat Sie reich gemacht, nicht wahr?« Der Hohn in seiner Stimme fiel Jung selbst auf.

»Das ist richtig. Sie hat uns ein Vermögen hinterlassen. Aber wir waren davor auch nicht mittellos. Das haben Ihre Leute ja schon hinlänglich überprüft.«

»Gilt das auch für Ihren Bruder? Können Sie dazu etwas sagen?« Jung versuchte, seine Aggression zu bremsen, indem er auf nahe liegende Schauplätze abschweifte.

»Da sprechen Sie gerade den Richtigen an«, lachte Jürgen Mendel. »Im Gegensatz zu mir ist er von Geld und Wirtschaft fasziniert. Er ist so ein Börsenfreak bei Goldman Sachs in New York. Im letzten Jahr hat er Prämien kassiert, gegen die seine Anteile aus der Erbschaft eher Peanuts sind, um mal im Jargon zu bleiben.«

Jung entspannte sich und erinnerte sich daran, in der Zeitung von Prämienzahlungen in Milliardenhöhe von amerikanischen Investmentbanken an ihre Broker gelesen zu haben.

»Und Ihr persönliches Verhältnis zu Ihrer Mutter? Was können Sie mir dazu sagen?« Jung lenkte das Gespräch zurück in ruhigere Fahrwasser.

»Ich bin meiner Mutter dankbar. Ihr Erbe ermöglicht mir ein sorgloses Leben, wenn man so will.« Er stoppte abrupt seinen Redefluss. »Hören Sie, meine

Pferde warten auf mich. Seien Sie mir nicht böse. Wir können gerne weiterreden, wenn ich fertig bin. Karin, was meinst du, können wir Herrn Jung zum Abendessen bei uns verkraften?«

»Sicher doch.« Ihre Augen streiften ihren Mann amüsiert erstaunt, aber nicht im Mindesten verärgert. »Sie sind herzlich willkommen«, wandte sie sich Jung zu.

»Ja, also, ich weiß nicht. Ich habe noch Fragen an Sie. Passt das zu Ihrem Abendessen?«, wandte er schuldbewusst ein.

Jürgen Mendel erhob sich. »Keine falsche Rücksichtnahme, Herr Kriminalrat. Sie können bei der Gelegenheit ein Auge auf den Ort werfen, an dem meine Mutter bis zu ihrem Tod gelebt hat. Vielleicht hilft Ihnen das weiter«, lächelte er Jung zu.

»Haben Sie ein Fahrzeug auf der Insel?«

»Nein, ich bin mit der Bahn gekommen.«

»Ich pick Sie gegen halb sechs vor dem Hotel ›Stadt Hamburg‹ auf. Wissen Sie, wo das ist?«, fragte Mendel Jung.

»Ja, ich glaube in der Nähe des Bahnhofs. Ich werde dort sein.«

»Gut, bis dann. Tschüss, Karin. Ich freue mich auf heute Abend.«

Er warf seiner Frau einen liebevollen Blick zu und verließ das Büro.

Jung fühlte sich überfahren, ohne dass es ihn ärgerte.

»Ich glaube, ich geh besser. Sie haben zu arbeiten, und heute Abend ist ausreichend Gelegenheit zum Reden«, wandte er sich an Karin Mendel.

»Sie sind gar nicht wie ein Polizist«, erwiderte sie nachdenklich.

»Wie ist denn ein Polizist?«, fragte Jung erstaunt zurück.

»Na ja, wie soll ich sagen? Ich werde jetzt mal privat, sozusagen off records.«

»Das ist ja interessant«, unterbrach er sie mit dem ersten Lächeln auf den Lippen an diesem Nachmittag.

»Ihre jüngeren Kollegen hatten den Charme von Reißzwecken und bemühten sich eher, wie Schimanski zu sein, vor allem so auszusehen. Ihre Bierfahnen sind mir in unguter Erinnerung.«

Jungs Lächeln erstarb. Er sah ihr in die graublauen Augen. Er hätte lieber geschwiegen, konnte sich aber nicht zurückhalten, auf ihre Bemerkung einzugehen.

»Ich bitte Sie, sich in unsere Lage zu versetzen. Tagaus, tagein waten wir in den Niederungen dieser Gesellschaft, arbeiten für unseren Lebensunterhalt unter dem Dauerfeuer krimineller Energien, lernen, wie Geld gemacht wird, und vergleichen damit unsere Arbeit und unseren Lohn. Wir sollen Recht und Ordnung schützen und erleben, dass Recht und Ordnung nur für die gelten, die sich davon nicht freikaufen können. Wir erleben, wie Politiker ihre Zusagen an die Polizei einkassieren, als hätten sie sie nie abgegeben, während sie gleichzeitig die Erhöhung ihrer Diäten beschließen. Ich könnte beliebig lange in diesem Stil fortfahren. Wie, glauben Sie, fühlt man sich dabei? Welche Wirkung hat das auf uns? Da scheint mir ein Glas Bier zum Mittagessen nicht weiter erwähnenswert.«

Während seiner Rede hatte er sich zunehmend echauffiert und registrierte erstaunt, dass er zum ersten Mal – soweit er sich erinnern konnte – seine Kollegen, die er früher gerne in die Pfanne gehauen hatte, vor Fremden in Schutz nahm.

»Was Sie sagen, gilt für alle anderen auch, zum Beispiel für Krankenschwestern. Würden Sie sich gerne von einer Krankenschwester behandeln lassen, die nach Bier riecht?«

Jung wollte diesem Einwand nichts entgegensetzen. Aus ihrem Mund klang er hohl, wenig überzeugend, fast unanständig. Er hätte es lieber gesehen, wenn sie geschwiegen hätte.

»Vielen Dank für Ihre Einladung. Ich freue mich. Bis dann«, verabschiedete er sich.

»Gern geschehen. Ich freue mich ebenfalls.«

Sie sah ihn nachdenklich an und geleitete ihn bis zum Ausgang.

Draußen trieb es ihn trotz des noch immer starken Westwindes an die Strandpromenade. Er setzte sich auf eine Bank, die vom Kot der Möwen noch nicht übersät war. Was machte er hier eigentlich? Was sollte das ganze

Gefrage? Was wollte er denn da herauspopeln, das ihm half, den Tod einer fetten Frau aufzuklären?

Er gestand sich ein, dass er auf eine Weise beeindruckt war, die ihn unsicher machte. Er war es gewohnt, unter glatten Oberflächen Abgründe zu finden: je glatter, desto tiefer. Aber hier? In seinem Innern sträubte sich etwas gegen seinen latent vorhandenen Dauerverdacht und den Antrieb, gerade da unnachgiebig zu sein, wo sich alles so gefällig und glatt darstellte. Er fühlte sich an einer Stelle berührt, die zu verbergen er unter Schmerzen gelernt hatte. Er schätzte dennoch deren Wert und Vitalität, aber seine Möglichkeiten und Kräfte waren stets überfordert gewesen, wenn er den Einflüsterungen dieser Quelle gefolgt war. Touché, seine Sehnsucht nach der heilen Welt war berührt worden. Er lachte innerlich und verfiel augenblicklich darauf, kritische Einwände zu erheben. Wie sähe wohl eine Welt aus, in die das Heil eingekehrt war? Er hätte keinen Job mehr. Die ganze Kriminalliteratur wäre nicht nur überflüssig, sondern einfach nicht da. Das Gleiche gälte für das Kino. Und so weiter und so fort. Es wäre unvorstellbar langweilig. Einfach lächerlich. Sieh lieber zu, dass du mit der Wirklichkeit besser klarkommst, ermahnte er sich. Was zum Beispiel hatte Jürgen Mendel bewegt, das Gespräch gerade an der Stelle abrupt abzubrechen, an der er Persönliches über seine Mutter preisgeben sollte?

Jung legte den Kopf in den Nacken, schloss die Augen und sog die Luft durch den offenen Mund. Er sah aus wie die am Strand wandernden Frauen vom Vormittag.

Jürgen Mendel fand sich pünktlich vor dem Hotel ›Stadt Hamburg‹ ein. Er begrüßte Jung freundlich.

»Setzen Sie sich schon ins Auto. Ich hab eine Kleinigkeit im Hotel zu erledigen. Bin gleich wieder da.«

Mendels Auto war ein betagter Jeep mit Anhängerkupplung und von undefinierbarer Farbe. Er setzte sich auf den mit einem schmutzigen Kissen bestückten Beifahrersitz. Mendel ließ nicht lange auf sich warten und schwang sich neben ihn auf den Fahrersitz.

»Bitte sich anzuschnallen. Das ist in diesem Vehikel nötig, Sie werden sehen.«

»Es ist ziemlich alt, nicht wahr?«, bemerkte Jung.

»Da haben Sie recht. Es stammt aus dem Jahre 77, ein Jeep CJ-7 Renegade. Ich hab ihn von einem Sportsfreund geschenkt bekommen, der auf einen neuen SUV oder USV, ich kann mir das nicht merken, umgestiegen ist. Ich mag das alte Schlachtross. Etwas sperrig, aber zuverlässig.«

Er ließ den Motor an. Es rumpelte und vibrierte heftig. Ihre Unterhaltung verwandelte sich in gegenseitiges Zurufen.

»Musste noch eine Bestellung bei meiner kleinen Freundin abholen. Sie arbeitet im Hotelrestaurant. Kann ich übrigens wärmstens empfehlen. Sie ist hübsch anzusehen, hat ein umwerfendes Lächeln. Obendrein ist sie klug und freundlich.«

»Danach werden sie ausgesucht und eingestellt«, kommentierte Jung laut und trocken.

»Stimmt, stört mich aber nicht. Sie wohnt in Husum und bringt mir ab und zu Leckereien von unserem Lieblingsschlachter mit. Er verarbeitet hauptsächlich Salzwiesenschafe. Den Schinken und die Salami gibt's zum Abendbrot.«

»Ich bin gespannt.« Mehr fiel Jung dazu nicht ein.

»Ich möchte mich noch einmal für heute Nachmittag entschuldigen. Aber meine Ponys sind mir wichtig. In der Saison brauchen sie meinen vollen Einsatz.«

»Der Polosport ist sehr aufwendig?«

»Das kann man wohl sagen. Er ist wirklich einzigartig. Er braucht viel Geld, aber mehr noch braucht er Einsatz und Fähigkeiten.«

»Sie müssen reiten können.«

Mendel lachte laut auf.

»Viele können reiten. Aber ein Poloreiter muss wirklich reiten können, fast ohne Hilfen. Er muss reiten und gleichzeitig den Ball mit einem langstieligen Schläger auf dem Boden kontrollieren. Das erfordert große Geschicklichkeit. Ein ausgeprägtes Balancegefühl muss er mitbringen. Das kann man nicht nebenher trainieren.«

»Es gibt auch Ringreiter«, fügte Jung an.

Mendel wandte ihm kurz sein Gesicht zu und sah ihn mitleidig an.

»Haben Sie mal einen portugiesischen Stierkampf erlebt?«, schrie er Jung zu.

»Nein«, schrie Jung zurück.

»Das sollten Sie sich mal ansehen, wenn Sie Gelegenheit haben. Der Stier wird nicht getötet, nur erschöpft. Der Matador sitzt zu Pferde. Seine Kunst besteht darin, mit seinem Pferd und dem Stier einen Tanz aufzuführen. Die Hörner dürfen den beiden nicht zu nahe kommen. Aber der Matador muss dem Stier seine Banderillas dennoch in den Nacken stoßen können. Seine Hände halten die Banderillas, nicht etwa die Zügel. Das braucht mehr, als wir gewöhnlich können.«

»Wie geht es den Pferden dabei?«, schrie Jung.

»Das ist eine gute Frage, eine ausgezeichnete Frage. Sie berühren das wahre Wesen unseres Sports.«

Er schwieg andächtig und blickte Jung kurz in die Augen. Jung sagte nichts.

»Die Pferde sind das Wichtigste. Wir sind ihre Herren und Diener zugleich. Der Poloreiter muss seine Tiere kennen. Er muss sie lieben, und sie ihn auch. Das kriegt er nur hin, wenn er sich selbst um alles kümmert. Er muss sie auswählen, ihre Stärken trainieren, ihre Schwächen austarieren. Er arbeitet mit mehreren Tieren, denn ein Polospiel ist für seine Pferde sehr anstrengend. Sie müssen öfter gewechselt werden.«

»Ich verstehe. Ein Fulltime-Job for people with unlimited cash, sozusagen«, bemerkte Jung laut.

»Sie haben es erfasst. Können nur wenige. Aber die hält das zusammen.«

»Ziemlich elitär, finden Sie nicht?«

»Richtig, sehr elitär, aber wunderbar.«

Mendel bog von der glatten Autostraße rechts ab. Das einsetzende Gerumpel machte jede weitere Konversation unmöglich. Mendel brüllte.

»Das sind Kampens Straßen. Man könnte glauben, sie lassen sie mit Absicht so verrotten. Soll keinen Spaß machen, hier Auto zu fahren.«

Kurz danach lenkte er den Jeep durch ein Friesengatter und stellte ihn neben einem flaschengrünen New Beetle Cabrio in einer Parkbucht ab. Sie liefen den Weg hinab zu einem weißen, reetgedeckten Haus im Friesenstil. Mendel öffnete die Tür.

»Karin ist schon da. Kommen Sie herein. Seien Sie willkommen.«

Jung betrat vor Mendel die Eingangshalle.

»Karin, wir sind's. Ich hab von der süßen Kleinen im ›Stadt Hamburg‹ Schinken und Salami mitgebracht. Bist du in der Küche?«

Sie trat aus einer Seitentür und begrüßte die beiden mit einem Lächeln. Sie hatte sich umgezogen und trug einen schwarzen, ärmellosen Rollkragenpulli zu einer weißen, weichen Wollhose. Jung starrte auf ihre nackten Arme und bekam augenblicklich eine heftige Erektion.

»Danke, Schinken und Salami passen gut.« Sie verschwand wieder in der Küche. Jung atmete erleichtert auf.

»Ich zieh mir rasch was Passendes an. Gehen Sie ruhig schon rein, und machen Sie es sich bequem. Ich bin gleich wieder da.« Mendel verschwand über eine Stiege ins Dachgeschoss.

Jung sah sich im Wohnzimmer um. Es hatte ein breites Fenster, vor dem ein Ohrensessel stand. Von da aus sah man ungehindert aufs Wattenmeer. Links davon, an der weiß gekalkten Wand hinter einem gedeckten Esstisch, hing ein Gemälde von Edward Hopper.

»Es ist leider nur ein Druck. Mögen Sie Hopper?«

Jung erschrak. Er hatte nicht gehört, dass Karin Mendel den Raum betreten hatte.

»Oh ja. Ich habe zu Hause einen Hopper im Flur hängen, natürlich auch nur einen Druck: The Long Leg. Kennen Sie es?«

»Ich kenne alle seine Gemälde. Ich bin eine Verehrerin seiner Kunst. High Noon und People in the Sun sind meine Lieblinge. Das hier ist der Geschmack meines Mannes. Ich mag es aber auch. Setzen Sie sich doch. Wir können gleich mit dem Abendbrot anfangen. Ich hol nur den Tee.«

Sie kam mit der Kanne und ihrem Mann zurück, der den aufgeschnittenen Schinken, die Salami und einen Korb mit Schwarzbrot auf den Händen balancierte. Sie setzten sich zu Tisch, und Karin Mendel schenkte Tee ein. Der Anblick ihrer Arme war für Jung unwiderstehlich. Er reagierte ähnlich heftig wie zuvor. Nur fürchtete er jetzt nichts, weil er saß und sein Schoß unter der Tischplatte verborgen war. Sie begannen zu essen.

»Bevor der Herr Kriminalrat seine Fragen stellt, müssen wir uns noch über eine passende Tischmusik einig werden. Was meinst du, Karin?«

»Nichts Dramatisches bitte und ohne Anne-Sophie Mutter. Ihr Spiel ist so ungenießbar wie dänischer Kuchen. Zu viel Zucker, mir wird schlecht davon.«

Die Männer lachten.

»Haben Sie ähnlich exklusive Wünsche, Herr Jung?«

»Wenn Sie mich vor Glenn Gould bewahren, bin ich Ihnen dankbar.«

»Was haben Sie gegen den?«

»Die Egomanie dieses verkrümmten Tastenakrobaten finde ich unerträglich.«

»Dann geht es Ihnen mit ihm wie mir mit Herrn von Karajan. Wenn ich den höre oder sehe, drehe ich ab.« Jürgen Mendel schüttelte mit gespieltem Ekel seinen Kopf.

»Ihr seid ja nur neidisch auf die beiden. Die Frauen schmelzen bei ihnen dahin. Sie brauchten sich nur eine zu greifen und könnten mit ihr machen, was sie wollten«, fiel seine Frau ihm mit freundlichem Spott in der Stimme ins Wort.

»Bingo, mein Schatz, du hast ins schwärzeste Schwarz der Männerherzen getroffen. Aber das eine schließt das andere ja nicht unbedingt aus. Ich schlage vor, wir hören Bachs Orchestersuiten mit Sir Neville Marriner. Ist zwar auch nicht die Offenbarung, aber die blasen auf meiner CD wenigstens Bachtrompeten und nicht diese modernen Ventiltüten. Einverstanden?«

Sie waren einverstanden. Bald aßen sie ihr Schinkenbrot zu Bachs Ouvertüren, Sarabanden, Gigues und was der große Meister noch alles so draufhatte.

»Sie brachen heute Nachmittag unsere Unterhaltung unvermittelt ab, als ich nach dem Verhältnis zu Ihrer Mutter fragte«, brachte Jung das Gespräch auf den Grund seiner Anwesenheit. »Gibt es dafür eine Erklärung, die nichts mit Ihren Pferden zu tun hat?«

»Die Pferde berühren schon das Wesen meines Verhältnisses, ich könnte auch Missverhältnisses sagen.«

»Wie darf ich das verstehen?«, fragte Jung erstaunt.

»Ich wollte nie Wirtschaft studieren. Schon als Kind hatte ich den sehnlichsten Wunsch, Tierarzt zu werden. Aber Sie kennen vielleicht die subtile Gewalt von Müttern, mit der sie ihre Söhne von Kindesbeinen an manipulieren.«

»Man könnte es auch als Erziehung aus Verantwortung und Mutterliebe bezeichnen, mein Guter«, mischte sich seine Frau ein.

»Ja, du hast recht, diese Ansicht ist verbreiteter, als es wünschenswert ist. Aber grob gesprochen ist es eine fortwährende Vergewaltigung mit entsprechend schrecklichen Folgen.«

»Das ist hart«, stellte Jung fest und nahm einen kräftigen Schluck Tee aus seiner Tasse.

»Ja, das ist es. Aber erst, als ich mir gestattete, es so zu sehen, war ich in der Lage zu tun, was ich wollte.«

»Wie hat Ihre Mutter darauf reagiert?«

»Das hat mich nicht mehr interessiert.«

»Warum haben Sie nicht nach Ihrem Wirtschaftsstudium Tiermedizin studiert?«

»Ich hatte den akademischen Unibetrieb ja kennengelernt, und ich musste mir eingestehen, dass ich froh war, ihm entronnen zu sein.« Mendel reichte seiner Frau den Schinken.

»Vielleicht hätte sich Ihre Einstellung geändert, wenn Sie Ihren Wunschtraum hätten verwirklichen können?«

»Das glaube ich von mir nicht. Der akademische Betrieb war für mich an erster Stelle ein Jahrmarkt der Eitelkeiten. Je ineffektiver und unverständlicher die Akteure, desto größer ihr Ruf als Kapazität.«

»Eitelkeiten spielen überall eine herausragende Rolle«, meinte Jung.

»Das ist sicherlich richtig. Nur hier, in der selbst ernannten und gefeierten Gralsburg von Rationalität und Vernunft, wirkt Eitelkeit besonders verlogen und richtet im Übrigen auch großes Unheil an.«

»Da ist was dran«, räumte Jung ein.

»Wer nicht da war, der forschte intensiv. Wer länger nicht da war, forschte intensiver und durfte nicht gestört werden. Im Übrigen kam es darauf an, viel auswendig lernen zu müssen. Das ist nichts für mich.«

»Möchten Sie noch etwas Tee, Herr Jung?«, fragte Karin Mendel.

»Ja, gern.« Jung reichte ihr seine Tasse hinüber.

»Sie hätten auch nach Amerika gehen können.«

»Glauben Sie denn, da ist es besser? Der Unterschied besteht darin, dass der Unibetrieb dort drüben unter dem Druck steht, was Nützliches abliefern zu müssen, auch wenn's nur akademische Würden für Kinder reicher Sponsoren sind. Wenn nicht, wird die Kohle gestrichen. Das fängt bekanntlich in Deutschland auch langsam an.«

»Dennoch bringen die Unis – wo nun auch immer – kluge Köpfe hervor«, wandte Jung ein.

»Die müssen Eigenschaften haben, die mir fehlen. Ich beneide sie nicht darum.«

»Ja. Kommen wir wieder zu Ihrer Mutter«, lenkte Jung das Gespräch auf das eigentliche Thema.

»Wie gesagt, ich war ihr dankbar, dass sie sich später so arrangiert hat. Es hätte auch anders kommen können. Das wäre mir egal gewesen. Aber Dankbarkeit ist keine Grundlage für eine gute Beziehung.«

»Was ist es dann?«

»Liebe.«

Jung war verblüfft und gleichzeitig gerührt.

»Welche Liebe meinen Sie?«

»Die aus dem ersten Brief des Paulus an die Korinther, Kapitel 13«, antwortete Jürgen Mendel kurz angebunden.

»Ich wusste gar nicht, dass du zu den Bewunderern Mutter Teresas gehörst«, ließ sich seine Frau vernehmen.

Er schmunzelte.

»Das wirst du erst wissen, meine Liebe, wenn du so alt geworden bist wie sie und wir immer noch zusammen sein sollten. Aber Spaß beiseite, meiner Mutter konnte ich nicht mehr entgegenbringen, als ich es tat. Und das war nicht viel. In letzter Zeit tat sie mir öfter leid. Das hat aber an meiner Einstellung und an meinem Verhalten nichts geändert.«

»Und Ihr Bruder? Ist er gerne, was er ist?« Jung fielen seine Fragen zunehmend schwer.

»Mein Bruder ist schwul. Sie hat ihm das nie verziehen, obwohl sie sich nach außen tolerant gab. Meiner Meinung nach glaubte er, aus dieser Klemme nur herauskommen zu können, indem er ihr bewies, wie erfolgreich er sein konnte. Und er war erfolgreich, aber sein Erfolg bekam ein Eigenleben, und meine Mutter verblasste zusehends. Zuletzt mochte er sie nicht mehr sehen. Ihr Anblick beleidigte ihn. Seine ästhetische Empfindsamkeit wurde einfach zu stark verletzt.«

»Und Ihr Vater? Haben Sie zu ihm Kontakt?«

»Meine Mutter hat ihn abserviert wie einen Lakaien. Er hat sich das gefallen lassen. Wir waren damals klein. Sie hat auch den fehlenden Vater gut zu erklären gewusst. Unser, und übrigens auch sein Interesse, hielt und hält sich in sehr engen Grenzen.«

»Und jetzt?«

»Er imponiert mir nicht, selbst wenn er meine Mutter schlecht aussehen lässt. Ich vergeude nur meine Zeit, wenn ich den ollen Kamellen nachsteige. Er ist einfach unwichtig.«

»Sie sind sehr offen, obwohl ich fremd bin und in dem mutmaßlichen Mord an Ihrer Mutter ermittle«, gab Jung zu bedenken.

»Wissen Sie, ich kann gar nicht offen oder verschlossen zu jemandem sein, wenn ich es nicht auch zu mir selbst bin. Ich habe keine Lust mehr dazu. Ich sage, was ich weiß, was ich fühle und wie ich darüber denke. Vielleicht weiß ich morgen mehr, fühle und denke anders, wer weiß das schon.«

Die Teekanne war leer.

»Wie haben Ihnen der Schinken und die Salami geschmeckt?«, fragte Karin Mendel.

»Ausgezeichnet, danke. Der Tee war übrigens besonders gut, eine Ostfriesenmischung, nicht wahr?«, antwortete Jung aufrichtig.

»Richtig geraten. Aber das Wasser macht's. Ich bin da Expertin.«

Und sie unterhielten sich über Wasser, Tees, dänischen Kuchen und das Leben auf Sylt. Sie kamen auch auf Jungs Dienstgrad zu sprechen, der so ungewöhnlich sei. Und Jung erklärte ihnen die Beamtenhierarchie und die Laufbahnbestimmungen bei der Polizei.

»Dann ist ja unser Schmalzkopf, Oberinspektor Derrick, bis in sein hohes Alter nur ein einziges Mal befördert worden. Ein echter Versager, habe ich das richtig verstanden?«, fragte Jürgen Mendel amüsiert.

»Richtig.«

»Aber fürs Fernsehen hat's ja gereicht«, bemerkte seine Frau, und die Männer lachten herzlich.

»Ihr Dienstgrad ist auf Ihrer Ebene auch nicht gerade beeindruckend, nicht wahr?«, wandte sich Jürgen Mendel an Jung.

»Ihre Frau hat das heute Nachmittag etwas diplomatischer ausgedrückt. Aber ja, es stimmt. Bei mir hat es noch nicht mal fürs Fernsehen gereicht.«

Darauf lachten sie alle drei. Die vier Suiten waren bei Nummer drei angekommen, und Jung hörte zum ersten Mal bewusst die strahlende, etwas schmetternde Bachtrompete mit einem leicht schrägen Triller, der der Musik einen besonderen, eigenartigen Charme verlieh.

Das Telefon klingelte irgendwo im Haus. Karin Mendel verließ den Raum. Kurze Zeit später rief sie ihren Mann zu sich. Jung blieb allein zurück und trat an das große Fenster zum Garten.

Er blickte über einen schon im Schatten liegenden Schuppen hinweg auf das von der versinkenden Sonne in violette und dunkelbraune Farbtöne getauchte Wattenmeer. In dessen weiten Wasserlachen spiegelte sich der Himmel.

Der Wind hatte deutlich nachgelassen. In der Mitte seines Sichtfeldes schwebte eine Wolkenbank aus glühender Holzkohle ostwärts der Küste zu, über der in den höheren Luftschichten eine Schneewehe aus weißgoldenen Hakenwolken scheinbar bewegungslos verharrte. Jung spürte ein großes Verlangen, sich gehen zu lassen und zu vergessen, wo er war, sich in etwas zu verlieren, gegen das er nur widerwillig Kräfte zu mobilisieren in der Lage war.

»Wie aus einem Roman von Rosamunde Pilcher, nicht wahr?« Karin Mendel war hinter ihn getreten. Jung erschrak und fühlte sich von ihr ertappt, wie schon öfter an diesem Tag.

»Von Ihnen hätte ich nicht gedacht, dass Sie Romane dieser Machart lesen.«

»Da denken Sie richtig. Ich sah zufällig eine Verfilmung im Fernsehen. Das hat mir gefallen. Ich sah zu bis zum glücklichen Ende. Übrigens, mein Mann muss noch einmal raus zu den Pferden. Er kann Sie mitnehmen. Wo sind Sie untergekommen?«

»Ich muss zurück aufs Festland. Ich habe hier keine Unterkunft.«

Sie sah auf ihre teure Uhr.

»Das wird nicht mehr gehen. Der letzte Zug geht in Kürze. Den schaffen Sie nicht mehr.«

Jürgen Mendel war ins Zimmer zurückgekehrt und schaltete sich ein.

»Hotelbetten sind in dieser Jahreszeit nicht mehr zu

kriegen. Wir haben aber das Gäste-Apartment meiner Mutter. Karin, das ist doch frei, nicht wahr?«

»Ja, es ist nicht belegt. Das können wir Ihnen anbieten. Das Nötigste zum Übernachten finden Sie dort.«

»Ist es dasselbe Apartment, das Ihre Schwiegermutter dem farbigen Gärtner überlassen hat?«

»Welcher farbige Gärtner? Ich weiß von keinem Farbigen. Schon gar nicht, dass sie das Apartment einem Gärtner überlassen hat!«, rief Karin Mendel erstaunt.

»Der Hausmeister erzählte mir das heute Vormittag. Der Farbige war Asylant und illegal beschäftigt. Ihre Schwiegermutter hat seine Arbeit geschätzt. Sie scheint ihn darüber hinaus auch gemocht zu haben. Der Hausmeister erweckte jedenfalls diesen Eindruck.«

»Sie hat ihn für länger gebraucht. Und Clausen hat ihre Wünsche realisiert. Das passt zu ihm«, grummelte Karin Mendel.

»Mögen Sie Ihren Hausmeister nicht?«, hakte Jung ein.

»Ich schätze seine Arbeit in Haus und Hof. Aber wenn man ihn anders einsetzt, wird seine vermeintliche Schlauheit schnell dummdreist, und er richtet nur Unheil an«, erwiderte sie angeekelt.

»Macht es Ihnen etwas aus, wenn ich morgen mit ihm zusammen den Spuren des Gärtners auf Ihrem Grundstück nachgehe?«, fragte Jung sie trotzdem.

»Was wollen Sie denn da nach so langer Zeit entdecken? Es ist knapp ein Jahr her, oder? Na ja, das ist Ihre Sache. Sie müssen wissen, was Sie tun.«

»Der Mörder ist immer der Gärtner, den Spruch kennen Sie doch?«, lachte Jung sie an.

»In Ordnung. Nein, nein, es macht mir nichts aus. Wenn wir nicht im Haus sind, können Sie das Grundstück auch über die Gartenpforte auf der Wattseite betreten. Lassen Sie sich durch den Hinweis nicht abschrecken. Wir haben keinen Hund.«

Sie wünschten sich eine gute Nacht und verabschiedeten sich voneinander. Jung war einerseits froh, den Abend so jäh beendet zu sehen. Auf der anderen Seite bedauerte er, die Bachsuiten nicht bis zum Schluss in so angenehmer Gesellschaft genießen zu können. Er stieg zu Jürgen Mendel ins Auto. Sie machten sich auf den Weg nach Westerland. Jung war müde. In seinem Kopf ballten sich die Gedanken darüber, was er heute zu hören bekommen hatte. Er konnte keine Ordnung reinbringen. Er war einfach fertig und überließ sich gerne dem Gerumpel des Fahrzeugs und den Fahrkünsten seines Gastgebers.

In der Strandallee ließ Jürgen Mendel ihn aussteigen, gab ihm die Schlüssel und ein paar nützliche Anweisungen zum Gebrauch der Dusche und fuhr nach kurzer Verabschiedung weiter.

Beim Zähneputzen fiel Jung ein, dass er sein Ausbleiben lieber seiner Frau mitteilen sollte. Er sprach kurz mit ihr am Telefon. Sie wünschten sich eine gute Nacht und beendeten das Gespräch. Als er sein Handy ablegte, schoss ihm durch den Kopf, dass er seine Verabredung mit Helga Bongard völlig vergessen hatte. Er schalt sich einen Idioten, aber er konnte sich nicht mehr aufraffen, jetzt noch Schadensbegrenzung zu betreiben. Er fiel ins Bett.

Nachts weckte Jung das plötzlich einsetzende Trommeln großer Regentropfen auf der Fensterscheibe. Es hörte ebenso abrupt auf, wie es begonnen hatte. Dazwischen schien ihm, als drehte jemand an einem imaginären Verstellknopf, der dem Getrommel der schweren Tropfen einen eigenen Rhythmus gab. Der Gedanke an eine Kraft, die völlig losgelöst von allem Irdischen tat, was ihr gefiel und was kein Mensch zu tun befähigt war, erfreute und erheiterte ihn. Aber schon bald vernahm er hinter dem Wohlklang seiner Gedanken und Gefühle eine bedrohlich fremde Note. Er mochte ihr nicht weiter nachspüren, erhob sich und ging auf die Toilette. Als er sich wieder hingelegt hatte, schlief er rasch ein. Er erwachte spät für seine Verhältnisse, nach traumlosem, langem Schlaf.

Richtig wach wurde er erst vom Klingeln seines Handys. Er nahm es auf und meldete sich, ohne den Anrufer auf dem Display zu beachten.

»Jung.«

»Holtgreve hier. Kiel hat sich heute bei mir gemeldet.« Bedrohliche Stille breitete sich aus.

»Guten Morgen, Herr Holtgreve. Was wollten sie?«

»Ergebnisse.« Holtgreve klang gehetzt.

»Neun Monate lang gab es keine Ergebnisse, und jetzt wollen sie in ein paar Tagen …«

»Sie haben Gründe.«

»Welche?«

»Zerbrechen Sie sich nicht den Kopf über Kiel. Dafür werden Sie nicht bezahlt. Wo stecken Sie?«, kam es brüsk durch die Leitung.

»Ich führe gerade Befragungen auf Sylt durch und …«

»Haben Sie dort übernachtet?« Holtgreves Stimme klang wie die des Nazirichters Roland Freisler.

»Ich bin in einem Apartment der Eheleute …«

»Ich habe keinen Dienstreiseantrag von Ihnen genehmigt.«

»Auf einen Dienstwagen wollte ich nicht warten und bin …«

»Kommen Sie zu mir. Dann haben Sie sofort einen Wagen.«

»Wegen jeder Kleinigkeit will ich nicht …«

»Ich will Sie sehen. Melden Sie sich sofort, wenn Sie im Haus sind.«

Es klickte in der Leitung, und das Gespräch war zu Ende. Jung fragte sich, welche Unarten und Unhöflichkeiten sich Vorgesetzte eigentlich leisten durften. Wie redete wohl der Polizeipräsident mit Holtgreve? Hatte dessen Benehmen auf den Leitenden abgefärbt?

Beschlich sie nicht wenigstens ab und zu das Gefühl, wie es ihre Untergebenen oft befiel, dass sie unproduktiv und überflüssig waren, ja, dass sie eine Last darstellten, die zu tragen nur sinnlos war? Ehe er weiter darüber nachgrübelte, läutete sein Handy erneut. Diesmal zeigte das Display eine unbekannte Nummer. Er nahm das Gespräch an.

»Jung.«

»Hier Bongard. Ich habe Sie schmerzlich vermisst. Ich wollte schon eine Anzeige aufgeben.«

»Guten Morgen, Frau Bongard. Ich hatte gestern einen anstrengenden Tag und …«

»… und da wollten Sie früh ins Bett und hatten nicht mehr die Kraft zu telefonieren.«

»Entschuldigen Sie, es tut mir wirklich leid, dass …«

»Ich sitz da wie bestellt und nicht abgeholt und …«

»Das stimmt ja auch«, unterbrach Jung sie ungeschickt.

»… vergeude meine Zeit. Das nächste Mal bestellen Sie mich bitte aufs Präsidium, dann kann ich wenigstens einen Antrag auf Kostenerstattung stellen. Ich hatte Angst, Sie wären in der Brandung ertrunken oder auf der Piste zwischen Westerland und List unter die Räder gekommen.«

Jung hasste es, mit Worten zugeschmissen zu werden. Er konnte sich nicht beherrschen zurückzuschmeißen, obwohl er damit schon oft Explosionen ausgelöst hatte.

»Ich danke Ihnen, dass Sie sich um mich sorgen. Das kenne ich sonst nur von meiner Mama. Aber ich hatte ein nettes Abendessen mit Karin Mendel und richtig Spaß inne Backen.«

»Wollen Sie mich verarschen? Ihre Kollegen waren schon unmöglich, und jetzt auch noch Sie. Ihr Gedächtnis haben wir ja schon einmal diskutiert. Sie sollten mal zum Arzt gehen. Sie sind ein Sicherheitsrisiko und gehören aus …«

Jung nahm das Handy vom Ohr und streckte es weit von sich. Dann drückte er die rote Unterbrechertaste und schaltete es schließlich ganz aus. Er hatte keine Lust, sich Unflätigkeiten anzuhören. Er hatte sich ein ordentliches Frühstück verdient. Jung erinnerte sich an die Empfehlung Jürgen Mendels und machte sich nach Beendigung einer spärlichen Morgentoilette auf den Weg ins Hotel ›Stadt Hamburg‹.

Der Frühstücksraum war hell und gemütlich. Man reichte ihm die Frühstückskarte. Als er den Preis von 18 Euro las, erinnerte er sich schmerzlich daran, dass er noch vor wenigen Jahren für sechs D-Mark bei ›Meesenburg‹ in Flensburg ausgezeichnet gefrühstückt hatte. Nach Beendigung der Mahlzeit mäkelte er allerdings nicht mehr: Der Orangensaft war frischt gepresst, das Drei-Minuten-Ei ein Drei-Minuten-Ei und kein Fünf-Minuten-Ei, der Obstsalat von frischen Früchten, der Joghurt cremig und frisch, die Biobrötchen knackig und nicht pappig, der rohe Schinken und der Tee so gut wie gestern Abend bei den Mendels und die Bedienung aufmerksam, freundlich und eine Augenweide.

Jung fühlte sich gut. Die Verstimmung nach den Telefonaten war einem frischen Tatendrang gewichen. Er bezahlte, und die Bedienung verabschiedete ihn mit einem höchst ermunternden Lächeln.

DER KRANKE

Draußen war es noch kühler als am Tag vorher. Der Wind hatte auf Nordwest gedreht und wieder böig aufgefrischt. Obwohl nur hin und wieder dickere Wolkencluster über die Insel zogen und die Sonne länger zu sehen war, als dass sie sich versteckte, war es ungemütlich. Jung schloss seine Jacke bis unter das Kinn und machte sich auf den Weg in die Strandallee.

Er wollte den Hausmeister aufsuchen, um mit ihm erneut über den Gärtner zu reden. Er versprach sich nicht viel davon, aber der Farbige war die einzige Person, die bis zu diesem Zeitpunkt keine Aufmerksamkeit in den Ermittlungen gefunden hatte.

Clausen war unangenehm berührt, Jung schon so bald wiederzusehen. Aber seine Besorgnis wich schnell einer auffälligen Dienstbeflissenheit, die ihn wohl vor eingebildeten Unannehmlichkeiten schützen sollte.

»Ich möchte Ihr Angebot, mir zu helfen, gleich heute in Anspruch nehmen«, kam Jung nach der Begrüßung zur Sache. »Ich kenne mich bei den Örtlichkeiten auf der Insel nicht aus. Ich möchte mir aber ansehen, wo und wie der Gärtner gearbeitet hat.«

»Selbstverständlich helfe ich Ihnen gerne«, beeilte sich Clausen ihm zu versichern. »Ich weiß zwar nicht, was Sie damit bezwecken, aber Sie sind ja der Fachmann, nicht ich.«

Er führte ihn in den Hof und forderte Jung auf, in einen blauen Fiat Doblò einzusteigen.

»Das ist das Auto, das er benutzt hat. Wir fahren jetzt raus zur Chefin nach Kampen.«

»Warum haben Sie ihm ein eigenes Auto zur Verfügung gestellt?«

»Er sollte Gartenabfälle abfahren. Und er brauchte es, um von seiner Unterkunft nach Kampen und zurückzukommen.«

»Das ist großzügig«, bemerkte Jung anerkennend.

»Sagte ich Ihnen ja schon. So war die Chefin eben.«

Er steuerte den Fiat auf die Strandallee in Richtung Wennigstedt.

»Hier, in der Strandallee, haben wir den Großteil unserer Ferienwohnungen. Gleich nach dem Kreisel biegen wir in die Norderstraße ein, dort haben wir nur ein paar Wohnungen.«

In Wennigstedt bogen sie auf die Hauptstraße und dann links ab Richtung Kampen.

»In Kampen haben wir nichts zur Vermietung. Das Haus der Chefin ist hier das einzige Objekt, das ich betreut habe. Jetzt nicht mehr, aber das wissen Sie schon.«

»Fahren Sie doch gleich auf die Wattseite. Ich habe von Frau Mendel die Erlaubnis, das Grundstück von dort zu betreten.«

»Vielleicht sollten wir aber läuten und uns vergewissern, ob sie nicht doch da sind.«

»Recht haben Sie. Das sollten wir.«

Sie waren angekommen. Die Parkbucht war leer. Auf ihr Läuten meldete sich niemand.

»Ich führe Sie auf den rückseitigen Zugangsweg. So kriegen Sie einen Eindruck von dem Anwesen.«

Clausen parkte das Auto in der Einfahrt. Sie machten sich auf den Weg über eine unbefestigte Straße zu dem Wirtschaftsweg, der sie an die rückwärtige, weiße Holzpforte führte. Ein Schild mit der Aufschrift ›Der Hund beißt‹ war daran geschraubt. Ein Friesenwall, bepflanzt mit Wildrosen und Hagebutten, friedete das Grundstück ein. Clausen zog den Riegel aus der Arretierung der Gartenpforte. Sie betraten den Rasen, der sich von hier bis zum Haus erstreckte.

»Er hat alles gemacht, was im Garten so anfällt. Rasen mähen, Unkraut jäten. Sie sehen ja, viele Beete gibt's hier nicht. Das Stutzen und Ausschneiden der Hecken und Büsche ist ganz schön arbeitsaufwendig.«

»Das kenn ich.«

»Er hatte eine bequeme Möglichkeit, die Gartenabfälle zu entsorgen. Hier links, hinter dem Gartenschuppen, ist die Deponie.«

»Hatte er einen Hänger?«

»Nein. Dafür hatte er blaue Plastiksäcke, die er im Kasten abfahren konnte. Aber sehen Sie mal, da unten in der Deponie sehe ich was Blaues. Sieht aus wie ein

Stück von diesen Säcken. Das gehört da nicht hin. Ist schließlich Bioabfall.«

Clausen trat vor, fasste das Stück und wollte es unter dem Gartenabfall hervorziehen. Es ließ sich nicht bewegen. Er zog fester, ohne Erfolg.

»Das werden wir gleich haben.«

Er packte den Zipfel mit beiden Händen weiter unten und brach jäh ab.

»Da stimmt was nicht. Fühlt sich sehr komisch an. Der Sack lässt sich nicht bewegen.«

»Was meinen Sie?«

»Ich weiß es nicht. Sehr merkwürdiges Gefühl. Nicht wie Gartenabfälle. Ich schneide den Sack mal auf.«

Er zog ein Schweizer Messer aus der Hosentasche, schob das Grüngut zur Seite und schlitzte den Sackzipfel auf. Dann zuckte er zurück.

»Was ist das? Sehen Sie mal.«

Jung beugte sich näher heran. In seine Nase stieg ein bestialischer Gestank. Er hielt sie sich zu und versuchte zu deuten, was er sah. Mit Heckenschnitt hatte das nichts zu tun. Er richtete sich auf. Dann handelte er instinktiv und schnell. Er wies Clausen an, die Polizei in Westerland zu verständigen. Ebenso die Mendels. Sie sollten sich auf den Weg hierher machen. Er selbst alarmierte die Spurensicherung und die Gerichtsmedizin in Flensburg und veranlasste einen Einsatz von absoluter Dringlichkeit.

»Was ist das?«, ließ sich Clausen vernehmen.

»Ich weiß es nicht. Aber es ist nichts Gutes. Machen Sie bitte, worum ich Sie gebeten habe. Stellen Sie den Wagen in der Strandallee ab. Schließen Sie ihn ab und rühren Sie nichts weiter an. Halten Sie sich zur Verfügung. Wir werden von uns hören lassen. Alles verstanden?«

»Ja, verstanden. Wird gemacht.«

Clausen verschwand mit raschen Schritten, und Jung blieb allein mit seinen Gedanken zurück. Was war hier passiert? Er glaubte, ein Handgerippe in einer breiigen Masse ausgemacht zu haben. Hoffentlich hatte er sich nicht getäuscht und war einer Einbildung aufgesessen.

Er wartete im Freien neben dem Schuppen. Er war gespannt auf das, was auf ihn zukam. Die Spannung war so intensiv, dass er den böigen Nordwestwind ignorierte, der an seinen Haaren zerrte und seine Kopfhaut abkühlte. Er bemühte sich, keine Spuren zu hinterlassen, und tastete nur mit den Augen die Umgebung des Fundortes ab. Er musste sich eingestehen – entgegen einer allein in der Angst vor einer Blamage begründeten Hoffnung –, dass er nichts sah, was ihm verdächtig vorkam. Der Frieden des Ortes am Rande des weiten, ruhigen Wattenmeeres wurde durch nichts gestört, außer durch sein Wissen über den grässlichen Fund. Er stellte sich in den Windschatten des Gartenschuppens.

Hier stand er noch immer in Gedanken versunken, als er endlich das entfernte Rotorklopfen des herannahenden Polizeihubschraubers vernahm. Der

Helikopter schwebte in einer eleganten, schnellen Kurve gegen den Wind auf die zwischen Watt und Inselsockel gelegene Salzwiese und hockte sich unverzüglich auf den Boden. Der Pilot musste es eilig haben und seiner Sache sehr sicher sein. Vielleicht war er auch nur wagemutig, unerfahren und jung.

Jung trat aus seinem Unterstand. Die Kollegen von der Spurensicherung sprangen aus den geöffneten Türen und liefen, sich gegen den Downrush der Rotorblätter duckend, auf den winkenden Jung zu. Er begrüßte sie kurz und wies sie mit knappen Worten in die Lage ein. Sie sperrten sogleich das Grundstück und die Wattseite ab und nahmen ihre Arbeit präzise, unaufgeregt und mit methodischer Gründlichkeit auf. Jung wusste aus Erfahrung, dass es noch lange dauern würde, bis er seine Neugier mit Fakten füttern und in eine zielgerichtete Arbeit überführen konnte.

Der Pilot hatte inzwischen die Turbine heruntergefahren und abgeschaltet. Am hinteren Einstieg erschien Dr. Endert, der Gerichtsmediziner. Er setzte sich umständlich auf die Kante des Einstiegs und ließ die Beine baumeln. Als seine Fußspitzen den Erdboden berührten, wagte er es, seinen restlichen Körper den Beinen anzuvertrauen. Schließlich stand er auf der Wiese, sehr krumm und wie jemand, der sich auf einem netten Sonntagnachmittagsausflug befindet.

»Guten Tag, Herr Kollege«, begrüßte er Jung. »Ich hätte nach unserem letzten Telefonat nicht gedacht, Sie schon so bald unter so netten Bedingungen wiederzusehen.«

»Unverhofft kommt oft«, entgegnete Jung.

»Ja, stimmt. Ziemlich kalt und windig hier. Das ist eigentlich nichts für mich. Aber nun zeigen Sie mir mal Ihr Baby. Wolln sehn, was wir machen können.«

Jung führte ihn zum Grundstück. Die Spurensicherung verwehrte ihnen aber den Zutritt und vertröstete sie auf später.

»Da kann man nichts machen. Fassen wir uns in Geduld. Sie sehen mitgenommen aus, Herr Kollege. Geht's Ihnen nicht gut? Hier haben Sie ein Taschentuch, Ihre Nase tropft.«

Erst jetzt merkte Jung, dass ihn fröstelte und dass seine Nase lief. Er nahm das angebotene Taschentuch dankbar an. Als er sich schnäuzte, taten ihm die Nasenhöhlen weh. Zugleich schmerzten die Haarwurzeln, wenn der Wind an seinem Kopfhaar zerrte. Ihm wurde mulmig. Bitte nicht das, bitte jetzt keinen Ausfall, wo es interessant zu werden verspricht, flehte er. Aber sein Verstand sagte ihm, dass es schon zu spät war. Er wusste aus vieljähriger Erfahrung, wie es weitergehen würde. Er fluchte tonlos und völlig vergeblich. Er wollte durchhalten, bis Endert einen ersten Eindruck bekommen hatte und er ihn mit Anfangsinformationen versorgen konnte.

Aber noch bevor die Spurensicherung Endert den Zugang zur Gartendeponie gestattete, hatte Jung das

Gefühl, als hätte ihn ein Elefant getreten. Er fühlte sich schlapp und müde. Sein Kopf begann zu schmerzen. Er fing an zu schwitzen. Nur mit Mühe hielt er die Augen offen, seine Lider taten ihm weh. Der erste Hustenreiz stellte sich ein, und als er husten musste, schmerzte seine Brust höllisch.

»Sie sollten sich ins Bett legen, Herr Kollege. Hier geht alles seinen Gang. Ich werde Sie auf dem Laufenden halten«, meldete sich Endert, der Jung aufmerksam beobachtet hatte. Ihr Gespräch war zum Erliegen gekommen, und Jung schien abwesend.

»Die örtliche Polizei ist inzwischen eingetroffen. Sie wird Sie in Ihre Unterkunft fahren. Seien Sie vernünftig. Hierzubleiben hilft keinem, vor allem nicht Ihnen.«

Jung ließ sich ziemlich widerstandslos in das Polizeiauto setzen. Er bedankte sich kurz bei Endert und wies den Fahrer mit schlapper Stimme an, ihn zuerst in die Apotheke in der Strandstraße zu fahren. Von der sympathischen Apothekerin erhoffte er sich rasche Hilfe.

»Sie sehen zum Gotterbarmen aus, Herr Jung«, bemerkte die Apothekerin, nachdem sie sich begrüßt hatten. Jung war von dem kurzen Fußweg aus der Strandallee in die Fußgängerzone schon erschöpft und vermochte ihre Höflichkeit nicht gebührend zu erwidern.

»Mir geht es auch so.«

Jung schilderte ihr, so gut und knapp es ging, sein Befinden.

»Eine typische Sommergrippe«, diagnostizierte sie ohne Zögern und falsche Zurückhaltung.

»Sie müssen trinken, trinken, trinken. Wie viel wiegen Sie?«

»75 Kilo.«

»75 mal 300 Zentiliter pro Tag ist die wünschenswerte Norm für Sie. Wenn Sie gesund sind, wohlgemerkt. Trinken Sie drei Flaschen Wasser am Tag?«

»Nein.«

»Wenn Sie sich daran gehalten hätten, ginge es Ihnen jetzt besser. Aber gut. Sie gehen nach Hause, legen sich hin und trinken, so viel Sie können, Wasser natürlich. Ich gebe Ihnen Zinkbrausetabletten mit. Davon nehmen Sie jeden Tag eine. Vorsichtshalber erhalten Sie von mir zudem Paracetamol 500, falls Sie die Schmerzen und das Fieber piesacken. Wo wohnen Sie?«

»Gleich um die Ecke.«

»Geben Sie mir die Adresse. Ich schicke jemanden mit dem Wasser bei Ihnen vorbei. Sie sollten jetzt nicht lange in der Gegend herumlaufen.«

Nach ihrer Anweisung fühlte sich Jung noch elender und wie auf dem Gang in eine furchtbare Schlacht. Mit einem letzten Zucken sträubte er sich gegen das Unabwendbare. Als er in Mendels Apartment angekommen war, fiel er aufs Bett und blieb dort liegen, bis es an der Tür klingelte. Ein junger Mann stellte ihm zwei

Sechserpacks Aldi-Wasser in die Kochecke. Er wollte ihn bezahlen, aber der Jüngling winkte ab mit dem Hinweis, dass nach seiner Wiederherstellung ausreichend Gelegenheit sei, das Finanzielle zu regeln. Er bestellte gute Wünsche und baldige Genesung von seiner Chefin. Dann ging er.

Jung war hundeelend zumute. Der Hustenreiz und die Schmerzen in der Brust nahmen zu, seine Haut schmerzte bei Berührung, und er fühlte, wie seine Beine unter ihm nachgaben. Dazu gesellten sich Kopf- und Gliederschmerzen. Er befolgte die Anweisungen seiner ›Krankenschwester‹ und trank, so viel er konnte. Er löste eine Zinktablette in Wasser auf und trank auch das. Er musste dauernd aufs Klo. Er hatte keinen Appetit. Seine Nase lief nicht mehr, sie war zugeschwollen. Er musste durch den Mund atmen.

Das Elend und sein Selbstmitleid übermannten ihn. Er verfluchte das norddeutsche Wetter. Selbst im Sommer war kein Verlass auf Wärme und ein bisschen Bequemlichkeit. Scheiße. Wo blieb Enderts Anruf? Hatte der überhaupt seine Handynummer? Wo war das Handy? War es an? Jungs Kopfschmerz nahm zu, und er verpasste sich eine 500er-Dröhnung Paracetamol. Dann sank er aufs Bett wie ein umgepusteter, morscher Baum und dämmerte langsam weg.

Er erwachte von den Schmerzen in seiner völlig ausgetrockneten Mund- und Rachenhöhle. Er trank Wasser und schob eine 500er-Dröhnung hinterher. Bald nickte er wieder ein. Später, er wusste nicht genau, wann, wachte er wieder auf. Seine trockene Zunge klebte an seinem ausgetrockneten, brennenden Gaumen. Ihm fiel nichts Besseres ein, als eine weitere 500er-Tablette einzuschmeißen. Dann sackte er weg in einen Raum, wo die Träume vieler Jahre aufbewahrt lagen, die sich jetzt auf ihn stürzten, als hätten sie nur darauf gewartet.

Ike Eisenhower war 90 Jahre alt geworden. Er sah gesund und vital aus. Braun gebrannt stand er vor dem Kapitol, das Gesicht zu einem breiten, offenen Lachen verzogen, den rechten Arm zum präsidialen Gruß erhoben. Den linken hatte er fürsorglich unter den rechten Ellenbogen seiner Mamie geschoben. Sie stand zart und zerbrechlich an seiner Seite und machte nicht den Eindruck, als wüsste sie, was um sie herum vorging. Ike strahlte mit der Temperatur einer hellen, in die Unendlichkeit verschwindenden Galaxis.

Danach betrat Robbie Williams die Szene. Er zog seine Show auf offener Straße ab. Rechts und links johlten in Griffnähe ekstatisch aufgeladen seine Fans. Die Frauen riefen ihm Anzüglichkeiten zu. Sie gestikulierten mit den Händen und forderten ihn auf, zusammen eine Linie durchzuziehen. Als er ablehnte, entblößte eine die Brüste, ihre Nachbarin zog eine Linie Kokain auf den provokant vorgestülpten Busen. Wieder andere packten Williams und zwangen ihn, die Brust sauber zu lecken.

Er lächelte tapfer und bemühte sich, seine Show unter Kontrolle zu bringen. Aber er wurde weitergereicht in die nächste Reihe seiner ekstatischen Anhängerinnen und von da in die übernächste Reihe. Sein Lächeln entgleiste und machte einer panischen Mimik Platz, als hätte er die Hölle vor Augen. Warum half ihm denn keiner? Sahen sie nicht seine Qual und sein Leiden? Schließlich verschwand er, von Reihe zu Reihe weitergereicht, aus dem Blickfeld. Er ging unter wie ein auf hoher See über Bord geworfener Kater.

Kurze Zeit darauf sah sich Jung auf dem Rad fahren. Er verfolgte eine schöne Frau. Plötzlich fand er sich auf einem schmalen Balken wieder, der vor ihm hoch über einer tiefen Baugrube endete. Er hatte panische Angst abzustürzen und Mühe, sein Rad in der Balance zu halten. Auf der anderen Seite der Grube sah er Bauarbeiter, die ihn beobachteten, ihm zuwinkten und freundlich lachten, so, als leiste er sich einen gelungenen Scherz. Er fasste Mut, ruckelte sein Fahrrad, artistisch auf dem Balken balancierend, nach hinten, von der Grube weg, bis rechts neben ihm ein dicker Stützpfosten auftauchte, den er sogleich packte. Er ließ sein Rad sausen und kletterte über den Pfosten und das sich anschließende Balkenwerk auf die belebte Straße zurück. Er rechnete mit Hochrufen auf seine gelungene Errettung aus Todesgefahr. Aber die Menschen bewegten sich auf der Straße, als gäbe es ihn gar nicht. Er setzte sich in ein Straßencafé und sog die Luft tief in die Lungen. Dann schwor er sich, keine weiteren Verfolgungsrennen zu unternehmen, jedenfalls nicht mit dem Fahrrad.

Er fühlte sich ungewohnt leicht, so, als könne er sich vom Fleck weg in die Luft erheben und davonfliegen. Und als hätte es nur dieses Gefühls bedurft, sah er sich in die Lüfte schwingen, die Arme ausbreiten und über die Baugrube, die anschließenden Häuser und Bäume hinwegschweben. Er flog, und ein nie erlebtes Wohlgefühl breitete sich in ihm aus. Er flog, wohin er sah. Aber über ihm gab es eine unsichtbare Grenze. Je näher er ihr kam, desto größer war die Kraft, die ihn nach unten zog. Er hatte schließlich Mühe, einen höheren Berg zu überfliegen. Es strengte ihn an, sich in der Luft zu halten. Dennoch genoss er seinen Flug. Er wollte weiterfliegen und niemals aufhören müssen. Er ruderte mit den Armen. Als er sie für einen Moment vor sich zusammenführte und sein Blick seine Hände traf … klingelte es an der Wohnungstür. Er schrak auf und erhob sich mühsam. Er fühlte sich wie gerädert, schlurfte zur Tür und öffnete. Draußen stand die Apothekerin.

»Mein Gott, wie sehen Sie denn aus«, entfuhr es ihr spontan.

Jung drehte sich um. Er schämte sich. Er steckte in den Klamotten vom Vortag, hatte sich weder geduscht noch rasiert. Seine Zähne fühlten sich pelzig und stumpf an. Er musste einen fürchterlichen Anblick bieten. Er war unfähig, etwas daran zu ändern oder auch nur eine Entschuldigung abzugeben.

Sie war hinter ihm eingetreten und sah sich um. Dann fing sie an zu tun, was nötig war.

»Ich lass Ihnen ein heißes Bad einlaufen. Bleiben Sie nicht zu lange drin. Ihre Schleimhäute werden gereizt werden, und Sie werden sich wahrscheinlich noch schlechter fühlen als jetzt schon. Machen Sie sich nichts daraus. Frottieren Sie sich hinterher gut ab, und wickeln Sie sich anschließend fest in ein trockenes Badehandtuch ein. Legen Sie sich unter die Bettdecke. Trinken Sie. Ich komme später, um nach Ihnen zu sehen. Haben Sie verstanden?«

Jung nickte und tat, wie ihm geheißen. Er merkte nicht mehr, wie sie das Apartment verließ. Als er schließlich unter der Bettdecke lag, war ihm, als läge er auf seinem Sterbebett. Wer würde ihn vermissen, wenn er diese Welt verließe? Seine Frau? Ja schon, irgendwie so, wie wenn man ein nützliches Utensil verliert. Seine Kinder? Er war sich nicht sicher. Ihre emotionalen Signale waren eher spärlich und zurückhaltend. Deswegen hatte es ihn fast umgeworfen, als er Zeuge des ekstatischen Weinkrampfes seiner Tochter Cara beim Abschied ihres Bruders zu einem längeren Amerikaaufenthalt gewesen war. Er war kurz davor gewesen, von seiner Rührung übermannt zu werden, und rettete sich in die Erledigung anfallender, praktischer Notwendigkeiten. Seine Freunde? Er hatte keine Freunde.

Seine Gedanken wurden schwerer. Er mochte sie nicht. Sie marterten ihn. Sie strengten ihn an und raubten ihm die letzten Kräfte. Er wollte das nicht. Er wollte Ruhe und Frieden. Alles tat weh, er selbst sich auch. Irgendwann schwemmten ihn seine Gefühle und Gedanken in eine trübe Dämmerung, in der die Reste seines Bewusstseins sich auflösten. Er fiel in einen unruhigen Schlaf.

Er erwachte vom Klingeln an der Wohnungstür. Er hörte, wie ein Schlüssel ins Schloss gesteckt und die Haustür leise geöffnet wurde. Er fühlte sich noch immer schlapp, und sein Körper schmerzte überall. Aber im Kopf fühlte er den ersten frei werdenden Platz. Er richtete sich halb auf und spähte angestrengt auf die Tür. Dann sah er Karin Mendel ruhig durch die Tür kommen.

»Entschuldigen Sie, dass ich so einfach eindringe. Ihr Kollege, der kauzige Doktor, hat mir erzählt, dass Sie krank sind. Ich dachte mir schon, dass ich Sie im Bett antreffe. Ich wollte Ihnen eine kleine Stärkung bringen.«

»Oh danke, guten Tag«, erwiderte er mit belegter Stimme.

Er fühlte sich unwohl und gleichzeitig gerührt.

»Ich glaube, ich habe das Schlimmste überstanden. Ich habe Appetit. Wie spät ist es?«, fragte er.

»Es ist Mittag. Ich hoffe, Sie mögen Meeresfrüchte mit gebratenen Nudeln. Das schien mir leicht und nahrhaft und gleichzeitig schmackhaft, einfach richtig in Ihrem Zustand. Was meinen Sie?«

»Danke, sehr gut. Sehr aufmerksam von Ihnen.«

»Ich stell es auf den Tisch und geh dann auch gleich wieder. Kann ich noch etwas für Sie tun?«

»Danke nein, meine Krankenschwester kümmert sich schon ums Nötigste.«

»Ihre Krankenschwester?«, fragte sie erstaunt.

»Ja, die Apothekerin aus der Strandstraße. Sie verarztet mich.«

»Dann sind Sie in guten Händen. Ich geh wieder. Und guten Appetit.«

Sie beeilte sich, das Apartment zu verlassen.

»Hat der kauzige Doktor schon etwas rausgefunden?«, krächzte er ihr hinterher. Sie drehte sich um.

»Ihre Kollegen waren lange auf dem Grundstück. Dann sind sie mitsamt den Säcken abgefahren. Man hat mich befragt. Aber ich konnte nichts zu dem grausigen Fund sagen. Der Doktor auch nicht. Er muss sich das zu Hause ansehen. Bisher war er nur in der Lage, den Fund zweier verwester Leichen festzustellen, mehr nicht.«

»Zwei Leichen?«, rief er mit plötzlich erwachter Stimme. »Mein Gott, warum sagen Sie mir das erst jetzt? Ich muss ihn anrufen.«

»Rufen Sie erst einmal Ihre Frau an. Sie macht sich vielleicht Sorgen. Essen Sie. Das bringt Sie nach vorne. Bis bald.«

Karin Mendel ging zur Tür und verschwand, wie sie gekommen war. Sie hatte von zwei Leichen gesprochen.

Sie hatte nichts zu seinem Aussehen gesagt. Woher wusste sie, dass er verheiratet war?

Er fiel zurück ins Kopfkissen und wäre sicher seiner Müdigkeit erlegen, wenn ihn sein Appetit nicht zum Essen getragen hätte. Danach fühlte er sich besser, aber müder als vorher. Er trank Wasser mit Zink und Paracetamol. Die Müdigkeit trieb ihn zurück in sein Bett. Nach wenigen Minuten war er eingeschlafen.

Am Nachmittag riss ihn ein Klingeln an der Wohnungstür aus dem Schlaf. Die Apothekerin brachte ihm Saft und ein paar Stücke Obst. Sie äußerte sich zufrieden über seinen Zustand, riet ihm aber dringend, weiterhin das Bett zu hüten. Morgen käme sie erneut, um nach ihm zu sehen. Anschließend verabschiedete sie sich und verließ ihn wieder.

Jung war jetzt wach. Er erinnerte sich an Karin Mendels Ermahnung, seine Frau anzurufen. Als er das Handy in die Hand nahm, klingelte es. Auf dem Display las er ›Holtgreve‹. Gemischte Gefühle beschlichen ihn. Er nahm trotzdem das Gespräch entgegen.

»Jung.«

»Holtgreve hier. Wo stecken Sie?«, fragte er barsch.

»Im Bett.«

»Mit wem?«

Holtgreve stellte wiederholt unter Beweis, wie gut er seine Schützlinge kannte und was ihm so im Kopf herumschwirrte.

»Mit der Grippe.«

»Lassen Sie die Witze. Das passt nicht zu Ihnen. Mir liegt keine Krankmeldung vor.«

»Jetzt liegt sie Ihnen vor.«

»Was ist da drüben eigentlich los?«

»Das möchte ich auch gerne wissen.«

»Mann, werden Sie nicht pampig. Kiel sitzt mir im Nacken und will …«

Das Wort ›Kiel‹ ließ Jung zusammenzucken. Er drückte den Unterbrecherknopf auf seinem Handy. Offensichtlich hatten Endert und die Spurensicherung Holtgreve noch nicht von den ersten Ergebnissen ihrer Arbeit unterrichtet. Sonst hätte er nicht angerufen. Jung musste dringend an Informationen kommen. Er rief zuerst Endert an.

»Endert.«

»Jung hier, guten Tag.«

»Ah, das kranke Huhn. Ich war gerade auf der Suche nach Ihrer Handynummer. Nun kommen Sie mir zuvor.«

»Ich fiebere nicht nur körperlich, sondern auch nach Informationen.«

»Da haben Sie mir eine hübsche Arbeit zukommen lassen. Ich will Sie nicht mit den Einzelheiten der äußerst erbaulichen Ästhetik zweier verwester Leichen erfreuen, selbst wenn oder gerade weil sie noch in ihren Kleidern steckten. Hier die ersten groben Fakten. Es handelt sich um die Leichen zweier Frauen. Ihre Identität scheint gesichert, weil sie ihre Ausweispapiere und persönlichen Sachen bei sich trugen. Die in den Ausweispapieren angegebenen Körpergrößen passen. Für einen Gebissvergleich suchen wir noch die Zahnärzte. Genaueres weiß die Spurensicherung.«

»Wie lange liegen sie in den Säcken?«

»Schwer zu sagen. Aber gewiss länger als ein halbes Jahr.«

»Haben Sie schon die Todesursachen?«

»Bei der einen Leiche bin ich sicher. Raten Sie mal, woran die gestorben ist.«

»Keine Ahnung. Machen Sie es nicht so spannend, das ertrage ich noch nicht.«

»Sie ist mit Strychnin vergiftet worden. Klingelt da was bei Ihnen?«

»Es klingelt. Und die andere?«

»Ich vermute, sie ist erstickt. Aber ich bin mir nicht sicher, woran. Wir brauchen Zeit, um chemische Analysen der gefundenen Überreste zu fertigen. Es gibt Anzeichen, dass sie was in die falsche Kehle gekriegt hat.«

»Merkwürdig.«

»Ja, so habe ich auch reagiert.«

»Haben Sie Holtgreve schon informiert?«

»Wo denken Sie hin. Sie sind der ermittelnde Beamte, dem ich meine Berichte vorzulegen habe. Holtgreve hat sich bei mir nicht gemeldet.«

»Wann habe ich den ersten schriftlichen Bericht von Ihnen?«

»Morgen liegt ein erster, vorläufiger Bericht auf Ihrem Schreibtisch.«

»Danke. Seien Sie mir nicht böse, ich muss jetzt Schluss machen. Ich brauche die Ergebnisse der Spurensicherung.«

»Tun Sie das. Wir sprechen uns, wenn Sie wieder vor Ort sind. Gute Besserung.«

»Danke nochmals und bis bald.«

Jung wählte die Spurensicherung in Flensburg an.

»Franzen«, meldete sich deren Leiter.

»Jung hier, guten Tag. Sie ahnen sicherlich, weswegen ich anrufe?«

»Ich hab Ihren Anruf schon erwartet. Herzlichen Glückwunsch.«

»Wieso? Ich habe nicht Geburtstag. Oder bin ich befördert worden?«

Franzen lachte.

»Nein, aber Sie haben zwei alte Fälle aufgeklärt, jedenfalls mit an Sicherheit grenzender Wahrscheinlichkeit. Uns fehlen nur noch unwesentliche Details.«

»Welche Fälle?«, fragte Jung freudig erstaunt.

»Sie haben vor knapp einem Jahr nach zwei vermissten Frauen gesucht. Jetzt haben Sie sie gefunden.«

»Heißt das, die Identität der gefundenen Leichen steht fest?«

»Ja, bis auf letzte noch ausstehende Details sind wir sicher. Ihre persönliche Habe, Handtaschen, Ausweispapiere, lag bei den Leichen, oder besser, was davon übrig ist. Ich kann mich nicht erinnern, jemals zuvor eine so widerliche Arbeit gemacht zu haben. Unser Computer hat ihre Namen auf der Vermisstenliste gefunden. Die gefundenen Haustürschlüssel passten immer noch zu ihrer ehemaligen Wohnung. Der Gerichtsmediziner sucht nach ihrem Zahnarzt. Ein Gebissvergleich wird die letzten Zweifel ausräumen.«

»Haben Sie sonst etwas bei ihnen gefunden?«

»Ja, das Gift. Ein Glas mit Strychninkristallen, über und über mit Fingerabdrücken übersät. Übrigens die blauen Leichensäcke ebenfalls. Dann haben wir auch Faserreste innen und außen an den Säcken gefunden. Wir werden den Teppichboden des Apartments, das Sie gerade bewohnen, daraufhin überprüfen. Im Lieferwagen sind wir schon fündig geworden. Es ist immer wieder erstaunlich, was wir selbst nach so langer Zeit noch in kleinsten Ritzen und Nischen finden.«

»Wieso mein Apartment? Wissen Sie schon, zu wem die Fingerabdrücke gehören?«

»Sie gehören dem farbigen Gärtner. Wir haben den Hausmeister in die Mangel genommen. Er wollte nicht raus mit der Sprache, verschanzte sich hinter der Behauptung, Sie wüssten alles und wir sollten uns an Sie wenden. Das ist natürlich albern. Was er Ihnen erzählt hat, kann er uns auch sagen. Er hatte Angst, dass klar wird, wofür er sich hergegeben hat. Er hat Schiss, dass ihm unangenehme Konsequenzen drohen könnten. Wir haben ihn beruhigt, und er hat ausgepackt.

Dem Ganzen haftet natürlich ein leicht zweifelhafter Hautgout an.«

»Ja, seh ich ähnlich.«

»Auf der anderen Seite hat es auch sein Gutes. Der Farbige ist durch das Asylaufnahmeverfahren erkennungsdienstlich voll erfasst. Wir hatten keine Mühe, über den Innenminister in Kiel sofort an seine Daten zu kommen, darunter seine Fingerabdrücke.«

»Haben Sie weitere Erkenntnisse über ihn, die mir helfen könnten?«

»Er ist genau eine Woche vor dem Gifttod Ihrer Syltlady legal und mit Einreisevisum des zuständigen Außenministers nach Dschibuti ausgereist. Zwei Wochen später wurden die beiden Frauen als vermisst gemeldet. Aber das wissen Sie ja alles selbst.«

»Äußerst rätselhaft, finden Sie nicht?«

»Ja, dennoch habe ich das sichere Gefühl, dass alles miteinander zusammenhängt. Dafür sprechen die Fakten eine zu deutliche Sprache. Aber wie sie zusammenhängen, darauf kann ich mir keinen Reim machen. Dafür haben wir Sie.«

»Zu nett, dass Sie mir zutrauen, das zu klären. Aber jetzt zu etwas anderem. Was können Sie zur Herkunft des Giftes sagen?«

»Auch das konnten wir klären. Es stammt aus dem Spind im Gartenschuppen. Wir haben Partikel an dem Glas identifizieren können, die wir im Schrank, in dem die Unkrautvernichter, Dünger und so weiter aufbewahrt werden, auch gefunden haben.«

»Die Indizien sind ja ziemlich eindeutig.«

»Ja, eindeutig und auch peinlich.«

Ihr Gespräch hatte bis jetzt einen nüchternen und sachlichen Ton gehabt. Nur ab und an hatte ein freudig erstaunter Ton ihre Stimmen gefärbt. Jetzt fragte Jung ungläubig und fast erschrocken:

»Wieso peinlich?«

»Wenn der Farbige die Frauen tatsächlich umgebracht und unter den Gartenabfällen versteckt hat, dann hätten wir sie schon damals finden müssen, als wir den Tod der dicken Lady bearbeiteten. Aber wir haben uns nur auf das Wohnhaus konzentriert.«

Jung merkte dem Leiter der Spurensicherung seine Verlegenheit an. Das überraschte ihn, denn in der Polizei-Inspektion gab normalerweise niemand Fehler offen zu. Deswegen antwortete er: »Ich würde das nicht an die große Glocke hängen. Niemand hätte etwas davon. Von mir wird es keine Hinweise in dieser Richtung geben.«

»Danke für Ihr Verständnis. Wir halten den Ball flach. Morgen haben Sie einen detaillierten Bericht über die vorläufigen Ergebnisse auf dem Schreibtisch.«

»Ich danke Ihnen. Haben Sie Holtgreve schon informiert?«

»Nein, Sie sind der ermittelnde Beamte. Der Chef hat sich bei mir nicht gemeldet. Ich sehe keine Veranlassung zu irgendwelchen Extratouren.«

»Danke für Ihre Informationen. Ich lese morgen Ihren Bericht. Bis bald.«

»Gern geschehen. Bis bald.«

Was war hier passiert? Wie war der Gärtner mit den Frauen in Kontakt gekommen? Was hatte ihn bewogen, sie umzubringen? Und warum hatte er seine Gönnerin vergiftet? Wie konnte er das, wenn er schon eine Woche vorher ausgereist war? In Jungs Kopf türmten sich die Fragen, über die er seine Sommergrippe fast vergessen hätte. Seine zugeschwollene Nase, sein Hustenreiz und seine immer noch schwammigen Beine mahnten ihn, sich wieder ins Bett zu legen.

Heute würde er nichts mehr unternehmen können. Er entschloss sich, liegen zu bleiben und morgen früh an seinen Schreibtisch zurückzukehren. Nach dem Studium der Berichte würden sich weitere Schritte von selbst ergeben.

Er versuchte, seine Familie telefonisch zu erreichen. Zu Hause nahm niemand ab, und er sprach eine kurze Nachricht auf den Anrufbeantworter. Dann trank er viel Wasser, ging aufs Klo, trank nochmals Wasser, diesmal mit Zink und einer 500er-Dröhnung Paracetamol. Danach fiel er in einen unruhigen Schlaf.

Morgens wachte er früh auf. Er fühlte sich schlapp, aber seine Lebensgeister regten sich und versetzten ihn in gedämpft-optimistische Stimmung. Eine kurze Morgentoilette versetzte ihn wieder in einen halbwegs ansehnlichen Zustand. Er trank viel Wasser. Dann verließ er das Apartment, hinterlegte die Schlüssel bei Frau Steindorff in der Strandallee und lenkte seine Schritte, ohne zu frühstücken, vorbei am Hotel ›Stadt Hamburg‹ direkt zum Bahnhof. Der kurze Fußmarsch strengte ihn an. Seinen Tatendrang behinderte er trotzdem nicht. Der Himmel war wolkenverhangen. Der Wind war bis auf eine leichte Brise abgeflaut. Er nahm den nächsten Zug aufs Festland.

Am späten Vormittag hatte er schließlich sein Auto auf dem Parkstreifen im Innenhof der Polizei-Inspektion auf Norderhofenden abgestellt. Er strebte dem Eingang zu. Petersen hatte ihn schon von Weitem ausgemacht und begrüßte ihn winkend von seiner Wachstube aus.

»Moin, moin, Herr Kriminalrat. Ich habe von Ihrem Ermittlungserfolg gehört. Glückwunsch.« Petersen klang aufgekratzt. Er war selten aufgekratzt. Jung hatte ihn noch nie so erlebt.

»Moin, Petersen, danke für die Blumen. Ein bisschen Glück gehört dazu.«

»Der Leitende springt hier schon ganz aufgeregt herum. Heute Morgen hat er mir ein dickes Paket für die Dienstpost gegeben. Kurz darauf hat er es wieder abgeholt. Er wollte es lieber per Kurier nach Kiel bringen lassen. Muss furchtbar wichtig sein.«

»Hat er was gesagt?«

»Ja, ich soll Ihnen ausrichten, dass Sie sofort bei ihm vorsprechen sollen. Es sei äußerst dringend. Bevor

Sie irgendetwas anderes tun, sollen Sie zuerst zu ihm ins Büro kommen. Ich hab das hiermit an Sie weitergereicht.«

»Gut, Petersen. Bin schon bei ihm. Bis dann.«

Jung fühlte sich von den Aktivitäten des Leitenden unangenehm berührt. Sein erster Impuls war, in sein Büro zu gehen und zuerst die schriftlichen Berichte des Gerichtsmediziners und der Spurensicherung zu lesen. Aber bevor er in seinem Büro angekommen war, hatte er sich doch noch selbst davon überzeugt, dass es besser wäre, zuerst das Unangenehme hinter sich zu bringen. Er stieg die Treppe weiter hinauf zum Büro seines Chefs.

Die Tür zum Vorzimmer und Holtgreves Bürotür standen offen. Der Leitende hatte ihn schon gewittert. Bevor Jung sich anmelden konnte, rief er ihn herein. Holtgreve wirkte wie ein aufgeregter Hund. Er saß hinter seinem leer gefegten Schreibtisch, die Unterarme auf die Platte gelegt. Unruhig drehte er einen Bleistift in seinen Händen. Er fixierte Jung beschwörend aus aufgerissenen Augen.

»Sie sind raus aus der Sache«, stürzte er sich auf Jung. »Nehmen Sie Platz«, bellte er.

»Guten Tag. Aus welcher …«

»Kiel hat übernommen und macht weiter.« Holtgreve ließ Jung nicht zu Wort kommen.

»Was macht Kiel weiter?« Jung bemühte sich, ruhig zu bleiben.

»Ich habe heute Morgen die Akten und Berichte an Kiel überstellt.«

»Was haben Sie?«, fragte Jung alarmiert.

»Die Akten hat Kiel«, antwortete Holtgreve brutal.

»Sie sind ohne mein Wissen in mein Arbeitszimmer eingedrungen und haben …«

»Sie sind krankgemeldet«, schnitt der Leitende ihm das Wort ab. »Und Ihr Büro ist doch kein Nähkästchen, in dem Sie Liebesbriefe aufbewahren, oder?«

Holtgreves Ungeheuerlichkeiten trafen Jung mit aller Wucht und trieben sein Ich aus dem Körper, bis es oben unter der Zimmerdecke hing. Von dort beobachtete es Holtgreve, der auf seinem Sessel hockte und Jung anglotzte. Er spielte nervös mit einem kurzen blauen Faber-Castell-Bleistift mit dem Härtegrad H, dessen oberes Ende von Bissspuren verunziert war.

»Contra vim pauperes spiritu non est medicamen in hortis*«, hörte Jung sich murmeln.

»Reden Sie Klartext, Mann«, schnaubte Holtgreve.

»Ich werde ein paar Tage Urlaub machen«, sagte Jung jetzt klar und deutlich.

»Gute Idee. Sie haben Grippe.«

»In ein paar Minuten haben Sie mein Urlaubsgesuch auf dem Schreibtisch.«

»Vernünftig von Ihnen. In dreifacher Ausfertigung, bitte.«

»Wie immer.«

---

* Gegen die Dummheit ist kein Kraut gewachsen.

Eine nüchterne Unfreundlichkeit herrschte in dem Raum. Jung sah sich aufstehen und das Büro verlassen. Erst in seinem eigenen Büro schlüpfte sein Ich wieder in seinen Körper. Er öffnete das Fenster und ließ frische Luft herein. Draußen war es weder sommerlich warm noch unangenehm kühl. Keine Sonne strahlte vom blauen Himmel. Aber die am Himmel segelnden Wolken ließen auch keinen Gedanken an Regen aufkommen. Es war das ideale Wetter, um spazieren zu gehen.

Jung verwarf den Gedanken. Er fühlte sich schwach und hätte sich lieber wieder hingelegt. Dann überdachte er seine Situation. Holtgreves Eingreifen war wirklich ungeheuerlich. Aber es ließ ihn ungewohnt kalt, wie er verwundert feststellte. Seine Neugier an dem Fall war ungebrochen. Er beschloss, einfach weiterzumachen und sich von Holtgreves Machenschaften nicht ablenken zu lassen. Informationen hatte er genug. Wenn nötig, konnte er auch an Duplikate der Berichte von Gerichtsmedizin und Spurensicherung kommen. Die Frage, ob er das durfte, beschäftigte ihn nicht weiter.

Der Farbige musste befragt werden. Er war legal nach Dschibuti ausgereist. Dschibuti, davon hatte er kürzlich gehört. Es musste schon Monate her sein, dass er einen Bericht im Fernsehen verfolgt hatte, in dem über das Engagement Deutschlands am Horn von Afrika berichtet wurde. Die Bundesmarine beteiligte sich dort am Kampf gegen den Terrorismus mit Schiffen, die den Seeverkehr im Arabischen Meer und vor der afrikanischen Küste überwachten. Die Marine unterhielt zu diesem Zweck eine logistische Basis in Dschibuti. Dort müsste er an Informationen kommen können, die ihm vielleicht weiterhalfen.

Er wandte sich mit seinem Anliegen an das Marineflottenkommando in Glücksburg-Meierwik, einige Kilometer weit weg von Flensburg. Er wurde mit dem Duty-Officer verbunden. Er bat ihn unter Berufung auf Amtshilfe um eine Kontaktadresse in Dschibuti. Der Duty-Officer verwies ihn an den Kommandeur der Basis und überließ Jung dessen Adresse und Telefonnummer.

Jung füllte einen Urlaubsantrag aus, gab ihn in dreifacher Ausfertigung in die Registratur und wählte die Rufnummer des Kommandeurs in Dschibuti.

»Fregattenkapitän Jungmann, guten Tag.«

Die Verbindung nach Afrika unterschied sich in nichts von der nach Hamburg.

»Jung, Polizei-Inspektion Flensburg, guten Tag.«

»Sie wurden mir schon avisiert. Ich habe Ihren Anruf erwartet. Was kann ich für Sie tun?«

Jung staunte über die Schnelligkeit des Informationsflusses von Glücksburg nach Dschibuti.

»Ich suche einen Mann, der hier Asylant war und vor rund einem Jahr nach Dschibuti ausgereist ist. Können Sie mir dabei behilflich sein?«

»Ist er denn legal nach Dschibuti eingereist?«

»Ja, er hatte ein gültiges Einreisevisum des Außenministeriums.«

»Das ist erstaunlich. Wie hieß der Mann?«

»Jussuf Barre.«

Jung hörte lange Zeit nichts.

»Sind Sie noch am Apparat?«, fragte er schließlich.

»Ja, ja. Entschuldigen Sie. Hören Sie, es trifft sich gut. Ich bin in ein paar Tagen beim Flottenchef in Glücksburg zur Berichterstattung. Ich kann über die ungeschützte Leitung nicht reden. Ich schlage vor, wir treffen uns dort und setzen unser Gespräch dann fort.«

»Gerne. Aber was ist so geheimnisvoll, dass Sie am Telefon nicht darüber sprechen können?«

»Ich erkläre es Ihnen, wenn wir uns sehen. Ich habe meine Gründe. Wir telefonieren, wenn ich in Deutschland bin. Ich bedanke mich. Bis bald.«

Das Gespräch war beendet. Wofür bedankte er sich? Er selbst hatte zu danken. Jung schüttelte den Kopf und legte den Hörer zurück.

Er nahm seine Jacke von der Garderobe, sah sich noch einmal seinen leeren Schreibtisch an und ging, ohne seine Bürotür abzuschließen – das war nun nicht mehr nötig –, das Treppenhaus hinunter, an Petersens leerer Wachstube vorbei zu seinem Auto.

Bis nach Hause hatte er nur zehn Minuten zu fahren. Er war froh darüber. Dort erwartete ihn niemand. Seine Familie war ausgeflogen. Er holte sich ein Köstritzer Schwarzbier aus dem Kühlschrank und nahm sich ein

Glas. Er setzte sich an den Küchentresen und starrte aus dem Fenster über die lange Auffahrt hinweg auf das an der gegenüberliegenden Straßenseite hockende Siedlungshaus seines Nachbarn. Neben ihm lag auf dem Tresen ein blaues beschriebenes Blatt Papier. Er nahm es auf und las.

›Oh mein Gott, Mama.

Es war so toll …

Danke, dass du mich hast fahren lassen, die waren erst um 01.15 Uhr fertig mit Spielen. OMG. Catsuo machte so (…) tolle Musik, und alle haben schon mal mit X-Japan gespielt (falls du nicht weißt, wer das ist: die japanische Band und Urgründer der Visual Kei).

Sie waren so nett und haben uns Sachen geschenkt, außerdem haben wir uns gut und lange mit ihnen unterhalten. Sehr viel Spaß und Gelächter (vor allem bei Porns –XX).

You und ich sind jetzt Support-Typen, verteilen Flyer und so. Von dem Geld ist so gut wie alles übrig geblieben. Taxi hat sechs Euro gekostet. Eintritt gar nichts, da es ein privates Treffen war, da waren nur so … zehn Leute.

Na ja, egal. Ich habe mich mit ihrer Managerin angefreundet. Hat mir auch ihre E-Mail-Adresse gegeben, blabla. Wenn ich das nächste Mal in Berlin bin, komme ich sie kurz besuchen, wenn das geht.

Auf jeden Fall hatten wir viel (36-mal) Spaß. Danke!

Ich komme heute nach der 7. Aber da bist du ja in Husum XD.

PS: Bin pünktlich zu Hause.‹

Warum war der Brief an seine Frau gerichtet und nicht auch an ihn? Hatte er nicht mit der Herausgabe seiner Kreditkartennummer den Besuch ermöglicht? Oder betraf das ein anderes Konzert?

DIE FAKTEN

Am nächsten Morgen stand Jung früh auf. Seine Tochter hatte schon das Haus verlassen und war auf dem Weg in die Schule.

Er befreite die Küche von den Überresten des gestrigen Abends, räumte den Geschirrspüler aus und machte einen Salat aus Äpfeln, Apfelsinen, Bananen, Kiwis, Zitronensaft und Honig. Dann setzte er Teewasser auf und weckte seine Frau. Sie ließen sich Zeit mit dem Frühstück. Svenja musste erst am Nachmittag arbeiten, und er hatte Urlaub. So genossen sie in Ruhe den Obstsalat mit Joghurt und Körnern. Sie verständigten sich darüber, was es heute zu essen geben sollte und wer den nötigen Einkauf übernahm. Dann lauschten sie gefesselt der Radiosendung ›Am Morgen vorgelesen‹, in der Joseph Conrads Geschichte ›Der Nigger von der »Narcissus«‹ vorgelesen wurde. Sie waren sich einig: Conrad war ein fesselnder Erzähler.

Jung stieg später die Treppen zu seinem Arbeitszimmer hinauf und setzte sich an seinen Schreibtisch. Von hier hatte er einen freien Blick über den Garten und die angrenzende Koppel. Dahinter sah er den in der Ferne liegenden See, der nach dem Abbau von

Kies zurückgeblieben war. Die Wolkendecke war aufgebrochen, und die Sonne arbeitete daran, auch die verbliebenen Reste zu verbrennen. Jung rief den Gerichtsmediziner an.

»Endert.«

»Hier Jung, guten Morgen. Ich wollte mal hören, was es Neues gibt. Dürfen Sie überhaupt mit mir über die gefundenen Leichen sprechen?«

»Guten Morgen, Herr Kollege. Ich habe davon gehört, dass Holtgreve Ihnen den Fall weggenommen hat. Aber das interessiert mich nicht. Ich kann reden, mit wem ich will. Wer will mir das verbieten?«

»Kiel, um mit dem Chef zu sprechen. Wer immer Kiel auch ist.«

»Ah ja, die vorgesetzte Dienststelle. Die Beamten da zeichnen sich nicht gerade durch Sachkenntnis und Geist aus. Eine ungesunde Halbbildung hat sie da hingebracht, wo sie jetzt sind. Was sie auszeichnet, ist ihre krankhaft ausgebildete Witterung für Macht und Machtausübung. Ich bezeichne das als Befähigung und Bedürfnis zum Krieg im Frieden.«

»Immerhin eine Fähigkeit.«

»Aber für das, was hier zu erledigen ist, völlig ungeeignet. Es gibt Mittel, sie auflaufen zu lassen.«

»Und die wären?«

»Man muss nur zu erkennen geben, dass man nicht befördert werden will und dass man vor ihnen und ihren Machenschaften keine Angst hat. Das bringt sie aus dem

Tritt und lässt sie so lächerlich aussehen, wie sie wirklich sind. Übrigens, hat Holtgreve schon einen schriftlichen Bericht von Ihnen angefordert?«

»Nein, warum?«

»Sie haben den Vorteil, eine Abteilung für sich zu sein. Nur Sie allein bestimmen, was in Ihrem Bericht stehen wird. Kein Zweiter ist Zeuge Ihrer Vernehmungen oder Mitwisser der Erkenntnisse, die Sie gewonnen haben. Sie haben es in der Hand, sie im Dunkeln stehen zu lassen.«

»Das ist richtig. Aber vielleicht stehen sie gerne im Dunkeln.«

»Ja, das könnte man vermuten. Andernfalls straft Sie einfach nur der Fluch der guten Tat, die Holtgreve beging, als er Sie zum Dezernatsleiter machte.«

»Ja, so kann man das auch sehen.«

»Ich erzähle Ihnen das Neuste. Die beiden Frauen sind identifiziert. Es sind die, nach denen Sie gesucht haben. Das steht fest.«

»Sie haben den Zahnarzt ausfindig gemacht?«

»Ja, über ihre gesetzliche Krankenkasse war das nicht schwer. Der Gebissvergleich ist positiv. Es gibt keinen Zweifel mehr.«

»Wissen Sie inzwischen sicher, woran die Frau gestorben ist, die nicht vergiftet wurde?«

»Ich habe noch keinen endgültigen Beweis, aber eine sehr starke Vermutung.«

»Was hat Sie darauf gebracht?«

»Bei der Anfrage bei der Krankenkasse hat sich herausgestellt, dass die beiden nur einmal pro Jahr zu Routineuntersuchungen bei ihrem Frauenarzt waren. Im Übrigen haben sie keine weiteren Arztbesuche oder Medikamente abgerechnet. Ich schließe daraus, dass sie beneidenswert gesund waren und schon gar keine chronischen Krankheiten hatten. An beiden Skeletten konnte ich keine Spuren von Gewaltanwendung ausmachen. Das heißt, die Frau, die nicht vergiftet wurde, wurde auch nicht mit irgendwelchen Gegenständen erschlagen. Die Tatsache, dass sie in ihren Kleidern steckte, schließt mit an Sicherheit grenzender Wahrscheinlichkeit aus, dass sie vergewaltigt wurde. Was bleibt dann als Todesursache?«

»Sie meinen also, Herzinfarkt, epileptischer Anfall, Asthma oder etwas in der Art fällt aus, richtig? Und Gewalt können wir auch ausschließen.«

»Richtig. Meine Vermutung konzentriert sich auf einen Alltagsunfall, wobei ich nicht einen tödlichen Sturz meine, der ja unweigerlich Spuren an ihrem Knochengerüst hätte hinterlassen müssen. Ich nehme an, sie ist an irgendetwas erstickt, einer Fischgräte zum Beispiel, einer Nuss oder Ähnlichem.«

»Haben Sie dafür Hinweise gefunden?«

»Ich glaube schon. Aber Genaueres ist einer chemischen Analyse vorbehalten. Das wird noch etwas dauern.«

»Wenn es denn wahr sein sollte, was Sie sagen, ist das sehr mysteriös. Was meinen Sie?«

»Ja, im Zusammenhang mit den anderen Todesursachen ist das verwirrend. Versuchen Sie, das aufzuklären, dann kommen Sie groß raus. Aber Holtgreve hat dem ja schon einen Riegel vorgeschoben.«

»Gut, wir werden sehen. Danke für Ihre Informationen. Von mir erfährt keiner von unserem Gespräch.«

»Von mir auch nicht. Viel Glück. Bis dann.«

»Bis dann, und nochmals vielen Dank.«

Jung sah sinnend auf den in der Ferne liegenden Baggersee, der jetzt in der immer mächtiger werdenden Sonne blitzte. Dann wählte er die Spurensicherung an.

»Franzen.«

»Jung hier. Guten Morgen.«

»Ah Sie, guten Morgen. Schön, Sie zu hören. Ich sah Sie schon am Boden zerstört, als ich vom Vorgehen des Leitenden erfuhr.«

»Ich war selbst von mir überrascht, wie wenig es mir ausgemacht hat. Mein Interesse ist ungebrochen. Deswegen rufe ich an.«

»Ich habe auch einige entscheidende Neuigkeiten.«

»Dürfen Sie mir die erzählen?«

»Wir haben ja schon ein Verschwiegenheitsabkommen, Sie erinnern sich? Im Übrigen sehe ich nicht, was mich daran hindern sollte, mit Ihnen zu reden.«

»Kiel zum Beispiel.«

»Kiel? Wer ist das? Bei mir hat er sich bis jetzt nicht gemeldet. Also, was soll's?«

»Gut. Was haben Sie denn gefunden?«

»Zuerst zur Giftflasche: Sie muss aus sehr fernen Zeiten stammen. Wir haben das anhand der Aufmachung herausgefunden. Strychnin ist – wenn überhaupt – so schon lange nicht mehr zu bekommen. Wo genau es herkommt, konnten wir bisher nicht klären. Aber das kriegen wir auch noch hin.«

»Ich kann Ihnen dazu einen Tipp geben. Die Apothekerin aus der Strandstraße in Westerland kann Ihnen da weiterhelfen. Sie hat mir erzählt, dass sie in den 60er-Jahren Strychnin als Rattengift auf Lager hatte.«

»Danke für den Hinweis, kann uns eine Menge Arbeit ersparen. Nun zu den Leichen. Sie sind in dem Apartment umgekommen, das der Farbige und Sie bewohnt haben. Wir fanden Faserspuren vom Teppichboden und auch Spuren aus dem Bad bei den Leichen und an den Säcken, in denen sie abtransportiert wurden.«

»Aus dem Bad? Wie geht das? Da ist in der Zwischenzeit doch unzählige Male geputzt worden?«

»Wir fanden identische Haare im Waschbeckenabfluss und in den Leichensäcken.«

»Erstaunlich.«

»Ich selbst bin manchmal überrascht, welche nachweisbaren Spuren unser Tun hinterlässt. Darüber könnte man ins Philosophieren kommen.«

»Mich bringen schon einfachere Sachen zum Philosophieren. Ich bin beeindruckt. Gibt es sonst noch etwas?«

»Ich habe die Untersuchungsergebnisse im Fall Anna Mendel nochmals durchgesehen. Mich interessierten vor allem die Fingerabdrücke auf den sichergestellten Beweisstücken am Tatort. Die Flasche mit Multivitaminkapseln der Firma SoVita wies Fingerabdrücke vor allem der Toten, aber auch des Hausmeisters, der Apothekerin und Fragmente einiger unbekannter Personen auf. Eins dieser Fragmente stammt mit ziemlicher Sicherheit von dem Farbigen.«

»Das allerdings überrascht mich nicht, nach dem, was der Hausmeister ausgesagt hat.«

»Was hat er denn ausgesagt?«

»Die Tote hat dem farbigen Gärtner die Vitamine überlassen. Nach seiner Abreise hat der Hausmeister sie im Apartment gefunden und seiner Chefin zurückgegeben.«

»Ja, das ist eine Erklärung und macht unseren Befund ziemlich sicher.«

»Was ist mit den anderen Fingerabdrücken?«

»Nur Fragmente, und die können wir nicht zuordnen. Die Personen sind uns nicht bekannt. Oder besser, ihre Fingerabdrücke sind uns nicht bekannt.«

»Da die beiden Frauen, deren Leichen wir in den Säcken gefunden haben, in dem Apartment waren: Könnten die unbekannten Fingerabdrücke theoretisch von ihnen stammen?«

»Wenn sie die Flasche mit Vitaminen in die Hand genommen haben, ja. Aber das können wir nicht mehr nachweisen. Ihre Fingerabdrücke sind ein für alle Mal weg. Und wenn wir es nachweisen könnten, würde uns das weiterbringen?«

»Ja, wahrscheinlich haben Sie recht. Und sonst? Gibt es noch etwas, das ich wissen sollte?«

»Sie sollten nach dem Willen des Chefs gar nichts mehr wissen. Aber Spaß beiseite. Nein, es gibt bislang nichts, was ich Ihnen noch erzählen könnte.«

»Danke, dass Sie mir die Ergebnisse Ihrer Untersuchungen überlassen haben.«

»Gerne. Wann sehe ich Sie wieder hier? Ich hörte, Sie haben Urlaub genommen?«

»Ja, ich nehme eine kurze Auszeit von den Anstrengungen eines Dezernatsleiters. Aber nicht lange. Bis dann. Und nochmals vielen Dank.«

»Bis dann. Tschüss.«

Jung vergewisserte sich durch einen Blick nach draußen, dass die Sonne ihre Macht am Himmel behauptete. Keine neuen Wolkenfelder waren aufgezogen, die ihr ihre Vormacht hätten streitig machen können. Der Rasen musste gemäht werden. Ein unermüdlicher Maulwurf hatte seine Hügel über die Rasenfläche verteilt. Jung fluchte bei dem Gedanken, sich an die Gartenarbeit machen zu müssen. Aber seine ausklingende Sommergrippe hatte ihn noch im Griff und lieferte ihm eine willkommene Begründung, die notwendige Arbeit vor sich herzuschieben. Stattdessen entschied er, sich nach seiner Unterredung mit dem Marineoffizier für ein paar Tage auf Sylt einzumieten; nicht nur, um sich von seiner Grippe zu erholen, sondern auch, um dem Ort der Morde nahe zu sein. Vielleicht brachte ihn das zu Einsichten, die ihm zum vollständigen Verstehen des Geschehens noch fehlten.

DER SOLDAT

Fregattenkapitän Jungmann meldete sich wie versprochen am darauffolgenden Tag. Er hatte in der Polizei-Inspektion erfahren, dass Jung ein paar Tage Urlaub genommen hatte, und sich seine Privatnummer geben lassen. Sie vereinbarten ein Gespräch am gleichen Nachmittag im Flottenkommando. Jung hatte keine Skrupel, diesen Termin am Leitenden vorbei zu machen. Er hatte auch nicht vor, weiterzugeben, was er aus diesem Gespräch mitnehmen würde. Was er jetzt tat, betrachtete er als seine Privatsache. Er hatte keine Angst, dabei erwischt zu werden.

Am Nachmittag steuerte Jung sein Auto am ZOB vorbei, über Ballastkai und Kielseng nach Mürwik. Die verbleibende Wegstrecke über Solitüde nach Meierwik ist dann nur kurz. Meierwik ist ein Ortsteil Glücksburgs und seit Jahrzehnten die Heimat des Flottenkommandos der Marine. Die Anlage war gesichert, und Jung musste vor dem Rollgatter sein Auto abstellen und das Wachhaus aufsuchen. Sein Personal- und Dienstausweis wurden registriert und einbehalten. Er bekam einen Besucherausweis und einen Passierschein, auf dem sein Gesprächspartner aufgeführt und die Ankunftszeit festgehalten war. Die Beendigung seines Besuchs hatte später der Offizier zu vermerken und den Besuch zu quittieren. Der Wachmann gab ihm eine Wegbeschreibung zum Marinehauptquartier (MHQ). Er werde dort erwartet, hieß es.

Jung fuhr durch das geöffnete Gatter zur nächsten Schranke, die sich vor ihm wie von Geisterhand öffnete. Er parkte sein Fahrzeug auf dem angrenzenden Parkplatz. Der Weg zum MHQ war nur wenige 100 Schritte weit. Vor dem Eingang nahm ihn ein Matrose in Empfang.

Er führte ihn in einen in die Erde eingelassenen Bunker. Sie begegneten niemandem. Über ein Drehkreuz und mehrere elektronisch gesicherte Stahlschotten auf verschiedenen Etagen gelangten sie schließlich zu einem geräumigen klimatisierten Büro. Jung fiel auf, dass es viel besser und moderner eingerichtet und ausgestattet war als die Diensträume bei der Polizei. Jungmann erwartete ihn schon. Er trug eine zeitlos elegante Uniform aus dunkelblauem Tuch mit goldenen Knöpfen und viel Gold auf den Ärmeln. Das war das Auffälligste an ihm. Jung hatte später zuerst diese Uniform vor Augen, wenn er sich an Jungmann erinnern sollte.

»Im Treppenhaus hängen eindrucksvolle Fotos Ihrer Schiffe«, begann Jung nach der Begrüßung unverfänglich das Gespräch.

»Nicht nur unserer Schiffe und Boote, auch unserer Flugzeuge und Hubschrauber.«

»Ja richtig, die waren auch dabei. Ich hätte sie nicht unbedingt der Marine zugeordnet.«

»Sie gehören dazu. Aber nun zu Ihnen«, lenkte der Offizier die Unterhaltung abrupt auf ihr eigentliches Thema. »Ich habe vor unserem Gespräch mit dem Flottenchef über Ihr Anliegen gesprochen. Er hat mir freie Hand gelassen, allerdings unter der Voraussetzung, dass Sie über alles Stillschweigen bewahren, was ich Ihnen erzählen werde. Schriftlich geht gar nichts. Können Sie das zusichern?«

»Ich bin überrascht, dass Sie den Flottenchef damit behelligen müssen. Aber ich werde Stillschweigen bewahren. Das wird mir nicht schwerfallen.« Jung musste insgeheim lachen.

»Dann ist ja alles in Butter. Bevor wir anfangen, darf ich Ihnen etwas anbieten? Bei uns ist heute Seemannssonntag mit Kaffee und Kuchen.«

»Danke, gerne«, freute sich Jung.

Sein Gastgeber bestellte in der Kombüse zweimal Seemannssonntag.

»Seemannssonntag am Donnerstag an Land unter der Erde, wie passt das zusammen?«, fragte Jung amüsiert.

»Das machen wir aus Anhänglichkeit an ein altes Donnerstagsritual auf unseren Einheiten in See und aus innerer Verbundenheit mit den eingeschifften Kameraden«, grinste Jungmann zurück.

Es klopfte, Jungmann gab ein »Ja« von sich, und ein Matrose trug ein Tablett mit Kaffee und Kuchen herein.

»Stellen Sie es bitte auf den Tisch.«

»Jawohl, Herr Kap'tän.«

»Danke.«

Der Matrose verließ den Raum und schloss leise die Tür hinter sich. Der freundliche Umgangston gefiel Jung. Nach dem ersten Schluck nahmen sie das Gespräch wieder auf.

»Wir suchen einen ehemaligen Asylanten aus Somalia wegen des dringenden Tatverdachtes auf dreifachen Mord. Er heißt Jussuf Barre und ist vor knapp einem Jahr legal nach Dschibuti ausgereist. Jetzt wollen wir ihn finden, um ihn befragen zu können.«

Jungmann sah ihn an und schmunzelte.

»Sie waren noch nicht in Dschibuti, nicht wahr? Deswegen sollte ich Ihnen eigentlich vorweg ein bisschen über dieses Land, zu Afrika und Arabien erzählen. Aber das würde zu lange dauern. Sie müssen mir einfach glauben, was ich Ihnen sage. Erstens: Nach Dschibuti reist legal kein Asylant aus Somalia ein, es sei denn, er ist von dem regierenden Clan ausdrücklich eingeladen und erwünscht.«

»Warum?«

»Weil sie schon viel zu viele von diesen armen Teufeln im Land haben. Zweitens: Wenn er legal aus Deutschland eingereist ist, und daran besteht ja nach Ihren Worten kein Zweifel, dann ist er für die herrschenden Scheichs am Horn von Afrika wichtig. Sie werden ihn schützen, solange sie sicher sein können, dass die Nachteile durch das, was er hier angestellt hat, die Vorteile, die sie von ihm haben, nicht überwiegen.«

»Sie meinen, er hatte eine Aufgabe für sie zu erledigen, und sein Asylantenstatus war nur Deckmantel für wichtige Aktivitäten?«

»Das könnte ich mir durchaus vorstellen. Die Scheichs verfügen über sehr ausgedehnte und subtile Einflussmöglichkeiten und könnten eine solche Operation zweifellos realisieren.«

»Da passt aber der Mord an drei in diesem Zusammenhang völlig unbedeutenden deutschen Frauen überhaupt nicht ins Bild.«

»Ich gebe Ihnen recht. Da stimmt was nicht. Oder Sie wissen noch zu wenig über die Frauen. Aber ich möchte drittens auf etwas anderes hinweisen: Ein offizielles Auslieferungsersuchen – vorausgesetzt, ein entsprechendes Abkommen zwischen Deutschland und Dschibuti existiert überhaupt, was ich nicht weiß – wird in jedem Fall erfolglos bleiben. Und alles, was unter dieser Ebene an Wünschen vorgetragen wird, hat noch weniger Aussicht auf Erfolg.«

»Mit welcher Begründung?«

»Die zuständigen Autoritäten werden die möglichen Konsequenzen abschätzen und selbst handeln. Sie werden es nicht anderen überlassen, schon gar nicht Europäern.«

»Und wenn wir über Interpol und mit internationalem Haftbefehl nach ihm fahnden lassen könnten?«

»Das ändert gar nichts. Wenn die Scheichs ihre Interessen durch ihn belastet sehen, werden sie ihn aus dem Verkehr ziehen.«

»Was heißt das?« In Jungs Stimme mischte sich zunehmend Verwunderung.

»Sie liquidieren ihn oder überlassen ihn der Straße, solange er noch nicht Träger unangenehmer und teurer Informationen geworden ist.«

Jungmann schob sich ein Stück Kuchen in den Mund und nahm einen Schluck Kaffee. Danach wandte er sich Jung zu und sah ihm direkt in die Augen.

»Bis jetzt habe ich nur einen abstrakten Barre abgehandelt. Uns ist aber auch ein konkreter Barre bekannt.«

Jung konnte seine Verblüffung nicht verbergen und hielt im Kauen seines Kuchenstückes inne.

»Das überrascht Sie, nicht wahr? Unsere A2-Abteilung berichtet schon seit einiger Zeit, wenn auch nur sporadisch, von einem Barre, der in Südsomalia bei Auseinandersetzungen zwischen rivalisierenden Clans auffällig geworden ist. Wodurch, darf ich Ihnen nicht sagen. Außerdem muss es sich nicht unbedingt um den gleichen Barre handeln. Die Wahrscheinlichkeit ist aber groß, weil nach der Flucht des ehemaligen Präsidenten Siad Barre alles, was diesen Namen trug, ausgelöscht wurde.«

»Nur dieser nicht, warum?«

»Interessante Frage.«

»Kann das nicht Ihre A2-Abteilung herausfinden? Was ist das eigentlich?«

»Das könnte sie«, sagte Jungmann, und ein unverhohlener Stolz schwang in seiner Stimme mit. »Unsere A2-Abteilung macht für uns das, was Sie für die Staatsanwaltschaft machen, wenn ich richtig informiert bin: Fakten sammeln, aufklären, ermitteln, beobachten. Nur nicht verhaften, versteht sich.« Er lachte über seinen eigenen Witz. Dann fuhr er fort: »Sie erstellt den Bericht zur Fremdlage, so nennen wir das.«

»Dann stehen ihr sicherlich auch Informationen und Kenntnisse zur Verfügung, die Sie, Ihre Schiffe und die A2-Abteilungen anderer NATO-Staaten sammeln, nehme ich mal an. Die Quellen sind ja unerschöpflich.«

»Schon, aber vielfach auch trüb. Wir selbst, also die Marine, könnten viel mehr beitragen. Wir haben hochmoderne Einheiten, zum Beispiel in der AOI da unten. Deren taktische Bandbreite reicht vom Einsatz mit hoher SOA – womit wir weit voneinander dislozierte COIs aufklären können – bis zu Triple Romeo in See. Die logistische Capa ist vor Ort. Dazu kommt der Support aus unseren bordgestützten Heli-Komponenten. Boarding-Teams sind eingeschifft. Im Rahmen von OEF fahren wir im Verband mit befreundeten und fremden Marineeinheiten, die Ähnliches können. Der Verband operiert unter der Führung eines gemeinsamen CTF plus Stab. Nur die ausgegebenen ROE hindern uns, aus dieser geballten Force den optimalen Output herauszuholen.«

Dem Offizier kamen die Worte glatt und flüssig über die Lippen und mit einem Anspruch, der wie selbstverständlich voraussetzt, dass jeder Zuhörer weiß, wovon die Rede ist und ihm das Kompendium an militärischen Abkürzungen und Anglizismen geläufig ist. Jung wollte nicht fragen, aber er hätte gerne gewusst, was sich hinter dem Terminus ›Triple Romeo‹ verbarg.

»Ich habe eine letzte Frage: Weiß auch die Bundesregierung, was Sie wissen?«

»Ja, davon müssen Sie ausgehen.«

»Sie hätte also wissen können, dass das gewährte Asyl für Barre eine Tarnung seiner eigentlichen Tätigkeiten hätte sein können?«

»Ja, theoretisch schon.«

»Und praktisch?«

»Auch. Vielleicht war sie damit einverstanden.«

Jung hatte genug gehört und wollte an die frische Luft. Er bedankte sich bei Jungmann für die Gastfreundlichkeit und Hilfsbereitschaft und versicherte noch einmal, über das Gehörte zu schweigen. Er vergaß auch nicht, sich das Ende seines Besuchs auf seinem Begleitzettel quittieren zu lassen. Ein Läufer wurde herbeigerufen, der ihn aus dem unterirdischen Labyrinth des MHQ ans Tageslicht brachte. Der junge Mann hatte nur drei schmale, angeschmuddelte gelbe

Streifen auf den Schulterklappen. Das und seine Dienste als Läufer – eine etwas ameisenhaft niedrige Tätigkeitsbezeichnung – ermutigten Jung zu der Frage: »Was bedeutet eigentlich ›Triple Romeo‹?«

»Das kann ich Ihnen nicht sagen. Ich weiß es nicht. Aber ich kann es herauskriegen. Wenn Sie einen Moment Zeit haben und warten wollen?«

»Nein, nein, schon gut. Ist nicht so wichtig. Danke für Ihr Bemühen.«

»Da nich für. Guten Tag noch.«

Gedankenversunken legte Jung den kurzen Weg zu seinem Auto zurück. An der Wache gab er den Begleitzettel und den Besucherausweis zurück. Seine Papiere wurden ihm ausgehändigt, und er verließ das Flottenkommando durch die geöffnete Schranke und das zur Seite gerollte Gatter.

Vorausgesetzt, alles, was er im Bunker gehört hatte, träfe zu – und er hatte keinen plausiblen Grund, daran zu zweifeln –, was hatte den Farbigen dann angetrieben, die Frauen zu töten? Jung lenkte sein Auto wie ein Automat auf die Straße nach Flensburg. Als er den Alten Meierhof, Mürwik und den Hafendamm passiert hatte, war er immer noch dabei, eine Antwort zu finden. Als er schließlich die Auffahrt zu seinem Haus hinauffuhr, hatte er sich selbst davon überzeugt, dass die Frauen die Tarnung Barres wahrscheinlich hätten auffliegen lassen können. Er sah sich gezwungen, das zu verhindern. Da hatte er sie umgebracht. Aber wie war der Zeitunterschied zwischen den Morden an den zwei Frauen und der Maklerin zu erklären?

Jungs Frau hatte ihn die Auffahrt hochkommen sehen und machte ihm die Haustür auf.

»Hallo, Tomi. Wie ging's mit dir im Marinehauptquartier?«, begrüßte sie ihn mit dem ihr eigenen Sinn für Wortwitz. Er lachte und gab ihr einen flüchtigen Kuss auf die Wange. Dann schlossen sie die Tür hinter sich. Jung stellte seine Straßenschuhe auf den Rost unter der Garderobe, und sie setzten sich an den Küchentresen.

»Ein Herr Jungmann hat mich empfangen. Den Namen kann ich mir gut merken. Er ist der Mann hinter meinem Namen. Er ist ein Korvetten-, Fregatten- oder sonst ein Kapitän auf der oder zu der See. Ich kenn mich in den Dienstgraden nicht aus. Dabei hat er gar kein Schiff und sitzt an Land auf dem Trockenen.«

»Wahrscheinlich ist er Barkassenkapitän«, bemerkte sie beiläufig.

»Wie kommst du darauf?«, reagierte Jung ungläubig.

»Eine Barkasse ist ein sehr kleines Boot. Vielleicht hat er eines davon am Strand liegen.«

»Du weißt ja gut Bescheid. Jedenfalls bin ich jetzt Geheimnisträger und darf nicht reden.«

»Das muss dich freuen. Du hast einen triftigen Grund für das, was du sowieso am liebsten tust, nicht wahr, mein Lieber?«

»Ist es so schlimm? Aber im Ernst, ich bin richtiggehend vergattert worden. Aber eines kann ich dir sagen: Die haben sich ein hübsches Plätzchen für ihr Hauptquartier ausgesucht. Ganz abgelegen am Steilufer, mit unverbaubarem Blick auf die Förde und das dänische Ufer, nett hinter einem Wäldchen versteckt und sehr geräumig.«

»Aber mit Schlagbaum?«

»Ja, das ist so beim Militär. Am Tor hängt ein Schild, darauf steht ›ALPHA‹. Jenseits davon ist alles Weitere geheim.«

»Na ja, dann ist es auch nicht so wichtig.« Für sie war das Gespräch beendet. Jung war immer wieder verblüfft, wie seine Frau mit einem kurzen Satz ganze Imperien schwerwiegender Gegebenheiten ins Wanken bringen konnte.

DAS ENDE

Jung hatte seinen ersten Tag auf Sylt hinter sich, als er Helga Bongard anrief, um sie über den vorläufigen Abschluss der Ermittlungen und über die Ergebnisse zu informieren. Er hatte von ihrem Anrufbeantworter erfahren, dass sie sich auf Sylt aufhielt. Schon nach dem ersten Läuten meldete sie sich.

»Bongard.«

»Guten Tag, Frau Bongard, hier Jung.«

»Keine privaten Verabredungen bitte.«

»Ich kann Sie schlecht per Einschreiben aufs Präsidium bitten, schon gar nicht kostenerstattungspflichtig. Es gibt kein Geld dafür, dass ich Ihnen erzähle, wie Ihre Freundin ums Leben gekommen ist. Und am Telefon will ich es nicht.«

»Oh, das ist ... Ja, also gut. Das bleibt aber die einzige Verabredung. Können Sie sich wenigstens das merken?«

Jung spürte einen spontanen Impuls, das Gespräch abzubrechen. Es kostete ihn Überwindung, es nicht zu tun. Er zwang sich dazu, höflich zu bleiben.

»Versuchen wir es noch einmal im ›Il Ristorante‹? Ich bin auf der Insel«, fuhr er äußerlich ruhig fort.

»Dann sagen wir, heute Mittag gegen 13 Uhr.«

»In Ordnung. Ich werde da sein.«

»Ihr Wort in Gottes Ohr.« Sie hängte ein.

Keine Begrüßung, keine Verabschiedung, das Gespräch war beendet. Wie kann man nur so kleinkariert sein, auf einem verpassten Termin so lange herumzureiten?, dachte Jung. Oder war ihr Verhalten die pathologische Folge ihres Verkehrsunfalls? Musste er etwa nachsichtiger mit ihr sein? Zum Teufel damit, ihm reichte ihre blöde Art einfach. Sein Bedürfnis, sie über den Tod ihrer Freundin zu unterrichten, ließ merklich nach. Er nahm sich vor, nur die Pflicht zu erfüllen, die er empfand, darüber hinaus aber keine weiteren Rücksichten zu nehmen.

Er machte sich frühzeitig auf den Weg, um vor ihr am Treffpunkt zu sein. Er hatte seinen Platz an dem reservierten Tisch schon eingenommen und einen Cocktail ›Sex on the Beach‹ intus, als Helga Bongard hereinkam und einen Auftritt hinlegte, wie er ihn schon vom Telefon her kannte. Jung ignorierte ihre beleidigte Damenhaftigkeit und begrüßte sie routiniert höflich.

»Sie sind die Erste, die erfährt, was geschehen ist.«

»Wer denn noch?«

»Ein Kollege, der mir geholfen hat, die Apothekerin und der Arzt der Verstorbenen und – nicht zu vergessen – mein kleines Frauchen zu Hause.«

»Lassen Sie doch Ihre blöde Ironie. Ich finde das unpassend. Ich habe Schmerzen in der Lymphe.« Sie fasste sich an den Nacken, schloss die Augen und drehte ihren Kopf nach rechts oben.

Jung antwortete nicht darauf, um die Atmosphäre nicht weiter aufzuheizen. Er wollte es hinter sich bringen. Sie kam ihm entgegen und bestellte kein Essen, sondern nur Jägermeister und Wasser. Jung fiel auf, dass die Galle von oben auch ohne Nahrungszufuhr erwünscht und bekömmlich schien.

Dann erzählte er ihr, was er wusste. Sie hörte zu, ohne ihn zu unterbrechen. Dafür war er ihr dankbar. Es stimmte ihn etwas versöhnlicher.

»Welchen Grund hatte der Schwarze für seine Tat? Wie hat er den Mord denn eine Woche nach seiner Abreise hingekriegt? Was hat sie ihm getan?«, fragte sie, nachdem er geendet hatte.

»Das weiß ich noch nicht. Wir müssten ihn befragen können. Das ist zurzeit nicht möglich.« Jung erwähnte die vertrauliche Unterredung mit Jungmann nicht. »Ich werde wahrscheinlich demnächst nach Dschibuti reisen und versuchen, ihn zu sprechen. Große Hoffnungen knüpfe ich an dieses Unternehmen nicht. Selbst wenn es klappen sollte: Was soll schon dabei herauskommen? Wenn er nicht reden will, braucht er nicht zu reden. Wenn er redet, hat es keine Konsequenzen. Also, was soll das?«, sagte er in sich gekehrt.

Ihr Gespräch pausierte, und Jung machte sich schon Hoffnungen, dass sein Gegenüber allmählich zu normalen Umgangsformen zurückfand.

»Sie könnten sich ein Bild von ihm machen«, nahm

sie das Gespräch ungewohnt zurückhaltend und milde wieder auf.

»Und dann?«

»Dann könnten Sie Ihre Vermutungen darüber, wie es wirklich passiert ist, mit Leben füllen.«

»Also der Wahrheit näher kommen?«

Jung glaubte jetzt, ihr Gespräch sei auf einer unbelasteten Ebene angekommen, und bemerkte nachdenklich: »Genau, so kann man das sehen.«

Es trat eine längere Pause ein. Sie nippten ein paar Mal an ihren Getränken.

»Manchmal glaube ich, es gibt viele Wahrheiten, je nach Standort und Blickrichtung«, nahm Jung das Gespräch, immer noch nachdenklich, wieder auf.

»Oh, là là, unser kleiner Philosoph meldet sich wieder. Hatte mir der nicht mal irgendwas versprochen? Schon wieder vergessen, Herr Kriminalrat? Ging's nicht darum, Frauen verstehen zu können?«

Jung schreckte aus seinen Gedanken hoch. Und schon im nächsten Augenblick überfiel ihn, ohne dass er sich dagegen wehren konnte, erneut Ärger über ihre dümmliche Überheblichkeit. Er wurde wütend. Er konnte sich beim besten Willen nicht erinnern, ihr ein derartiges Versprechen gegeben zu haben.

»Sie sollten nicht darauf bestehen. Es wird Ihnen nicht gefallen, was ich zu sagen habe«, erwiderte er scharf.

»Ich höre wohl nicht richtig. Dass Sie ein Gedächtnis wie ein Sieb haben, das wissen wir ja mittlerweile.

Dass Sie auch noch Schiss vor Frauen haben, ist neu. Passt aber irgendwie.«

Ihr Gespräch entwickelte sich zusehends zu einem Gefecht.

»Ich warne Sie. Ich kann mich nicht erinnern, Ihnen versprochen zu haben, Frauen zu verstehen.«

»Sie erinnern sich nicht, ich sag's ja.«

Die Unterhaltung begann, Jung zu quälen. Es war einfach zu blöde. Er wollte zum Schluss kommen.

»Wenn Sie darauf bestehen, bitte. Meiner unmaßgeblichen Meinung nach sollten Frauen sich selbst verstehen lernen und nicht von Männern erwarten oder gar verlangen, dass sie ihnen das abnehmen. Gilt übrigens auch umgekehrt.«

»Wäre aber zum Beispiel für guten Sex ganz hübsch, wenn Männer Frauen verstünden, finden Sie nicht?«, erwiderte sie mokant.

»Damit er sich vorher duscht und den Pimmel schrubbt, um die Eingangskontrolle zu bestehen? Das passt doch gar nicht zu Ihnen, gnädige Frau.« Jungs Ironie triefte ihr vor die Füße, und sie rutschte darauf aus.

»So reden Sie doch nur, weil Sie keinen Witz, keinen Humor und keinen Esprit haben. Sie sind einfach unfähig, dem Leben, so elend es auch sein mag, Zauber und Glanz zu verleihen«, pumpte sie sich auf und warf sich in die Positur einer vor Selbstgewissheit überlaufenden Emanze. Jung gelang es gerade deswegen, relativ ruhig zu bleiben.

»Wie recht Sie haben. Mein Mangel an Klasse wurde mir schmerzlich bewusst, als Sie mich mit dem Zauber und Glanz Ihrer verflossenen Ehe beeindruckt haben.«

Sie schnappte nach Luft.

»Das darf nicht wahr sein, dass ich mir das von einem Polizisten anhören muss.«

Er sah ihr in die Augen und erwiderte mit eisiger Distanz und perfekt unterdrückter Wut: »Sie müssen nicht. Es steht Ihnen frei zu gehen.«

Ihr Gesicht lief an, als ereile sie gerade der Schlag. Sie erhob sich brüsk, und ihr Stuhl fiel hinter ihr um.

»Sie Wicht«, japste sie und verschwand durch die Eingangstür nach draußen.

Jung blieb zurück mit sich und der Rechnung. Er blieb so lange, bis seine mächtigen Gefühle sich vor seiner wachsenden Traurigkeit verflüchtigt hatten. Schließlich zahlte er. Dann machte er sich auf seinen Weg.

Er besuchte die Apothekerin in der Strandstraße. Er erzählte ihr die Geschichte vom Tod ihrer reichen Kundin aus Kampen. Er bezahlte, was er ihr schuldig war, und bedankte sich für das, was sie für ihn getan hatte. Ihre Gegenwart tat ihm gut. Er hätte ihr gerne einen Abschiedskuss gegeben, gab aber seinem Wunsch nicht nach. Dann lenkte er seinen Schritt an den Strand und machte sich zu einer langen Wanderung entlang der Wasserkante auf. Es ging nur ein leichter Wind von der Seeseite her. Die Sonne schien ungehindert aus einem stahlblauen Äther. Das Kreischen der Seevögel verlor sich zwischen dem Strandleben und dem geöffneten Himmel. In Jungs Gedanken mischten sich Karin Mendel und Rosamunde Pilcher. Es gelang ihm, seinen Gedanken zu entfliehen, und als er sich Stunden später vor seiner Apartmenttür wiederfand, war es Zeit, ans Abendbrot zu denken.

Jung trat aus der Dusche, unter der er sich das Nordseesalz von der sommerwarmen Haut gespült hatte. Er frottierte sich flüchtig ab. Dann betrat er, in seinen schwarzen Bademantel gehüllt, den Balkon und setzte sich in einen bequemen Armstuhl. Sein Blick glitt über das ruhig daliegende Wattenmeer bis an die Küste. Eine sanfte Melancholie breitete sich in ihm aus. Der von der untergehenden Sonne beleuchtete grauweiße Apartmentklotz auf der anderen Seite zog seinen Blick an. Er stand einfach nur da, nach seiner billigen, kunstlosen Architektur zu schließen, schon seit den Jahren nach dem letzten Krieg.

Am Vormittag, noch vor dem Anruf aus der Polizei-Inspektion, hatte er sich eine Flasche ungarischen Chardonnay von Gosch mitgebracht und kühl gestellt. Jetzt öffnete er die beschlagene Flasche. An dem auch für Sylt seltenen warmen Spätsommertag, an dem die Sonne ihm die Haut auf dem Nasenrücken und den Jochbeinen verbrannt hatte, ließ er sich den kühlen, leicht prickelnden Wein schmecken. Seine Melancholie wuchs und schickte ihn schließlich in einen leichten Dämmerzustand.

Gedanken kamen und gingen, nur die Frage, warum der Mörder seine Gönnerin umgebracht hatte, ließ ihm keine Ruhe. Der Hausmeister hatte ausgesagt, die zurückgebliebenen Pralinen und Vitaminkapseln seiner Chefin wiedergebracht zu haben. Unter den Kapseln musste sich eine mit Strychnin gefüllte Pille befunden haben. Der Gerichtsmediziner und die Spurensicherung hatten gute Gründe vorgebracht, dass das Gift auf diese Weise zu ihr gekommen war. Warum hatte der Farbige die Kapsel mit Strychnin gefüllt und sie zurück in die Flasche mit den übrigen Tabletten getan? Wusste sie von seiner Tarnung? Er konnte doch nicht sicher sein, dass die Kapseln wieder bei seiner Gönnerin landen würden. Der Hausmeister hätte die Flasche auch wegschmeißen können. Das ergab alles keinen Sinn. Hatte er sie überhaupt willentlich umbringen wollen? Was war da wirklich passiert? Seine Fantasie reichte für eine Antwort auf diese Fragen nicht aus.

Er lächelte gequält und stellte das Grübeln ein. In seinem Innersten glaubte er sowieso, dass nur die Götter und nicht er sich damit befassen sollten und dass deren verschlungene Wege nur sehr selten für Menschen einsichtig waren. Nachdem er sich dieses Glaubens versichert hatte, wurde er ruhig. Die Augen fielen ihm zu. Nach wenigen letzten Schlucken verließ ihn langsam das Bewusstsein, und er schlief auf seinem Balkonstuhl ein.

Epilog

Sie ließen sich müde auf die Steintreppen vor der Musikmuschel fallen.

»Evachen, ick kann nich mehr. Meene Füße sind janz kaputt, siehste de Blase anne Ferse da?«

»Warte, bis Jussi kommt. Er kennt sich hier aus und wird dir helfen können.«

Eva sah versonnen auf das glitzernde Wasser und schloss die Augen. Maxi verstummte ebenfalls und gab sich ihrer Müdigkeit hin. So saßen sie stumm nebeneinander und dämmerten unter der im Westen über dem Horizont stehenden Sonne vor sich hin.

»Hallo, da bin ich.«

Die beiden schreckten aus ihren Träumen hoch. Sie wendeten die Köpfe in Richtung der Stimme und begrüßten Jussi müde, aber erleichtert.

»Hallo, da bist du ja. Jussi, weißt du, wo wir hier Pflaster kriegen können? Maxi hat eine Blase am Fuß.«

»In meiner Unterkunft gibt's Pflaster. Es ist nicht weit, nur ein paar Schritte. Schaffst du das?«

»Det wird schon jehn. Gehn ma.«

Im Apartment versorgte Jussi Maxis Ferse mit Desinfektionslösung und Pflaster aus dem Erste-Hilfe-Kasten. Den Frauen fiel sofort ins Auge, wie geräumig und teuer eingerichtet Jussis Unterkunft war. Das Apartment hatte zwei Balkone, einen mit Meerblick und einen auf die Wattseite hinaus. Ein großes, helles Bad erweckte ihre Bewunderung. Sie mussten es natürlich gleich benutzen. Die beiden waren erstaunt, dass ihm dieser Luxus zur Verfügung stand. Sie fragten ihn danach, und er erklärte es ihnen wahrheitsgemäß.

Am liebsten wären sie geblieben, um sich auf einem der Balkone auszuruhen und die Aussicht zu genießen.

»Könn wa det Essen nich aufn Balkon valejen? Dene reeche Tante hat sichalich nüscht dajejen. Valeicht jibt's ja einen Pizzaservice, wat meenste, Jussi?«

»Ich habe eine bessere Idee. Ich hol uns gebratene Nudeln mit Meeresfrüchten. Ist nicht weit weg von hier. Die hab ich schon mal probiert. Kann ich nur empfehlen. Mögt ihr Meeresfrüchte?«

Die beiden bejahten und stimmten seinem Vorschlag begeistert zu.

»Jussi, du brauchst doch Geld. Wie viel wird das kosten?«

Eva zückte ihr Portemonnaie und hielt ihm 20 Euro hin.

»Lass nur, ich lad euch ein. Seid ihr nicht arbeitslos? Ich verdiene jetzt Geld. Dauert vielleicht eine halbe Stunde. Macht's euch bequem und schaut euch den Sonnenuntergang an. Bis gleich.«

Auf dem Weg zu Gosch beschlich ihn ein leiser Zweifel, ob es eine gute Idee gewesen war, die beiden mit in das Apartment zu nehmen. Aber was sollte schon passieren? Sie waren zwei nette Mädels und ganz offensichtlich ohne Argwohn und schlechte Absichten. Er würde einen unterhaltsamen Abend mit ihnen verbringen, reden und Erinnerungen austauschen. Dagegen konnte niemand etwas haben.

»Maxi, hast du gesehen, wie lieb er deinen Fuß verarztet hat? Er ist einfach himmlisch. Und seine Stimme erst, so angenehm warm, so… ach ich weiß nicht wie, einfach afrikanisch, weißt du?«

»Ick wees, ick weeß, Evachen. Aba seene Nabn in Jesichte, dat ham wa noch nich jeklärt, wa?«

»Ach Maxi, hör doch auf. Sein Onkel war Präsident. Der ist einer von den Guten. Und wenn die Lage in Afrika wieder in Ordnung kommt, wird er sicherlich ganz weit oben stehen, glaub mir.«

»Ick jlobe, dass de dabee büst, dir zu vaknalln, det jlobe ick. Aba nüscht für unjut. An deene Stelle würd ick ma in Spiejel gucken, da haste wat zu repariern. De Sonne hat da wat anjerichtet. Jib mer ma de Schachtel da uff'n Tisch mit de Mon Chéris rüba, ick jlob, det is wat für vorwech?«

»Was hat die Sonne angerichtet? Das muss ich mir sofort ansehen. Ich geh ins Bad, da muss ich sowieso hin.«

Sie reichte ihrer Freundin die Schachtel Mon Chéri und verschwand im Badezimmer. Ein kurzer Blick in den Spiegel ließ sie erschrocken zurückfahren. Sie setzte sich erst einmal aufs Klo und erleichterte sich.

Diese Art Spülarmatur hatte sie vorher noch nicht gesehen: ein Oval, geteilt in zwei ungleich große Teile. Der kleine fürs Kleine, der große fürs Große, schloss sie messerscharf und drückte auf die kleine Abspültaste. Das Wasser rauschte ungewohnt lange. Sie drückte aus Neugier auf den großen, nur um einen Vergleich zu haben. Das Wasser schien eine Ewigkeit zu laufen. Sie mokierte sich innerlich über die Reichen, die es sich leisten konnten, Wasser zu verschwenden, nur um nicht die Klobürste in die Hand nehmen zu müssen.

Als sie sich ihrem Spiegelbild zuwandte, hörte sie einen dumpfen Aufprall aus dem Zimmer nebenan.

»Maxi, ist was?«

Sie studierte eindringlich ihre Nase, die rot war wie eine Tomate. Das hatte sie vorhin gar nicht bemerkt. Aber die Nasenwurzel und die Augenpartien, die von der Sonnenbrille geschützt worden waren, stachen hässlich weiß von ihrer roten Nase ab. Maxi hatte recht, das sah grässlich aus. Sie kramte in ihrer Tasche nach den Kosmetikutensilien und begann, ihre Nase mit Puder zu bearbeiten.

Von draußen waren die Geräusche eines umkippenden Stuhls zu vernehmen.

»Maxi, was machst du denn da?«, rief sie durch die Tür ins Wohnzimmer. Maxi war manchmal unmöglich, ohne Respekt vor anderen und deren Sachen.

Sie war mit ihren Bemühungen noch nicht zufrieden und versuchte, die weißen Hautpartien mit etwas Make-up abzudecken. Das Ergebnis befriedigte sie nicht. Aber mehr war mit den spärlichen Mitteln, die sie dabeihatte, nicht zu machen. Sie wollte sich ihr Haar aufschütteln, griff aber in salzig verklebte Strähnen. Unter heftigem Fluchen begann sie, ihr Haar mit der Bürste zu traktieren. Als es sich einigermaßen geschmeidig anfühlte, tat ihr der Kopf weh, so, als ob sie sich die Haare ausgerissen hätte. Dennoch verließ sie das Badezimmer einigermaßen zufrieden über das erzielte Ergebnis.

»Maxi, wie seh ich aus? Kann ich mich so sehen lassen? Maxi, wo bist du denn? Lass deine blöden Späße, ich bitte dich.«

Sie entdeckte ihre Freundin am Esstisch leblos auf dem Boden liegend. Erschrocken kniete sie sich zu ihr nieder und nahm ihren Kopf in die Hände. Maxis Gesicht war bläulich und angeschwollen. Sie schlug ihr auf die Wangen.

»Maxi, wach auf! Was hast du denn? Mein Gott, was ist denn los?«

Sie sah sich Hilfe suchend um. Die erste Panikwelle breitete sich in ihr aus und erreichte ihren Magen. Ihr wurde übel. Was soll ich bloß tun? Ich brauche Hilfe.

Der Notarzt muss her. Wo ist das Telefon? Mein Gott, wo ist das Telefon? Gibt's denn in diesem verdammten Apartment kein Telefon? Sie rannte verzweifelt durch alle Räume, kurz davor, sich übergeben zu müssen, fand aber keinen Apparat. Panisch lief sie zurück zu ihrer Freundin und schüttelte sie an den Schultern.

»Maxi, Maxi, wach auf. Was hast du denn?«

Dann hörte sie, wie die Eingangstür aufgeschlossen wurde. Sie stürzte in den Flur und sah Jussi, einen Plastikcontainer in der Hand, die Tür von innen schließen.

»Jussi, mein Gott, da bist du ja. Maxi liegt da und rührt sich nicht. Wir brauchen einen Arzt. Ich finde kein Telefon. So tu doch endlich was. Mein Gott, sie stirbt vielleicht.«

Er stellte das Essen ab, lief ins Wohnzimmer, beugte sich über die Frau und tastete die Halsschlagader ab. Kein Puls, sie war tot.

Verdammt, verdammt, verdammt. Was war passiert? Er sah sich nach Eva um, die mit vor das Gesicht geschlagenen Händen am Türrahmen lehnte und anfing, hemmungslos zu schluchzen. Er richtete sich auf, ging zu ihr hinüber und schloss sie in seine Arme.

»Sie ist tot. Wir können nichts mehr für sie tun. Was ist passiert?«

»Ich weiß es nicht. Ich war im Bad, und als ich rauskam, lag sie da. Wir müssen Hilfe holen. Es gibt kein Telefon hier.«

Das war das Letzte, was er zulassen durfte, jetzt, kurz vor seiner Rückkehr nach Hause. Er versuchte, seine Gedanken zu ordnen. Zuerst musste er die Frau beruhigen. Gleichzeitig musste er einen Plan machen, wie er unbeschadet aus der Sache herauskommen konnte. Diese blöde Kuh, was hatte sie nur angestellt? Dann sah er das pinkfarbene Stanniolpapier auf dem Tisch. Sie ist doch nicht etwa an der Kirsche erstickt?, sinnierte er entgeistert. Er wandte sich wieder Eva zu. Sanft führte er sie an den Tisch, setzte sie auf einen Stuhl und nahm ihr gegenüber Platz.

»Eva, sieh mich an.« Jussis Stimme klang verletzlich und hilfsbedürftig. »Wir können keinen Notarzt rufen. Dann würde auch die Polizei hier auftauchen. Das bedeutet mein Ende, verstehst du? Ich darf nicht arbeiten. Ich darf hier gar nicht sein, sondern ich müsste mich in Niebüll gemeldet haben. Und mit der Polizei darf ich schon gar nichts zu tun haben. Ich überlege, wie sie gefunden werden kann, ohne dass ich da mit drinstecke.«

Sie schluchzte auf, aber schwieg. Er nahm ihre Hände, drückte sie und sah ihr ruhig in die verweinten Augen.

»Eva, sieh mich an. Hast du mich verstanden?« Er war um unaufgeregte Sachlichkeit bemüht. »Es war ein Unfall. Niemanden trifft eine Schuld. Es ist Schlimmes passiert, aber es wird Schlimmeres passieren, wenn wir nicht zusammenhalten. Willst du mir helfen, Eva?«

Ein flehentlicher Unterton hatte sich in seine Stimme geschlichen. Eva rang mit sich und ihren widerstreitenden Gefühlen.

»Natürlich will ich dir helfen. Aber wie denn? Was können wir denn tun?«

Jussi atmete innerlich auf: Sie war bereit, sich mit konkreten Schritten zu beschäftigen.

»Ich werde in die Tiefgarage gehen und meinen Blaumann und einen blauen Sack aus dem Transporter holen. In der Zwischenzeit suchst du alles zusammen, was Maxi gehört. Nichts darf hier mehr an sie erinnern. Ich bringe sie zu meiner Baiba. Sie ist angesehen und einflussreich. Sie wird hinkriegen, dass ich nicht mit reingezogen werde. Hast du mir zugehört, Eva?«, fragte er sie erneut flehentlich.

»Ja, ja, ich hab zugehört, Jussi. Ich mache, was du sagst. Mach schnell, bitte. Was sagst du, wenn dich jemand sieht?« Jussi registrierte, dass sie sich der Wirklichkeit stellte.

»Mich kennt keiner hier im Haus. Die Bewohner wechseln alle paar Tage und werden mich für den Hausservice halten. Verhalt dich ruhig und rühr dich nicht von der Stelle. Ich bin gleich wieder da. Und such bitte Maxis Sachen zusammen. Ich verlass mich auf dich, Eva.«

Er sah ihr noch einmal tief in die Augen und strich ihr sanft über das Haar. Dann verschwand er in die Tiefgarage. Er stand in der Scheiße, und er musste da schnell wieder raus. Mit der Hilfe von Baiba konnte er nicht rechnen. Sie war eine kluge Frau und würde sofort riechen, dass etwas faul war. Letztlich würde sie ihre eigenen Interessen wahren und nicht seine. Mit der Wahrheit konnte er nicht herausrücken. Das wäre sein sicherer Untergang. Er raffte zusammen, was er aus dem Kasten brauchte, und machte sich auf den Weg zurück in die Wohnung. Kein Mensch begegnete ihm. Er war jetzt ruhig und entschlossen.

Eva hatte Maxis wenige Sachen, ihre Tasche, ihre Sonnenbrille und die abgelegten Sandalen, auf den Tisch gelegt. Sie saß da, die Arme auf die Platte gelegt, ihren Kopf auf den Unterarmen. Sie schluchzte heftig, bemühte sich aber, keinen Lärm zu machen. Er trat zu ihr, nahm ihr verheultes Gesicht in seine Hände und berührte ihre Stirn mit seinen Lippen. Dann sah er ihr in die Augen und sagte sanft: »Wir müssen jetzt handeln. Ich erledige alles. Geh du nur und ruh dich aus.«

»Jussi, ich kann nicht mehr. Lass mich nicht allein, bitte«, hauchte sie flehentlich.

»Ich lass dich nicht allein. Ruh dich aus, ich bin bald wieder bei dir, Eva.« Er strich ihr noch einmal sanft übers Haar.

Er zog den blauen Overall an, griff den Plastiksack und begann, ihn über die Tote zu ziehen. Sie war für ihre Größe und Statur überraschend leicht. Dann legte er ihre Sachen dazu, schob die Beine nach und knotete den Sack zu. Er arbeitete methodisch und kühl. Es bereitete ihm Mühe, das Bündel über seine Schulter zu wuchten, aber er spürte auch, wie ihm ungewohnte Energien zuflossen. Er registrierte auf seinem Weg in den Keller alles, auch jede Kleinigkeit, so, als sähe er sich selbst von oben zu. Wieder begegnete ihm niemand, der Sack wurde schwerer, und die Tür zur Tiefgarage hatte eine violettrote Drückergarnitur. Bis er seine Last im Auto abgelegt und die Heckklappe verriegelt hatte, wurde er von Minute zu Minute sicherer. Er bewegte sich wie eine Maschine: emotionslos und effektiv.

Erst auf der Fahrt kamen seine Gefühle zurück. Er fluchte. Diese blöden Europäer. Allah soll sie strafen. Ersticken an ihren Süßigkeiten und reißen uns mit rein. Ihre Überheblichkeit und Selbstgefälligkeit, ihre Blödheit und ihr Egoismus, ihre Geschmacklosigkeiten und ihre Maßlosigkeit sollen verflucht sein. Der Schaitan* soll sie alle miteinander holen und in der Hölle braten.

Er zwang sich zur Ruhe. Als er in den Fahrweg zur Gartenpforte einbog, arbeiteten sein Körper und sein Gehirn wieder unberührt von den Eruptionen seines Geistes und den Glutströmen seines Herzens. Er würde die Tote in dem blauen Sack im Schuppen lagern. Da würde das Behältnis nicht auffallen. Morgen würde er für das endgültige Verschwinden sorgen. Ihm war klar,

* Satan, Teufel.

dass dann auch die Freundin verschwinden musste. Bei diesem Gedanken spürte er ein Ziehen im Magen. Er unterdrückte den Schmerz und konzentrierte sich auf die vor ihm liegende Aufgabe. Er hatte heute Morgen im Schrank neben der Schuppentür unter den Unkrautvernichtern eine braune, mit einem Totenkopf und dem Hinweis ›Sehr giftig‹ versehene Flasche entdeckt. Damit musste es gehen.

Es war inzwischen dunkel geworden. Er hatte keine Mühe, unerkannt und unauffällig zu erledigen, was er sich vorgenommen hatte.

Jussi fand Eva apathisch auf dem Sofa liegend vor. Er setzte sich zu ihr, nahm ihre Hand in die seine und drehte ihren Kopf mit der anderen so, dass sie ihm in die Augen schauen musste.

»Eva, ich bin wieder da. Es ist alles in Ordnung. Baiba ist schon dabei, die Sache zu erledigen. Bist du in Ordnung?« Sein Ton war sanft und verständnisvoll. Sie antwortete nicht und sah ihn unverwandt, aber abwesend an.

»Woher hast du die Narben im Gesicht, Jussi?«, fragte sie so leise, dass er sie kaum hörte.

»Das spielt doch keine Rolle, Eva. Es ist alles in Ordnung. Du siehst mitgenommen und zerzaust aus. Ich werde dir ein Bad einlaufen lassen. Und dann entspannst du dich, ja?« Er fasste sie sanft bei den Schultern. »Hinterher wirst du dich besser fühlen, glaub mir.

Nimm den weißen Bademantel an der Tür, wenn du dich abtrocknen willst.«

»Ich tu, was du sagst, Jussi. Aber lass mich nicht allein, bitte.«

»Ich verspreche dir, ich bleibe bei dir, Eva.« Ihre Hilflosigkeit begann ihm auf die Nerven zu gehen. Er berührte flüchtig ihre Stirn mit seinen Lippen, stand auf und begab sich ins Bad, um die Wanne volllaufen zu lassen.

Auf dem Küchentresen stand die Flasche mit den Vitaminkapseln. Während Eva in der Wanne lag, zog er eine Kapsel auseinander, schüttete das Granulat in den Ausguss, füllte die Kapsel mit den Kristallen aus der Giftflasche und schob die Kapselhälften wieder zusammen. Würde das ausreichen? Sicherheitshalber füllte er eine zweite Kapsel und legte sie beide zusammen auf den Tisch. Die Flasche mit den Vitaminkapseln stellte er dazu.

Nach dem Bad saßen sie sich am Tisch gegenüber, und Jussi hielt Evas Hände.

»Du siehst schon viel besser aus, Eva. Hast du Hunger?«

Sie entzog ihm ihre Hände und hielt den Kragen des Bademantels vor ihrer Brust zusammen.

»Ich habe keinen Appetit.«

»Es würde dir aber guttun«, erwiderte er beflissen. »Wenn du schon keinen Appetit hast, Eva, dann nimm wenigstens die Vitamine hier, die helfen deinen Lebensgeistern wieder auf die Sprünge, glaub mir. Ich hab es selbst erlebt. Und nimm gleich zwei, das hilft besser. Ich hol dir ein Glas Wasser.«

Er holte das Wasser und stellte das Glas vor sie hin. Er strich ihr sanft über den Kopf.

»Ich geh unter die Dusche. Wartest du solange hier auf mich?«

»Ich warte auf dich, Jussi.«

Sie versuchte vergeblich, die Kapsel zu schlucken. Ein Würgekrampf schüttelte sie, und sie brach den Versuch ab. Sie starrte auf die Kapseln. Ihr war schwindelig, und sie wurde immer müder. Schließlich brachte sie doch noch eine Pille hinunter. Die zweite legte sie zurück ins Glas und schraubte den Verschluss zu. Dann verschränkte sie die Arme auf der Tischplatte und ließ ihren Kopf darauf sinken.

Jussi duschte lange, länger, als er es üblicherweise tat. Zwischenzeitlich horchte er angespannt nach draußen. Er hörte lange Zeit nichts. Dann vernahm er kratzende, scharrende, schlagende Geräusche, ein panisches Keuchen, als schnappe jemand vergeblich nach Luft. Ein Stuhl kippte um. Schließlich kehrte Stille ein.

Sie lag vor dem Tisch. Ihr Anblick entsetzte ihn dermaßen, dass er in eine Starre verfiel, die alle seine Lebensgeister bis auf seinen Herzschlag einfror. Er schaffte es noch, sich aufs Sofa zu setzen. Dort verharrte er lange, mit vor dem Gesicht zusammengeschlagenen Händen. Er wusste nicht, wie lange. Der Morgen dämmerte durch das Balkonfenster, als er sich langsam aus seiner Erstarrung zu lösen begann und den verbleibenden Rest der zu bewältigenden Arbeit widerwillig in Angriff nahm.

ENDE

ANKE CLAUSEN
Dinnerparty

325 Seiten, Paperback.
ISBN 978-3-8392-1008-6.

UNTER VOLLDAMPF Panik auf Fehmarn. Während der Aufzeichnung der Promi-Kochshow »Dinnerparty« fällt Gastgeberin Laura Crown tot vom Stuhl. Im Körper der Schauspielerin findet sich ein tödlicher Cocktail aus Medikamenten und Drogen.

Die Polizei schließt ein Verbrechen aus. Doch als die Hamburger Klatschreporterin Sophie Sturm erfährt, dass Laura bedroht wurde, nimmt sie die anderen Dinnergäste genauer unter die Lupe. Schnell wird klar: Die scheinbar zufällig zusammengewürfelte Promi-Runde kennt sich schon lange, und jeder hatte einen Grund, Laura zu hassen …

SIGRID HUNOLD-REIME
Schattenmorellen

277 Seiten, Paperback.
ISBN 978-3-8392-1021-5.

GEFÄHRLICHE NÄHE Die 71-jährige Martha will frühmorgens die reifen Schattenmorellen in ihrem Garten im Cuxhavener Stadtteil Stickenbüttel ernten. Sie wird von einem Gewitter überrascht und fällt vom Baum. Mit einem gebrochenen Arm und einer Gehirnerschütterung wird Martha ins Krankenhaus eingeliefert. An den Unfall kann sie sich nicht mehr erinnern. Dafür umso besser an eine schicksalhafte Sommernacht vor 54 Jahren. Damals wütete auch ein Gewitter und es gab unter der Schattenmorelle einen Toten.

Im Krankenhaus trifft sie die 48-jährige Eva, die als junges Mädchen ihre Nachbarin war. Für beide Frauen wird der Krankenhausaufenthalt eine harte Auseinandersetzung mit der Vergangenheit. Dabei übersehen sie fast die tödlichen Gefahren der Gegenwart …

GMEINER

Wir machen's spannend

Alle Gmeiner-Autoren und ihre Krimis auf einen Blick

ANTHOLOGIEN: Tödliche Wasser • Gefährliche Nachbarn • Mords-Sachsen 3 • Tatort Ammersee (2009) • Campusmord (2008) • Mords-Sachsen 2 (2008) • Tod am Bodensee • Mords-Sachsen (2007) • Grenzfälle (2005) • Spekulatius (2003) **ARTMEIER, HILDEGUND**: Feuerross (2006) • Katzenhöhle (2005) • Drachenfrau (2004) **BAUER, HERMANN**: Karambolage (2009) • Fernwehträume (2008) **BAUM, BEATE**: Ruchlos (2009) • Häuserkampf (2008) **BECK, SINJE**: Totenklang (2008) • Duftspur (2006) • Einzelkämpfer (2005) **BECKMANN, HERBERT**: Die indiskreten Briefe des Giacomo Casanova (2009) **BLATTER, ULRIKE**: Vogelfrau (2008) **BODE-HOFFMANN, GRIT / HOFFMANN, MATTHIAS**: Infantizid (2007) **BOMM, MANFRED**: Glasklar (2009) • Notbremse (2008) • Schattennetz • Beweislast (2007) • Schusslinie (2006) • Mordloch • Trugschluss (2005) • Irrflug • Himmelsfelsen (2004) **BONN, SUSANNE**: Der Jahrmarkt zu Jakobi (2008) **BOSETZKY, HORST (-KY)**: Unterm Kirschbaum (2009) **BUTTLER, MONIKA**: Dunkelzeit (2006) • Abendfrieden (2005) • Herzraub (2004) **BÜRKL, ANNI**: Schwarztee (2009) **CLAUSEN, ANKE**: Dinnerparty (2009) • Ostseegrab (2007) **DANZ, ELLA**: Kochwut (2009) • Nebelschleier (2008) • Steilufer (2007) • Osterfeuer (2006) **DETERING, MONIKA**: Puppenmann • Herzfrauen (2007) **DÜNSCHEDE, SANDRA**: Friesenrache (2009) • Solomord (2008) • Nordmord (2007) • Deichgrab (2006) **EMME, PIERRE**: Pasta Mortale • Schneenockerleklat (2009) • Florentinerpakt • Ballsaison (2008) • Tortenkomplott • Killerspiele (2007) • Würstelmassaker • Heurigenpassion (2006) • Schnitzelfarce • Pastetenlust (2005) **ENDERLE, MANFRED**: Nachtwanderer (2006) **ERFMEYER, KLAUS**: Geldmarie (2008) • Todeserklärung (2007) • Karrieresprung (2006) **ERWIN, BIRGIT / BUCHHORN, ULRICH**: Die Herren von Buchhorn (2008) **FOHL, DAGMAR**: Das Mädchen und sein Henker (2009) **FRANZINGER, BERND**: Leidenstour (2009) • Kindspech (2008) • Jammerhalde (2007) • Bombenstimmung (2006) • Wolfsfalle • Dinotod (2005) • Ohnmacht • Goldrausch (2004) • Pilzsaison (2003) **GARDEIN, UWE**: Die Stunde des Königs (2009) • Die letzte Hexe – Maria Anna Schwegelin (2008) **GARDENER, EVA B.**: Lebenshunger (2005) **GIBERT, MATTHIAS P.**: Eiszeit • Zirkusluft (2009) • Kammerflimmern (2008) • Nervenflattern (2007) **GRAF, EDI**: Leopardenjagd (2008) • Elefantengold (2006) • Löwenriss • Nashornfieber (2005) **GUDE, CHRISTIAN**: Homunculus (2009) • Binärcode (2008) • Mosquito (2007) **HAENNI, STEFAN**: Narrentod (2009) **HAUG, GUNTER**: Gössenjagd (2004) • Hüttenzauber (2003) • Tauberschwarz (2002) • Höllenfahrt (2001) • Sturmwarnung (2000) • Riffhaie (1999) • Tiefenrausch (1998) **HEIM, UTA-MARIA**: Wespennest (2009) • Das Rattenprinzip (2008) • Totschweigen (2007) • Dreckskind (2006) **HUNOLD-REIME, SIGRID**: Schattenmorellen (2009) • Frühstückspension (2008) **IMBSWEILER, MARCUS**: Altstadtfest (2009) • Schlussakt (2008) • Bergfriedhof (2007) **KARNANI, FRITJOF**: Notlandung (2008) • Turnaround (2007) • Takeover (2006) **KEISER, GABRIELE**: Gartenschläfer (2008) • Apollofalter (2006) **KEISER, GABRIELE / POLIFKA, WOLFGANG**: Puppenjäger (2006) **KLAUSNER, UWE**:

Alle Gmeiner-Autoren und ihre Krimis auf einen Blick

Pilger des Zorns • Walhalla-Code (2009) • Die Kiliansverschwörung (2008) • Die Pforten der Hölle (2007) **KLEWE, SABINE**: Die schwarzseidene Dame (2009) • Blutsonne (2008) • Wintermärchen (2007) • Kinderspiel (2005) • Schattenriss (2004) **KLÖSEL, MATTHIAS**: Tourneekoller (2008) **KLUGMANN, NORBERT**: Die Adler von Lübeck (2009) • Die Nacht des Narren (2008) • Die Tochter des Salzhändlers (2007) • Kabinettstück (2006) • Schlüsselgewalt (2004) • Rebenblut (2003) **KOHL, ERWIN**: Willenlos (2008) • Flatline (2007) • Grabtanz • Zugzwang (2006) **KÖHLER, MANFRED**: Tiefpunkt • Schreckensgletscher (2007) **KOPPITZ, RAINER C.**: Machtrausch (2005) **KRAMER, VERONIKA**: Todesgeheimnis (2006) • Rachesommer (2005) **KRONENBERG, SUSANNE**: Rheingrund (2009) • Weinrache (2007) • Kultopfer (2006) • Flammenpferd (2005) **KURELLA, FRANK**: Der Kodex des Bösen (2009) • Das Pergament des Todes (2007) **LASCAUX, PAUL**: Feuerwasser (2009) • Wursthimmel • Salztränen (2008) **LEBEK, HANS**: Karteileichen (2006) • Todesschläger (2005) **LEHMKUHL, KURT**: Nürburghölle (2009) • Raffgier (2008) **LEIX, BERND**: Fächertraum (2009) • Waldstadt (2007) • Hackschnitzel (2006) • Zuckerblut • Bucheckern (2005) **LOIBELSBERGER, GERHARD**: Die Naschmarkt-Morde (2009) **MADER, RAIMUND A.**: Glasberg (2008) **MAINKA, MARTINA**: Satanszeichen (2005) **MISKO, MONA**: Winzertochter • Kindsblut (2005) **MORF, ISABEL**: Schrottreif (2009) **MOTHWURF, ONO**: Taubendreck (2009) **OTT, PAUL**: Bodensee-Blues (2007) **PELTE, REINHARD**: Inselkoller (2009) **PUHLFÜRST, CLAUDIA**: Rachegöttin (2007) • Dunkelhaft (2006) • Eiseskälte • Leichenstarre (2005) **PUNDT, HARDY**: Deichbruch (2008) **PUSCHMANN, DOROTHEA**: Zwickmühle (2009) **SCHAEWEN, OLIVER VON**: Schillerhöhe (2009) **SCHMITZ, INGRID**: Mordsdeal (2007) • Sündenfälle (2006) **SCHMÖE, FRIEDERIKE**: Fliehganzleis • Schweigfeinstill (2009) • Spinnefeind • Pfeilgift (2008) • Januskopf • Schockstarre (2007) • Käfersterben • Fratzenmond (2006) • Kirchweihmord • Maskenspiel (2005) **SCHNEIDER, HARALD**: Erfindergeist • Schwarzkittel (2009) • Ernteopfer (2008) **SCHRÖDER, ANGELIKA**: Mordsgier (2006) • Mordswut (2005) • Mordsliebe (2004) **SCHUKER, KLAUS**: Brudernacht (2007) • Wasserpilz (2006) **SCHULZE, GINA**: Sintflut (2007) **SCHÜTZ, ERICH**: Judengold (2009) **SCHWAB, ELKE**: Angstfalle (2006) • Großeinsatz (2005) **SCHWARZ, MAREN**: Zwiespalt (2007) • Maienfrost • Dämonenspiel (2005) • Grabeskälte (2004) **SENF, JOCHEN**: Knochenspiel (2008) • Nichtwisser (2007) **SEYERLE, GUIDO**: Schweinekrieg (2007) **SPATZ, WILLIBALD**: Alpendöner (2009) **STEINHAUER, FRANZISKA**: Wortlos (2009) • Menschenfänger (2008) • Narrenspiel (2007) • Seelenqual • Racheakt (2006) **SZRAMA, BETTINA**: Die Giftmischerin (2009) **THÖMMES, GÜNTHER**: Das Erbe des Bierzauberers (2009) • Der Bierzauberer (2008) **THADEWALDT, ASTRID / BAUER, CARSTEN**: Blutblume (2007) • Kreuzkönig (2006) **VALDORF, LEO**: Großstadtsumpf (2006) **VERTACNIK, HANS-PETER**: Ultimo (2008) •Abfangjäger (2007) **WARK, PETER**: Epizentrum (2006) • Ballonglühen (2003) • Albtraum (2001) **WILKENLOH, WIMMER**: Poppenspäl (2009) • Feuermal (2006) • Hätschelkind (2005) **WYSS, VERENA**: Todesformel (2008) **ZANDER, WOLFGANG**: Hundeleben (2008)

3.–